KB252983

현대시와 이상향

현대시와 이상향

김 참 지음

한국학술정보(주)

책머리에

필자는 한국현대시를 읽으면서 시 작품에 내재된 공통적 자질이 무엇인지 찾아보고 싶었다. 비유나 상징, 리듬과 같이 시의 형식적인 측면에서 발견되는 공통적 자질은 각종 시론 서적이나 시학 입문서에서 상세하게 소개되고 있다. 하지만 그런 서적은 시의 주제적 측면에서 발견되는 공통적인 자질에 대해 다루지는 않는다. 그래서 시가 궁극적으로 지향하는 바가 무엇일까? 하는 의문을 품게 되었다.

시는 시인의 생각을 간결한 언어로 드러내고 더불어 내밀한 강점을 담아내는 글쓰기 양식이다. 시는 듣는 이를 가정하고 그에게 이야기를 건네는 양식이지만 때로는 이야기를 듣는 이가 시인 자신이 되는 경우도 있다. 이야기를 듣는 이가 누가 되든 이야기를 건네는 행위는 이야기를 하고 싶은 인간적 욕망의 산물이다. 그렇다면 시인이 하고 싶었던 이야기는 도대체 어떤 것이며, 그런 이야기를 하는 시인은 어떤 문제의식을 가지고 있는가? 하는 생각을 해보게 되었다. 오래 고민을 거듭하던 끝에 내린 잠정적 결론은 시가 추구하는 공통적 주제가 결국 행복한 삶에 대한 지향이 아닐까 하는 것이었다. 그렇다면 인간은 어떤 공간에서 행복한 삶을 누릴 수 있으며, 나아가 어떤 사회가 인간의 행복한 삶을 보장할 수 있을까? 이런 생각을 하는 동안 시의 주제적 측면에서 발견되는 공통적 자질에 대한 탐구라는 원래의 목표에서 다소 멀어졌고 관심을 가지게 된 영역도 현대시에 나타나는 행복한 삶과 이상향 추구라는 주제로 축소되었다.

이상향, 유토피아, 낙원과 관련된 글들과 한국현대시를 같이 읽어나가는 동안 한국현대시 분야에서 이상향에 관한 연구가 의외로 적다는 점을 알게 되었다. 그리고 그 개념이 다소 다른 이상향과 유토피아, 낙원 등의 용어들이 비슷비슷한 개념으로 사용되고 있다는 것도 알게 되었다. 한국현대시에는 다양한 유형의 이상향이 나타난다. 이 다양한 이상향의 유형은 시인의 삶과 그가 내면화한 종교나 사상과 밀접한 관련성을 맺으며 형상화된다. 따라서 한국현대시에 나타나는 이상향의 유형을 검토하는 것은 시인이 지향하는 이상적 공간이 어떤 면모를 지니는지, 그리고 그가 꿈꾸는 행복한 삶은 어떤 것인지를 보여 주는 지표가 된다. 필자는 이러한 점을 염두에 두고 이상향 추구를 주제화하는 일제강점기와 해방기의 시를 대상으로 작품에 나타난 사상적 배경을 살피고 공간적 양상과 이데올로기적 성격을 검토하였다.

Ⅱ장에서는 이상향의 사상적 토대와 공간적 양상을 살피고 유형화를 시도했다. 이상향은 보다 세분화될 수 있지만 은일사상의 영향을 받은 자연친화적 공간, 낙원사상의 영향을 받은 낙원과 마을공동체, 민족주의사상의 영향을 받은 민족공동체 이상향, 사회주의사상의 영향을 받은 사회주의공동체 이상향으로 나누어 보았다

Ⅲ장에서는 은일사상을 바탕으로 자연친화적 삶을 추구하는 시를 살펴보았다. 은일공간은 전원시와 산수시에서 주로 찾아볼 수 있다. 현실 공간에서 멀리 떨어진 곳에서 유유자적한 삶을 꿈꾸는 전원시와 산수시는 일제강점기와 해방기의 억압적이고 혼란스러운 상황에

서 벗어나려고 했던 시인의 의식을 반영하고 있다.

Ⅳ장에서는 낙원과 마을공동체를 이상향으로 형상화한 시를 살펴보았다. 낙원을 형상화한 시는 종교적 성향을 지니며 인간과 자연이 평화롭게 공존하는 탈국가적 세계를 그려낸다. 유년체험을 노래하는 시는 근대화로 인해 공동체적 삶이 파괴되기 전의 생활양식을 복원한다. 이런 시에서 마을공동체는 일종의 낙원으로 형상화된다.

Ⅴ장에서는 민족주의사상을 바탕으로 민족공동체에 대한 이데올로기적 지향을 보이는 시를 살펴보았다. 이러한 시들은 유교, 불교, 도교 등 다양한 사상을 작품의 토대로 삼고 있으며, 현실부정의식, 반일저항의식을 바탕으로 국권이 회복된 민족공동체 이상향을 지향한다.

Ⅵ장에서는 사회주의사상을 바탕으로 사회주의공동체에 대한 이데올로기적 지향을 보이는 시를 살펴보았다. 국권상실기와 해방기에 좌파시인들이 창작한 시에서 민중을 억누르는 일본 제국주의와 자본가 계급은 악으로 규정되고 있다. 이 시들은 무계급공동체 이상향 건설을 지향하는 유토피아적 의식을 드러내고 있다.

Ⅶ장에서는 이상의 논의를 요약하고 이상향 추구를 주제화하는 한국현대시의 의의를 제시하였다.

이 연구를 해 나가는 데 도움을 주신 여러 선생님의 고마움을 잊을 수 없다. 생각이 거칠고 논리의 비약이 많은 논문을 꼼꼼하게 읽고 부족한 점을 일일이 지적해주신 엄국현, 황국명, 박태일, 박경수, 김경복 선생님께 깊은 감사의 말씀을 전한다.

2011년 겨울
김참

차례

I

서 론

1. 연구 목적과 연구사 검토

  인간의 욕망은 결핍에서 비롯되지만, 현실세계에 부재하는 행복한 삶의 요소는 시대와 사회의 환경에 따라 달라질 수 있다. 본고는 한국현대시에 나타난 결핍과 그것을 충족하려는 시도가 한국의 사회역사적 상황과 밀접한 관련을 지닌다고 본다. 한국현대사는 급변하는 역사적 사건의 연속으로 이어져 있다. 서구문물의 유입과 외세의 침략, 위정척사운동과 동학운동, 봉건국가인 조선의 와해, 일본의 식민지배, 해방 후 근대국가 건설을 둘러싼 좌우대립, 한국전쟁과 남북분단, 자유당과 군부·신군부의 독재 등이 대표적 예이다. 이러한 역사적 사건은 사회문제와 연결되어 있기 마련이고, 한국현대시도 이와 같은 사회역사적 상황에서 자유롭지 않은 것이 사실이다.

  한국현대시를 살펴보면 부조리한 사회현실을 비판하고 그것을 개선하려는 의식을 내포하고 있는 것들이 적지 않은데, 이러한 작품 중에는 부조리한 현실사회와 다른 대안의 장소를 그려내는 것들이 있다. 이런 대안적 장소는 천계, 극락, 낙원, 황금시대, 무릉도원, 아르카디아, 대동사회, 무군사회(無君社會), 유토피아, 이상국가 등으로 세분화될 수 있다.

이런 용어들은 이상향의 다양성을 보여주며, 그 다양성은 사회역사적, 사상적 배경의 차이와 무관하지 않다. 그런데 이상향 추구를 주요 주제로 다룬 선행연구는 이상향에 대한 지향이 발생한 배경이나, 이상향의 공간적 다양성을 충분하게 고려하지 못하고 있다.

이상향 추구는 한국현대시에 나타나는 중요한 주제이지만 이와 관련된 연구는 개별 시인을 대상으로 단편적으로 진행되어 왔고[1] 연구의 대상이 된 시인도 권환, 김춘수, 김현승, 박두진, 백석, 신동엽, 신석정, 유치환, 조지훈 등으로 한정되어 있으며, 백석 시에 나타난 낙원지향성을 검토한 박주택의 연구를 제외하면 소략한 편이다. 이러한 단편적인 연구에서는 이상향 추구를 주제화하는 시의 특성에 대한 포괄적인 논의를 찾아보기 어렵고, 시가 창작된 원인에 대한 규명도 소략하다. 이와 같은 점 때문에 본고는 이상향 추구와 관련된 고전문학과 소설 분야의 연구들도 살펴보았다. 그 가운데에는 작품에 나타난 이상향이 어떤 사회역사적 상황에서 발생하게 되었는지 설명하고 있는 것들이 있는데, 이런 논의는 상당한 도움이 되었다.[2]

---

1) 그 가운데 주목할 만한 연구로는 다음과 같은 것이 있다.
　김경복, 「권환 시에 나타난 유토피아 의식 연구」, 『한국문학논총』46집, 2007, 339-367쪽.
　김경복, 「신석정 시의 유토피아 의식 연구」, 『한국문학논총』28집, 2001, 243-258쪽.
　김영옥, 「신석정 시에 나타난 이상향」, 『어문논집』30호, 2002, 378-395쪽.
　김은정, 「신동엽 시연구-역사의식과 유토피아적 상상력」, 세종대 석사논문, 2003, 44-65쪽.
　김인섭, 「한국현대시에 나타난 낙원 이미지」, 『崇實語文』13집, 1977, 45-73쪽.
　김희보, 「박두진 시와 유토피아 정신」, 『기독교사상』, 1979. 4, 121-130쪽.
　박주택, 『낙원회복의 꿈과 민족정서의 복원』, 시와시학사, 1999.
　손진은, 「청록집 수록 박두진 시연구」, 『어문학』98호, 2007, 351-375쪽.
　이은실, 「김춘수 시에 나타난 유토피아 지향성 연구」, 부경대 석사논문, 2003.
　이해웅, 「청마의 낙원상실과 동일성의 회복」, 『어문학교육』4집, 1981, 391-403쪽.
　정창선, 「김현승 시에 나타난 낙원 이미지」, 명지대 석사논문, 2002.
　최승호, 「조지훈론-서정적 유토피아와 은유에의 의지」, 『우리말글』17호, 1999, 215-23쪽.

이상의 연구들을 참고로 한국현대시에 나타난 이상향의 전반적인 면모와 특성을 충분히 밝혀낼 수 있는 것은 아니지만, 이 연구들은 본고의 연구방향을 설정하는 데 도움이 되었다. 이상에서 살펴본 것들과는 달리 아래에 소개하는 연구들은 본고의 연구방향 설정에 특별히 도움을 준 것들이다.

김석하[3]는 고전문학 영역에 한정되어 있기는 하지만 이상향이 어떤 사상적 토대에 바탕을 두고 있는지 살피고 있으며, 한국문학에 나타난 낙원사상의 구조와 낙원추구의 배경에 대해 논의하고, 한국의 고대 낙원표상을 검토하고 있다. 그리고 낙원사상이 중세와 근세 사회에서 전개되는 양상과 한국 고전문학 전반에 걸쳐 수용되는 현상을 고찰하였다. 이 연구는 특히 다양한 종교·사상이 습합되어 문학작품에 반영되는 과정을 살피고 있는데, 이 점은 한국현대시에 나타난 이상향에 대한 논의를 전개하는 데 많은 도움을 주었다.

이건청[4]은 일제강점기에 주로 창작된 전원시의 사상적 배경이 되

---

2) 그 가운데 주목할 만한 연구로는 다음과 같은 것이 있다.
　강동엽, 「허균과 유토피아」, 『한국어문학연구』41집, 2003, 139-168쪽.
　강진옥, 「한국설화에 나타난 낙원과 낙원상실」, 『문학과비평』, 1991, 봄호, 184-191쪽.
　김갑기, 「한시의 낙원상실 모티프」, 『문학과비평』, 1991, 봄호, 209-217쪽.
　김경복, 「고산 윤선도 시에 나타난 유토피아의식 연구」, 『문창어문논집』37집, 2000, 185-199쪽.
　김상홍, 「다산 시의 유토피아 세계」, 『한문학논집』20호, 2002, 75-118쪽.
　김선이, 「李朝文學에 나타난 유토피아 思想」, 숙명여대 석사논문, 1973.
　김종회, 『한국소설의 낙원의식 연구』, 문학아카데미, 1990.
　소재영, 「한국문학에 나타난 이상향 연구」, 『동양학』23집, 1993, 85-103쪽.
　양희철, 「고시가의 낙원상실 모티프」, 『문학과비평』, 1991, 봄호, 201-208쪽.
　유경환, 「동학가사에 나타난 낙원사상의 수용양상」, 『어문연구』69호, 1991, 82-107쪽.
　이헌홍, 「낙원상실 모티프의 고소설적 양상과 의미」, 『문학과비평』, 1991, 봄호, 192-20쪽.
　임희종, 「한국 고소설의 낙원 연구」, 전북대 석사논문, 1991.
　장양수, 『한국낙원소설연구』, 문예출판사, 1996.
　이정석, 『전후소설 담론의 이데올로기와 유토피아』, 새미, 2005.
3) 김석하, 『韓國文學의 樂園思想研究』, 日新社, 1973.
4) 이건청, 『한국전원시 연구』, 문학세계사, 1986.

는 낙원의식에 주목한 바 있다. 그는 전원시가 한국의 오랜 시가 전통을 이어받을 뿐 아니라 서구 전원시의 특성 중 일부를 수용·변용함으로써 새로운 전개를 보였다고 지적한다. 이건청의 연구는 한국 현대 전원시의 특징을 다각도로 고찰했다는 의의를 지니고 있다.

김경복[5]은 서정과 유토피아 사상의 관련성에 대해 검토했고, 프로 시와 아나키즘 시에 나타난 유토피아 의식에 대해서도 고찰한 바 있다. 김경복의 연구는 서정의 본질과 이상적 사유의 연결고리를 탐색했다는 점, 그리고 아나키즘 시와 프로 시에 나타난 주제의식과 사상의 핵심적인 내용을 논하고 있다는 점에서 중요한 의미를 지닌다.

강외석[6]은 1930~1940년대의 시를 검토하면서, 유년공간과 동심의 구현, 집과 근원공간의 회복, 길과 새로운 세계의 탐색, 자연공간과 상승 지향의 네 가지를 낙원지향의 시적 경향으로 나누고 있다.[7] 이 연구는 한국현대시에 나타난 이상향의 한 측면을 탐구했다는 점에서 가치가 있지만, 좌파계열의 시를 배제하여 일제강점기에 창작된 시에 나타난 이상향의 전반적인 모습은 살피지는 못하고 있다.

이상의 선행연구는 본연구의 방향을 설정하는 데 크게 도움이 되었지만, 개념 규정이 엄격하지 않다는 문제가 공통적으로 발견되고 있다. 위에서 논의한 연구들 가운데 상당수는 유토피아나 낙원 중의 하나를 이상향과 등가 개념으로 파악하고 있다. 그런데 이와 같은 개

---

5) 김경복, 「서정과 유토피아 사상의 관련성」, 『국어국문학』34집, 1997, 169-182쪽.
　　김경복, 「한국 아나키즘 시에 나타난 유토피아 사상」, 『한국문학논총』21집, 1997, 235-256쪽.
　　김경복, 「한국 프로시에 나타난 유토피아 의식」, 『문예연구』22호, 1999, 가을, 103-121쪽.
6) 강외석, 「한국현대시의 낙원지향성 연구」, 경상대 박사논문, 1999.
7) 강외석의 입장에 따르면 낙원은 '인간의 꿈과 이상을 담은 아름다운 소망의 세계를 가리키는 공간'이자 '현실세계의 고통과 억압으로부터 벗어나기 위해 만들어낸 소망의 이상세계'이며 황금시대, 유토피아, 아르카디아, 천년왕국, 무릉도원 등을 아우르는 상위개념이 된다. 그의 낙원 개념은 본고에서 논의할 이상향 개념에 가깝다.

념 파악은 문제가 될 수 있다.

예를 들어 '유토피아'라는 용어는 사회역사적 맥락에 따라 다양하게 해석되며, 그에 대한 가치평가도 긍정과 부정으로 나누어진다. 이러한 유토피아의 특성을 고려하지 않고 개별 시 작품에서 다채롭게 형상화된 이상향을 일률적으로 유토피아로 파악하는 것은 문제가 될 수 있다. 이와 같은 입장을 취하면 은일공간, 무릉도원 같은 마을공동체, 탈국가적 공동체까지도 유토피아에 귀속되고 만다.8) 낙원을 이상적 공간을 아우르는 상위개념으로 사용하는 경우에도 비슷한 문제가 발생한다.9)

이와 같은 개념적 혼란은 이상향 추구를 주제화하는 시에 대한 이해를 가로막는 요인이 된다. 이에 본고는 '이상향'을 대안적 장소를 지칭하는 여러 용어의 상위개념으로 설정하고 한국현대시에 다채롭게 형상화된 이상향의 성격을 규명해보려고 한다. 이러한 시도는 이상향을 추구하는 시인의 현실대응 태도에 대한 논의로 이어지게 마련이다.

이상향은 현실과 반대 개념인 이상(理想)과 장소를 뜻하는 향(鄕)이 결합된 말이다. 이상향은 현실세계의 가치를 뛰어넘으려는 초월적 사고에서 비롯되는 공간으로 인간이 생각할 수 있는 최선의 상태를 갖춘 장소라고 할 수 있다.

---

8) 유토피아 기획은 근대사상의 산물이며 도시나 국가의 형태를 지니고 있는 경우가 주를 이룬다. 루이스 멈포드는 플라톤에서부터 벨라미에 이르기까지 서구의 유토피아가 거의 도시라는 틀 속에서 묘사되고 있다고 지적한다. Lewis Mumford(김진욱 옮김), 『개성과 역사』, 종로서적, 1983, 21쪽.

9) 낙원도 이상향과 같은 포괄적인 개념으로 사용되기는 하나, 일반적으로 '실낙원' 모티브와 결합되어 돌아갈 수 없는 과거의 공간으로 이해하는 경우가 보통이다. 여기에는 낙원회복을 추구하는 미래지향적 사유나 현실적 낙원 탐색이라는 요소가 포함되는 경우도 있지만, 상실의식은 낙원사상을 구성하는 중요한 요소로 자리잡고 있어 낙원을 이상적 공간 일반을 아우르는 개념으로는 파악하기는 어렵다.

　이상향은 종교나 사상을 통해 구현된 집단의식의 산물로 볼 수 있기 때문에 개인이 소속된 의식집단의 가치관을 드러내는 지표가 되기도 한다. 하지만, 시에 나타나는 이상향은 그것을 고안해낸 개인의 상상력 문제와도 결부되기 때문에 공간의 성격, 특성, 세부적 면모를 일률적으로 규정하거나 일반화하기 어렵다. 한국현대시사를 살펴보면 국권상실기, 해방기, 분단과 한국 전쟁, 독재와 산업화를 겪으며 활동해온 시인들이 다양한 이상향의 형상화를 시도한 것을 알 수 있다. 그 공간은 대체로 은일공간, 마을공동체, 민족·국가공동체, 초국가적 공동체 등으로 요약되지만 그 공간의 면모는 더욱 세분화될 수도 있다.

　이상향을 주제화하는 시는 ① 이상향을 구체적인 장소로 형상화한 시, ② 이상향에 대한 이데올로기적 지향을 보이는 시로 나누어볼 수 있다. ①의 시는 작품 내에서 그 공간의 면면을 그려낼 수 있을 정도의 소규모 공간을 형상화하는 경우가 많다. 은일공간, 유년 공간 등이 여기에 해당한다. ②의 시는 주체가 지향하는 공간이 그의 지각범위 안에 충분히 들어오지 못한다. 따라서 이 공간은 작품 내에서 구체적으로 형상화되기 어렵다. 민족공동체나 사회주의공동체 같은 이상향이 여기에 속한다. 하지만 이상향을 주제화하는 시의 공간이 모두 이와 같이 이원화될 수 있는 것은 아니며, 예외적인 경우가 없다고 단정하기는 어렵다.

2. 연구대상과 방법

한국현대시 가운데에는 이상향 추구를 주제화한 것들이 적지 않다. 다양성을 확보하는 차원에서 한국현대시사 전반에 걸쳐 가능한 많은 작품들을 살펴보는 것이 바람직하겠지만 본고는 일제강점기부터 해방기까지 발표된 작품들 가운데 이상향에 대한 지향이 동시대에 창작된 다른 시에 비해 비교적 잘 드러나는 것을 연구대상으로 선정했다. 본고는 은일공간을 형상화한 신석정, 장만영, 김동명, 정지용, 박목월, 김동환의 시, 낙원을 형상화한 박두진의 시, 마을공동체를 형상화한 백석, 노천명의 시, 민족공동체에 대한 이데올로기적 지향을 보이는 이상화, 이육사, 한용운, 김해강의 시, 사회주의공동체에 대한 이데올로기적 지향을 보이는 김형원, 유완희, 김상민, 김상훈의 시를 연구대상으로 한다.

연구대상을 일제강점기에서 해방기까지로 한정하는 것은, 이 시기의 억압적이고 혼란한 사회역사적 상황이 시의 주제나 내용뿐 아니라 시에 나타난 공간적 특성에 상당한 영향을 미쳤던 점에 주목했기 때문이며, 이 시기의 시를 통해서도 본고가 밝히려고 하는 이상향의 유형을 대부분 해명할 수 있기 때문이다. 분단 이후부터 현재까지 창작되고 있는 작품들도 연구대상에 포함시킬 수 있겠으나, 연구 주제와 관련이 있는 이 시기의 사회역사적 환경을 객관적으로 조망하기 어렵고, 논의가 산만해질 수도 있다고 생각했기 때문에 연구대상에서 제외하였다.

본고는 연구대상으로 선정한 시를 ① 은일사상을 바탕으로 한 자연친화적 공간, ② 낙원사상을 바탕으로 한 낙원과 마을공동체, ③ 민족주의사상을 바탕으로 한 민족공동체, ④ 사회주의사상을 바탕으로 한 사회주의공동체의 네 항목으로 나누어 묶었다. 연구대상 작품을 이렇게 나눈 이유는 이상향이 특정 장소의 개념이기 때문이고 그 장소가 특정한 사상에서 강한 영향을 받고 있기 때문이다. 실제로 은일사상, 낙원사상, 민족주의사상, 사회주의사상 등에 나타나는 이상향은 그 규모나 성격에서 각각 차이를 보이고 있다.

이러한 차이를 해명하기 위해 본고는 문학주제학을 크게 원용하고자 한다. 문학주제학은 문학작품에 나타난 주제, 모티프, 상징과 이미지, 소재 등을 연구하는 데 있어서 소재비평, 현상학, 정신사, 심리학 등의 다각적인 연구방법을 동원할 수 있는 특성을 지니기 때문에 문학작품에 대한 포괄적 연구를 가능하게 하는 장점을 지니고 있다.[10] 이러한 문학주제학은 한국현대시에 나타난 '이상향 추구'라는 주제의 특성을 밝히는 데 효과적인 방법이 될 수 있다. 한편 이상향 추구를 주제화한 시는 시인이 지닌 신념체계와 밀접한 관련을 지니고 있

---

10) 이재선, 「서문 : 문학주제학 또는 주제 비평의 위상」, 이재선 엮음, 『문학주제학이란 무엇인가』, 민음사, 1996, 5-7쪽.

다. 그렇기 때문에 이상향 추구를 주제화하는 시에는 시인의 미의식과 상상력, 시인의 개인적 체험, 삶의 태도, 종교적·사상적 토대 등 시 일반에서 발견되는 요소뿐만 아니라 당대의 사회를 지배하는 이데올로기와 그 이데올로기를 대하는 시인의 태도도 나타날 수 있다.

시에 나타난 이데올로기를 이해한다는 것은 특정 사회 역사 속의 인간의 삶의 방식을 이해하는 일이라 할 수 있으며, 이것은 문학을 연구하는 데 있어 대단히 중요한 접근방법이라고 할 수 있다.[11] 이데올로기는 어떤 집단이나 공동체와 긴밀한 연관성을 지니고 있는 일련의 신념이나 관념 또는 태도 등을 가리키는 의미로 쓰이고 있으며, 세계관이나 신념체계라는 의미로 사용되기도 하며, 현실에 대한 왜곡된 사상 내지는 지식이라는 부정적 의미로 사용되기도 한다.[12] 이데올로기라는 말에는 개인들이나 집단을 이끌어나가는 데 필요한 정치적 신념이나 사상이라는 의미도 내포하고 있다. 이러한 점 때문에 이데올로기는 현실을 지나치게 단순화시키거나 왜곡시켜 부각하는 경향을 띠게 된다. 이러한 의미의 이데올로기는 대개 좌우편으로 갈라져 극단적이고 폐쇄적인 신념 및 사상체계를 갖추게 되고, 상대방의 이데올로기를 허위와 기만으로 가득 찬 왜곡된 사상으로 규정하여 배척하기도 한다.[13] 이데올로기에 대한 논의는 이 외에도 다양하지만 본고에서는 이데올

---

11) 엄국현, 「시에 있어서의 사물인식」, 부산대 박사논문, 1990, 3쪽.

12) John Plamenatz(진덕규 옮김), 『이데올로기란 무엇인가』, 까치, 1987, 8판, 32-39쪽.

13) 특히 마르크스는 이데올로기를 허위의식의 결과로 보고 모든 이데올로기적 신념이나 이론을 배척했다. 그는 이데올로기를 사회체계의 현상유지를 꾀하는 선택적이고 왜곡된 사상이라고 본다. 물론 그가 말하는 사회체계는 자본주의 체계이고, 이 경우의 이데올로기란 부르주아들의 지위와 이익을 보호해주는 자본주의 체제를 유지하는 데 필요한 수단으로서의 사회사상이다. 만하임은 마르크스적 견해에서 나아가 인간의 모든 사상이 반드시 비과학적이고 타당성이 없는 것은 아니라고 본다. 그는 인간이 자신의 사회적 위치와 상황을 정확하게 파악하고 자신의 지식이 왜곡된 것일 수 있음을 허심탄회하게 인정하면서 다른 지식인과 개방된 지적 교류를 시도하면 객관성과 타당성이 있는 지식의 정립이 가능하다고 본다. 김동일 엮음, 『이데올로기』, 청람, 1985, 7-8쪽.

로기를 어떤 집단이나 공동체와 연관성을 지닌 관념이나 신념, 태도, 세계관이라는 일반적인 개념으로 사용하려고 한다.

이데올로기 담론은 그 자체로 완결성을 지니는 것이라기보다는 현실에 대한 불일치 내지는 부정의식으로서의 유토피아적 의식과 연관되어 논의되고 있다. 이는 지식사회학에서 주로 논의되는 것이다. 만하임은 유토피아적 의식을 기존질서를 파괴하는 현실초월적 방향설정 양식으로 규정하고 기존의 질서나 체제의 안정과 지속을 유지하려는 이데올로기적 의식과 구분하기도 한다.[14] 특히 마르크스주의와 민족주의 이데올로기는 세계사적으로 볼 때 사회변혁을 유발하는 광범위한 영향력을 행사했기 때문에 만하임이 말하는 유토피아적 성격을 지니기도 한다.[15] 본고에서 살펴볼 시들은 이데올로기의 문제와 밀접한 관련을 지니고 있으며, 특히 V-VI장에서 논의할 시들은 민족주의 이데올로기와 마르크스주의 이데올로기와 직결되어 있다.

마르크스와 엥겔스는 "시를 포함하는 미적 형식을 이데올로기적 형태"[16]로 보지만 알튀세는 "시가 상대적 자율성에 의거해 규정되는 이데올로기적 실천의 특수한 사례"[17]로 파악한다. 시는 "이데올로기의 한 형태이면서 이데올로기로부터 상대적 자율성을 지니기도 하는 것"[18]이며 "이데올로기의 개입에 의해 굴절·변형되고 미적으로 재구축된"[19] 것이라고 할 수 있다. 본고에서 살펴볼 시 가운데는 이데

---

14) 만하임은 유토피아적 의식이 역사적 존재로서의 현실성에 변화를 가져올만한 능력을 실제로 가지고 있다고 본다. Karl Mannheim(임석진 옮김), 『이데올로기와 유토피아』, 청아출판사, 1991, 263-267쪽.

15) Betnard Barber는 사회변동에 영향을 미치는 이데올로기를 '유토피아 이데올로기'로 보고 있다. John Plamenatz, 같은 책, 21쪽.

16) Antony Easthope(박인기 옮김), 『시와 담론』, 지식산업사, 42쪽.

17) Antony Easthope, 같은 책, 43쪽.

18) 엄국현, 같은 논문, 15쪽.

올로기의 습합이 나타나는 시들이 적지 않다. 예를 들면 유교사상과 도교사상이 습합되어 있는 것들도 있고, 민족주의와 사회주의가 습합되어 있는 것들도 있다. 뿐만 아니라 이데올로기의 습합이 매우 복잡한 양상을 보이는 경우도 있다. 이는 시를 창작한 주체가 단일한 이데올로기만을 내면화하는 일차원적 존재가 아니라는 점을 보여준다. 이러한 사실을 이해하는 것은 시인의 전향이나 변절, 종교관의 변화, 시적 변모 그리고 특정 시에 나타나는 사상적 괴리현상 등을 이해하는데 기여할 수 있다고 생각된다.

본고는 이상에서 논의한 내용을 바탕으로 앞으로 서술할 각 장에서 다음과 같은 내용을 검토하려고 한다.

Ⅱ장에서 한국현대시에 나타난 이상향의 사상적 토대와 유형을 네 가지로 나누어 살펴보려고 한다. 이는 Ⅲ-Ⅵ장에서 논의할 시를 이해하기 위한 이론적 토대에 해당한다.

Ⅲ장에서는 전원공간을 그려낸 신석정, 장만영, 김동명의 시, 산수공간을 그려낸 정지용, 박목월, 김동환의 시를 살피고, 이들의 시가 현실세계에서 멀리 떨어진 곳에 은일공간을 구축하려는 공통성을 보인다는 점을 논의할 것이다.

Ⅳ장에서는 낙원을 형상화한 박두진의 시와 마을공동체를 형상화한 백석, 노천명, 정지용의 시를 살피고, 이들의 시가 진보에 대한 신념을 바탕으로 한 유토피아적 기획과는 다른 방향성을 지니고 있음을 논의할 것이다.

Ⅴ장에서는 일제강점기에 활동한 이상화, 이육사, 한용운, 김해강

---

19) 이정석, 『전후소설 담론의 이데올로기와 유토피아』, 새미, 2005, 33쪽.

의 시를 살펴보고 이들의 시에 나타나는 다양한 사상이 민족공동체
에 대한 이데올로기적 지향으로 귀결되는 점에 대해 논의할 것이다.

Ⅵ장에서는 일제강점기에 활동한 김형원, 유완희, 해방기에 활동한
김상민, 김상훈의 시를 살펴보고 이들의 시에 나타나는 유토피아적 의
식과 사회주의공동체에 대한 이데올로기적 지향에 대해 논의할 것이다.

마지막으로 Ⅶ장에서는 논문의 전체적인 내용을 요약하고 이상향 추
구를 주제화하는 한국현대시의 의의에 대해서도 논의해보려고 한다.

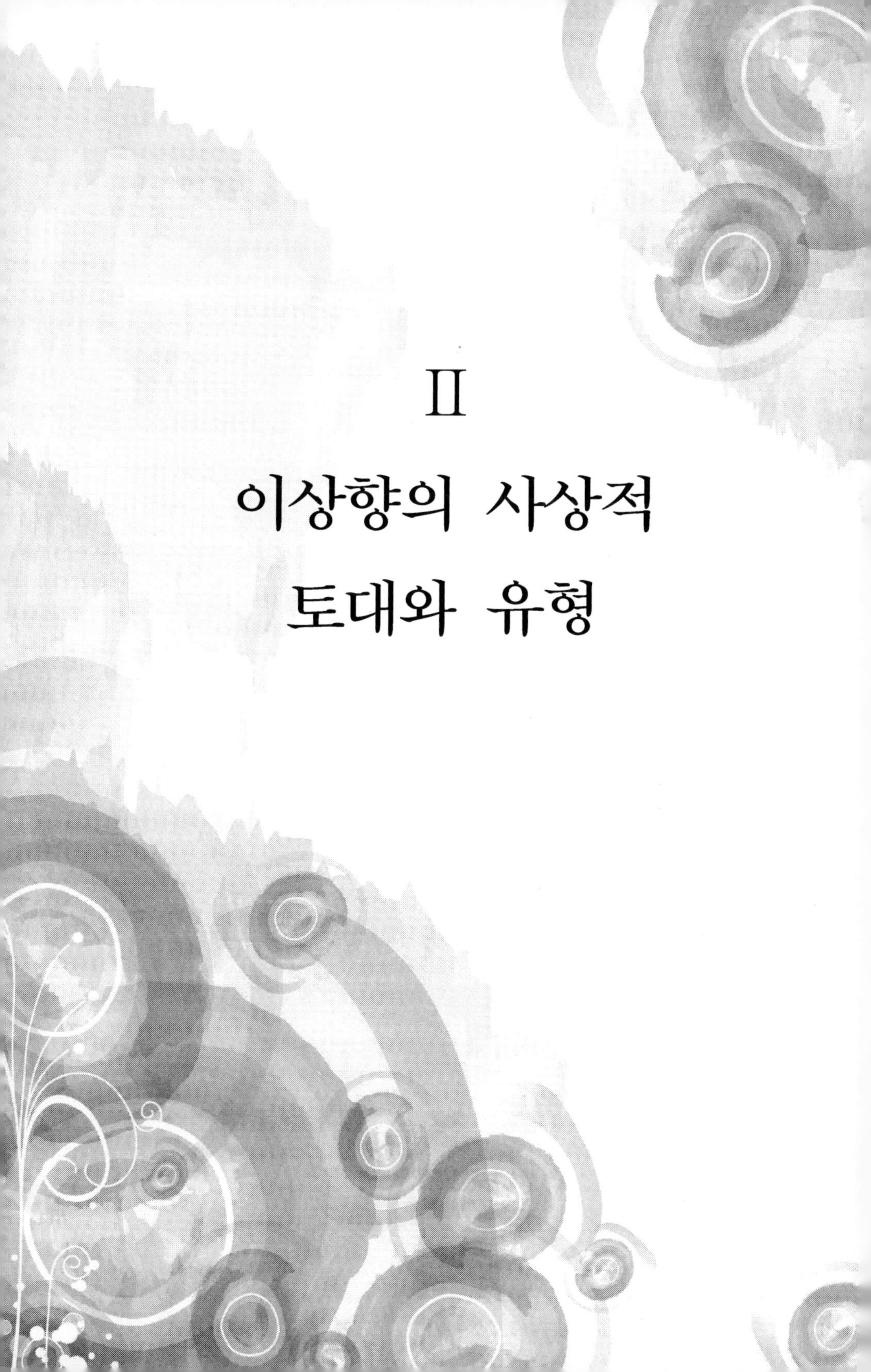

II

이상향의 사상적 토대와 유형

시 창작의 주체인 시인도 그가 소속된 사회의 구성원이기 때문에, 자신이 속한 사회의 제반문제를 작품 내에 형상화하기도 한다. 특히 이와 같은 작품 가운데 이상향을 형상화하거나 지향하는 것들은 당대의 사회적 상황과 긴밀한 관련을 가지고 있다. 따라서 이상향을 주제화하는 시를 이해하기 위해서는 작품 발생의 요인이 되는 사회 환경을 살펴볼 필요가 있다. 뿐만 아니라 한국현대시에 나타나는 이상향은 은일사상, 낙원사상, 민족주의사상, 사회주의사상 등 다양한 사상으로부터 영향을 받고 있기 때문에 창작주체의 의식과 가치관에 영향을 미친 사회사상에 대한 포괄적인 검토가 필요하다. 이 장에서는 동서양의 이상적 사회사상 가운데 중요하다고 생각되는 것을 살피고, 이를 토대로 이상향 추구를 주제화하는 시를 나누어 보려고 한다.

이상향은 인간의 상상력에 의해 고안된 가상의 공간이지만, 역사 발전 단계에 따라 점점 실현가능한 것으로 생각되기 시작했다. 즉, 문명이 발전함에 따라 인간이 꿈꾸는 이상향도 변하게 된 것이다.

이상향에 대한 논의는 토마스 모어의 유토피아로부터, 마르크스의 사회주의공동체에 이르기까지 서구 중심으로 진행되어 왔다. 뿐만 아니라 낙원, 유토피아, 이상적 사회사상과 관련된 저술도 번역서이거나, 서구의 이론에 근거하고 있는 것들이 많다. 이상향과 관련된 문학 작품의 연구도 서구의 이론들을 토대로 진행되는 경우가 대부분이다. 하지만 동양의 이상적 사회사상은 서구의 그것에 못지않게 연원이 깊을 뿐 아니라 다채롭게 전개되어 왔다. 특히 도교, 불교, 유교 등을 포함하는 동양의 종교·철학은 이상적 삶의 비전을 기본적으로 내포하고 있다. 따라서 이상향을 추구하는 시에 대한 논의를 위해서는 동서양의 종교사상과 사회사상이 같이 검토되어야 한다. 특히 동양의 이상향에 나타나는 다채롭고 풍요로운 자연물, 철학적 사유, 유기적 세계에 대한 지향은 한국현대시에 나타나는 이상향의 성격에 적지 않은 영향을 미치고 있다고 생각된다.

한국현대시에 나타난 이상향을 유형화하는 데는 몇 가지 기준이 있을 수 있다. 그 기준으로 ① 이상향의 규모와 공간적 특성[20], ② 종교·사상과의 관련성[21], ③ 실제 공간인지 이데올로기적 공간인지의 여부[22], ④ 화자가 위치한 현실 공간과 이상향 간의 거리[23], ⑤ 시간

---

20) 이 기준을 따르면 이상향은 ① 소규모의 사적 공간, ② 마을형—무릉도원, 아나키즘 공동체, ③ 도시·국가형—르네상스 시대의 유토피아 모델, 도시의 연합 내지는 연방, 국가, 다른 성격의 작은 공동체들이 큰 공동체의 구성요소가 되는 메타 유토피아, ④ 탈국가형—원초적 낙원, 사회주의공동체 등으로 나누어볼 수 있다.

21) 이 기준을 따르면 이상향은 ① 유교의 대동사회, ② 도교, 신선사상, 풍수사상의 무릉도원, 십승지지, 무하유지향, 무군사회, ③ 불교의 울단월, 극락, 서방정토, ④ 기독교의 에덴, 천국, ⑤ 신흥종교와 사회변혁사상에서 나타나는 천년왕국 등으로 나누어 볼 수 있다.

22) 국권상실기와 해방기에 창작된 시 가운데에는 이상향에 대한 이데올로기적 지향을 드러내는 것들이 많다. 이는 민족국가나 사회주의공동체를 이상향으로 관념화한 시에서 주로 나타난다. 민족국가나 사회주의공동체는 구체적인 공간은 아니지만, 국권상실, 양극화, 이념문제로 갈등이 심화되는 특수한 사회역사적 상황에서 탄생한 것이기 때문에 이데올로기적 공간으로 이해할 필요가 있다.

23) 이 기준을 따르면 이상향은 ① 인간의 힘으로 도달하기 어려운 곳—극락, 울단월, 서방정토, ② 비교적 먼 곳으로 다른 국가이거나 지리적으로 멀리 떨어져 있어 쉽게는 갈 수 없는 곳—모어의 유토피아 섬, 캄파넬라의 태양의 나라, 베이컨의 신아틀란티스 등 산업혁명 시대의 보편적 유토피아 모델, 허균 소설의 율도국, 박지원 소설의 공도, ③ 비교적 가까운 곳으로 같은 국가 내에 위치하는 공간—무릉도원, 청학동, 이어

적 위치24), ⑥ 실현가능성 여부25) 등을 생각해 볼 수 있다.

　본고는 위에서 언급한 몇 가지 기준 가운데 주로 ①, ②, ③을 중심으로 이상향 추구를 주제화하는 시의 유형화를 시도하려고 한다. ①에 따른 유형화의 시도가 특별히 요구되는 이유는 일제강점기와 해방기에 창작된 시들이 규모나 공간의 특성이 상이한 특정한 장소를 형상화거나 지향하기 때문이다. 그렇기 때문에 이상향의 유형화는 우선 규모와 공간적인 특성에 따라 시도하는 것이 바람직하다고 생각된다. Ⅲ-Ⅵ장에서 살펴볼 시에 나타나는 이상향은 그 규모에 있어서 다양한 양상을 띤다. 아주 작은 곳도, 마을 정도의 규모를 지닌 곳도, 국가의 규모를 지닌 곳도, 초국가적 규모의 규모를 지닌 것도 있다. 이처럼 한국현대시에서 이상향의 규모가 다양하게 나타나는 것은 ②, ③과도 밀접한 관련을 지니고 있는데, 이는 시에 나타나는 이상향의 규모와 공간적 성격이 특정 종교나 사상, 이데올로기로부터 적지 않은 영향을 받고 있기 때문이라고 생각된다.

　이러한 기준의 결합에 따라 이상향과 이상향 추구를 주제화하는 시는 다음의 각 절에서 살펴볼 네 가지 유형으로 구분될 수 있다. 각 유형들은 결국 어떤 성격의 장소에서 어떤 태도로 살아야 행복할 수 있는가를 고민하는 시인의 의식, 나아가 시인이 속한 의식집단의 현실대응태도를 보여주는 것이라고 할 수 있다.

도, 십승지지 등. ④ 욕망하는 인간이 위치한 장소-아나키즘의 자치적 공동체, 유토피스틱스 등으로 나누어볼 수 있다.

24) 이 기준을 따르면 이상향은 ① 과거형-유년 동경, 낙원, 황금시대, ② 현재형-무릉도원, 십승지지, 은일공간 ③ 미래형-유토피아, 천년왕국, 미륵정토 등으로 나누어볼 수 있다.

25) 이 기준을 따르면 이상향은 ① 공상적 이상향-황금시대, 낙원, 천계, 선경, ② 실현가능한 이상향-자치 공동체, 대안 공동체, 유토피스틱스, 사회주의 국가 등으로 나누어볼 수 있다.

1. 은일사상과 자연적 세계

　현실의 각종 문제들은 작품 창작에 동기를 부여하고 소재를 제공하여 작품에 직접적인 영향을 미칠 뿐만 아니라 작가의 인생관·가치관을 형성하는 데 영향을 준다. 작가가 처한 시대가 혼란스러웠는지 안정되었는지에 따라 작가들의 사상경향이나 행동경향이 달리 표현되는 것은 당연한 것이라 할 것이다. 따라서 현실이 안정된 시기에는 현세에 만족하며 태평성대를 노래하는 작품이 주류를 이루며, 불안한 시대에는 현실을 비판하고 이상향을 추구하는 작품들이 많이 창작된다.26) 그런데 후자의 경우에 해당하는 작품들 가운데 상당수는 이상향에 대한 욕구를 해소하기 위해 은일(隱逸)의 생활양식을 선보인다. 은일사상은 "현실의 세상을 떠나면 모든 번민에서 벗어날 수 있다"27)는 생각을 담고 있는 것이다.

　현실을 피하여 자연으로 은둔하고자 하는 태도는 일찍부터 나타났

---

26) 양승근, 「중국 문인의 은일과 유토피아」, 이종록 외, 『21세기 사회와 종교 그리고 유토피아』, 생각의 나무, 2002, 313쪽.

27) 『易經』의 澤風大過掛에 나오는 '遁世無悶'에서 비롯된 말이다. 양승근, 위의 글, 314쪽.

다. 현실생활에서 체험하는 각종 고통에서 벗어나 자연에 은거하려는 은사(隱士)의 출현은 『장자』에 나오는 허유(許由)의 고사[28]를 통해서 알 수 있다. 그런데 이 고사에서 알 수 있는 것은 은일사상이 다분히 도교적인 발상에서 유래한다는 것이다. 허유가 요(堯)의 부탁을 거절하고 기산(箕山)에 숨어버린 행동은 인위로 천하를 다스리는 것은 하늘의 뜻을 거스르는 것이라는 생각을 담고 있는 것이라고 할 수 있다.

이속(利俗)을 가벼이 하고 자신에 대한 사랑을 중시하는 『노자』의 사상, 현실 사회로부터 해탈하여 은일을 지향하는 『회남자』의 사상, 국가사회보다 자기 일신의 생명과 양생을 위주로 하는 『장자』의 사상은 도교적 은일사상의 면모를 잘 보여준다.[29] 은일사상은 도교뿐만 아니라 유교에서도 나타난다. 유교적 은일사상은 『논어』의 「태백편(泰伯篇)」에 나타나고 있다. 도(道)가 지켜지지 않을 때 현실세계를 떠나 숨어사는 태도[30]에서 알 수 있는 것처럼 유교적 은일사상은 다분히 현실에 대응하는 처세술과 관련이 있다.

은일사상은 도교적인 것과 유교적인 것이 습합되면서 다양한 양상을 띠게 된다. 이 점은 『後漢書』에서부터 『晋書』, 『宋書』, 『南史』, 『北史』, 『舊唐書』, 『唐書』, 『宋史』, 『金史』, 『元史』, 『明史』 등의 「隱逸傳」에서 확인할 수 있다. 중국사에서 폭넓게 찾아볼 수 있는 은일사상은 수많은 내우외환을 겪은 우리에게도 수용되어 신라 말과 고려, 조선시대에 "현실초월철학이자, 존재초월의 보신철학(保身哲學)"[31]이 된다. 은일

---

28) 요(堯)가 허유에게 천하를 양보하려 했지만, 허유는 천자라는 이름에 붙어다니는 부수물을 얻고자 하지 않는다는 이유로 요(堯)의 부탁을 거절한다. 이원섭 옮김, 『莊子 (上)』, 삼중당, 1978, 중판, 11–12쪽.

29) 김석하, 『韓國文學의 樂園思想研究』, 日新社, 1973. 77쪽.

30) 유교적 은일사상은 '天下有道則見 無道則隱'으로 요약할 수 있다. 차주환 옮김, 『論語』, 을유문화사, 1977, 13판, 109쪽.

31) 김석하, 같은 책, 73쪽.

사상은 다양한 사회역사적 현실을 겪으며 전개·발전되어 왔기 때문에 여러 가지 유형이 있을 수 있다. 이 점을 증명하는 것이 사천여 권의 자료 조사를 통해 조선 선조시대에 허균이 완성한 『閑情錄』이다. 허균은 이 책에서 은일의 태도를 사상적으로 체계화하고 집대성하여 은일자의 유형을 16부문으로 나누어 정리하고 있다. 여기에서 알 수 있는 것은 은일사상이 현실에 대응하는 인간의 다양한 행동양식을 담아내고 있다는 점이다.

은일의 삶을 추구하는 방식은 다양하지만, 여기에는 자연친화적 공간에 대한 지향이 공통적으로 자리 잡고 있다. 고려의 죽림칠현이 남긴 작품과 조선시대 연산·선조 연간의 풍파에 거세당한 사류(士流)들이 창작한 시가에 나타난 강호와 산림도 대체로 자연친화적 은일공간으로 그려진다. 그런데 이와 같은 은일공간은 현대시에도 흔히 나타나며, 현실세계에서 벗어나 탈속의 세계를 꿈꾸는 시인들의 개인적 이상향이 된다. 이러한 점은 선대 문인들이 보여주었던 현실대응 태도가 현대 시인들에게도 이어지고 있다는 것을 보여준다.

서구에서도 은둔사상은 나타난다. 이는 목가와 전원시를 통해 주로 표현된다. 목가와 전원시에 나타나는 이상향은 현실공간에서부터 멀리 떨어진 곳에 위치하고 있다는 점에서 동양의 경우와 그리 다를 바가 없다. 서구의 은둔사상 역시 불합리하고 부조리하고 어지러운 세상을 피하여 고결한 삶을 추구하는 태도에서 비롯되는 것이기 때문이다.

목가는 목동(pastor)을 뜻하는 파스토랄(pastoral)의 번역어다. 서구에서 목가의 역사는 2000년 동안 이어져 올만큼 깊은 전통을 지니고 있다. 고대 시인들은 목가적 생활을 신화적 황금시대의 용어로 기술했고, 후대의 기독교적 목가시인들은 황금시대와 에덴동산에 대한 암시를 결합시켜 목가의 공간을 형상화했다. 목가의 상당수는 자연 속의 아름다운 시골을 인간 본연의 고향으로 여기는 순수한 것들이지만 그곳은 가난한 하층민의 생활터전이기도 했다. 목가를 썼던 시인들은 대부분 귀족으로 궁정에 살거나 도시에 살면서 벼슬을 했다. 그들은 당대 사회를 지배했던 정계와 종교계 인사들의 부패상을 목격하면서 그 부패한 현실에서 벗어난 세계를 그리워하며 목가를 썼던 것이다.32) 에덴과 황금시대는 돌아갈 수 없는 신화적 시간 속에 위치하고 있는 이상향이기 때문에 후대의 시인들에게는 에덴이나 황금시대를 대체할 이상향이 필요했다. 그 결과 척박한 세계로 밀려난 시인들이 상상해 낸 곳은 아르카디아였다. 아르카디아는 서구 전원시에 나타나는 대표적 귀거래처이지만 처음부터 이상적 장소로 구체화된 것은 아니었다.

아르카디아가 이상향으로 노래되기 시작한 것은 버어질에 이르러서이다. 버어질은 스파르타 국경에 위치한 아르카디아를 이상향으로 노래했다. 그러나 지리학자들이 실제로 확인한 아르카디아는 산과 산맥으로 둘러싸인 척박하고 보잘 곳 없는 땅이었다고 한다. 그런데 버어질이 아르카디아를 이상향으로 노래한 것은 그곳이 Pan 전설의 배경이 되는 곳이었기 때문이다. Pan은 숲과 들, 가축 떼와 목동 등을 관장하는 신으로 바람이 되어 떠돌아다니며 노래와 춤을 즐겼다. 버어질은 실제보다는 상상에 의해 아르카디아 지방을 전원생활의 이상향으로 선택했는데, 이는 아르카디아가 현실의 공간에서 멀리 떨어져 쉽사리 닿을 수 없는 곳에 위치하고 있었기 때문이다. 버어질이 노래

---

32) 오하근, 「신석정의 『촛불』에 대한 오해-목가와 현실도피적 은둔사상에 대하여」, 『한국언어문학』 50호, 2003, 352-353쪽.

한 아르카디아는 실재하는 장소였지만 상상을 통해 차츰 이상화되고 신비화되어 신과 양치기와 인간이 상상 속에서 만나는 장소가 된다. 따라서 아르카디아는 순수하고 소박한 삶을 그리는 인간의 귀거래처로, 현재의 모든 결함을 메울 수 있는 하나의 상징적 공간으로 구체화된다. 아르카디아는 시대를 따라 명칭을 달리하며 서구 전원시의 이상향으로 노래되었다.[33]

은일사상의 이상향은 공동체가 아닌 사적 공간이라는 점에서 무릉도원과 같은 마을공동체 이상향, 유토피아, 이상국가 등과는 다르다. 은둔·은일의 공간은 공동체로부터 멀리 떨어진 곳에서 탈속적 삶을 꿈꾸는 개인적 욕망의 산물로, 개인이나 극소수의 사람들만 존재하는 일종의 은신처라고 할 수 있다. 그 공간은 한 채의 집 또는 몇 채의 집들만 있는 주거공간을 중심으로 하는 경우가 많으며, 자연친화적 삶을 누릴 수 있는 산, 전원, 강변 등의 자연공간을 포함하기도 한다. 은일공간은 은일자가 이미 위치하고 있거나, 그 공간을 욕망하는 주체가 실현할 가능성이 매우 높은 공간이기 때문에 현재에 위치한 경우가 주를 이루지만, 간혹 과거나 미래에 위치하는 경우도 있다.

은일공간은 일제강점기에 창작된 목가적 전원시와 산수공간을 형상화한 시에서 폭넓게 찾아볼 수 있다. 산수공간을 이상향으로 형상화한 시는 고려시대와 조선시대에 창작된 강호·산림 문학에 나타나는 이상향을 계승하는 측면이 있지만, 전원시에 형상화된 이상향은 서구의 목가적 이상향인 아르카디아와 유사한 성격을 지니기도 한다. 그런데 이 시기에 창작된 전원시의 계절적 배경은 만물이 소생하고

---

33) 이건청, 한국전원시 연구」, 문학세계사, 1986, 33-35쪽.

꽃이 피는 봄이나 수목이 푸른빛을 뿜어내는 여름이 주를 이룬다. 프라이에 따르면 봄과 여름은 상승 지향적이며, 그것의 상승점은 바로 '해피 앤드'와 '모두가 늘 행복하게 사는 상태'와 다름 아닌 것이 된다.34) 전원시를 창작한 시인들이 양(陽)에 해당하는 봄과 여름을 계절적 배경으로 설정하는 것은 현실에서 받은 상처를 치유하려는 데에서 비롯된 것이라고 할 수 있다. 한국현대시에는 강변이나 숲과 같은 은일공간도 나타나지만 산과 전원이 주를 이룬다. 1920~1930년대에 창작된 다수의 전원시와 1940년대에 주로 창작된 산수공간을 형상화한 시의 화자는 세속적 삶의 현장에서 벗어나 자연친화적인 생활을 노래한다. 일제강점기에 활동한 시인들이 전원과 산수공간을 이상향으로 형상화한 것은 그곳이 일제강점의 폭압적 현실에서 벗어날 수 있는 곳이었기 때문이라고 할 수 있다.

---

34) N.Frye(임철규 옮김), 『비평의 해부』, 한길사, 1991, 9판, 226쪽.

2. 낙원사상과 마을공동체

원초적 낙원은 범신론적 세계관을 바탕으로 하고 있는 경우가 많으며, 농경생활로 대표되는 인류의 문명이 시작되기 전의, 수렵과 채집활동을 하던 시대의 생활상을 담고 있다. 농경생활로 인해 잉여생산물의 사적 소유가 발생하고 계층의 분화가 시작된 이후 인간은 사적 소유와 양극화가 없던 원시사회를 동경하게 되는데 그 동경을 원초적 낙원에 대한 향수로 이해할 수 있다. 원초적 낙원은 종교와 밀접한 관련을 지니고 있다. 기독교의 낙원인 에덴, 불교의 낙원인 서방정토가 원초적 낙원의 대표적 모델이다.

서구의 원초적 낙원 가운데 가장 널리 알려져 있는 것은 에덴과 황금시대다. 에덴은 『구약』의 「창세기」에 나오는 낙원으로 기독교라는 특정 종교의 입장에서 보면 조물주의 천지창조와 관련되어 있는 역사적 장소가 되지만, 낙원을 포함하는 이상향이 인간적 상상력의 산물이라는 측면에서 본다면 이스라엘 민족이 만들어낸 허구의 산물로 볼 수도 있다. 에덴은 서구사회에 존재했으리라고 생각되는 낙원의 원형에 해당하지만 구약이 구비물의 기록이라는 점을 고려한다면, 동화적이고 공상적인 이야기 문학에 나타나는 이상향에 해당한다고 할 수 있다.

황금시대에 대한 언급은 그리스 시인 헤시오도스의 작품『일과 나날』에 처음 나타난다. 그는 인간의 삶을 금·은·동·영웅·철의 다섯 시대로 나누고 있는데, 그 가운데 금의 시대가 황금시대에 해당한다. 헤시오도스, 오비디우스, 베르길리우스 등 고대 시인들이 노래했던 황금시대는 제우스의 아버지 크로노스가 통치하던 시대였고, 우주적 정의를 상징하는 아스트라이아 여신이 하늘로 올라가 처녀별이 되기 전까지 인간과 더불어 살던 시대였다. 그때에는 인간과 신이 공존했으며, 모든 것이 풍족했고 계절은 늘 따뜻한 봄이었고, 인간과 자연은 하나였으며, 인간은 인간끼리 동물은 동물끼리 사이좋게 지냈고 인간과 동물들이 더불어 조화롭게 살았다. 육욕과 탐욕이 인간을 타락시키지 않았기 때문에 증오, 분노, 무기, 법, 전쟁도 없었고, 인류는 커다란 가족과 같았다. 서로를 신뢰했고 많은 물건들을 공유했고, 사회적 위계질서도 없던 황금시대는 인간적 삶의 이상을 요약할 수 있을 만큼 사회적인 조화, 자연적인 풍요, 경제적인 안정, 개인적인 행복을 두루 갖춘 시대였다.35) 황금시대는 신화적 시대이며 우주적 정의가 존재했던 시대이기 때문에 모든 인간이 행복하게 살았지만 인간의 호기심과 경쟁심 때문에 차츰 전락의 과정을 거치며 은의 시대, 동의 시대, 철의 시대로 바뀌게 된다. 철의 시대에 이르면 인간은 땅을 분배·소유하게 되고 무역을 하며, 전쟁이 일어나 인간 사이의 갈등은 더욱 심화된다.36)

---

35) 임철규, 『왜 유토피아인가』, 민음사, 1997, 243-244쪽.
36) 이건청, 같은 책, 30쪽.

문명사의 입장에서 보면 낙원과 황금시대는 인류가 자연에서의 삶을 버리고 경작활동을 시작하기 이전의 시기에 해당한다. 경작 활동은 잉여생산물을 창출했으며, 잉여생산물은 사적 소유 발달의 원인이 된다. 자연에서의 원시집산 생활을 버리고 사적 소유를 인정하는 공동체를 이루게 된 이후, 인류는 낙원과 황금시대에서 점점 멀어지게 된 것이라고 할 수 있다.

동양의 낙원은 불교·유교·도교 문헌에서 찾아볼 수 있다. 불교 문헌에 나타난 낙원은 신화적 상상력에 의해 고안된 곳으로 초국가적 성격을 지니고 있으며, 공간적 범위도 광활하다. 특히 극락을 묘사하는 기록을 살펴보면 불교적 낙원은 다분히 우주적 상상력에 바탕을 두고 있는 것처럼 보인다.

극락은 불교 최고의 이상향으로 범어 Suhāmatī의 역어(譯語)다. Suhāmatī는 본래 형용사로 '행복이 있는'이라는 의미를 지니고 있었는데, 명사화되어 '행복이 있는 곳'을 의미하게 되고, 특별히 아미타불의 국토를 가리키는 명칭이 되었다. 극락은 사바세계에서 서방으로 십만억불토[37]를 지나간 곳에 있으며, 그 나라의 백성은 온갖 괴로움에서 해방되어 있고, 온갖 즐거움만 누린다. 극락은 바라는 대로 모든 것이 이루어지는 세계로 부족한 것이 없는 곳이다. 극락에서는 식욕이 동하면 그릇이 나타나고, 원하는 음식이 그릇에 가득 채워진다. 극락에서 충족되는 것은 음식만이 아니다. 모든 것이 바라는 바대로 응하여 나타나 이루어지는 낙원이 극락이다. 그런데 극락의 위치가 '서방'에 있다는 것은 현실적인 방위관에서 유래된 표현이다. 극락은 천

---

37) 십만억불토는 헤아릴 수 없고, 재어볼 수 없는 먼 거리를 의미한다.

상·지하라고 하는 상하의 관념 위에서 성립된 것이 아니라, 동서남북의 방위관에서 표상된 것이다.38)

이와 같은 방위관에서 유래한 불교의 낙원이 울단월(鬱單越)이다. 울단월은 인도 신화에 나오는 세계의 구주(九州) 가운데 하나로 사방이 각 사십만 리이며 그 안에 무수한 산이 있고 강변에는 갖은 수목과 꽃들이 자라난다. 나라 중앙에 사방이 각 사천 리에 달하는 연못이 있고 못 사방의 숲에는 각종 신기한 나무들이 자란다. 못 가운데 핀 연꽃의 빛과 향은 사십 리에 이르는데 연의 뿌리를 자르면 꿀맛이 나는 유액이 흐른다. 쌀은 저절로 생기고 배불리 먹을 때까지 떨어지는 일이 없으며 의복은 수목(樹木)에서 생긴다. 남녀는 따로 살고 배우자도 없지만, 정욕이 일어날 때면 동산에서 함께 즐긴다. 임신한 여인은 7~8일 내에 출산하며 아이는 생후 7일에 성인이 된다. 울단월의 주민은 1만 1천 년을 살며, 사람이 죽어도 슬퍼하지 않는다. 주검을 길가에 눕혀두면 새가 주검을 나라 밖으로 나른다. 이처럼 풍요, 자유, 신비로움을 간직한 울단월은 초기 불교에 끼어들어가 불교적 이상향의 형상은 다양한 양상을 보이게 된다.39)

원초적 낙원을 형상화한 시는 이상에서 살펴본 신화적, 종교적 세계관을 바탕으로 하고 있는 것이 특징이며 풍요로운 삶을 누릴 수 있는 다양한 규모의 공간을 형상화한다. 낙원을 형상화한 시 가운데에는 종교적 신념을 바탕으로 한 초월적·초국가적 성격을 지닌 것들이 발견되기도 하는데, 이 작품들은 개별 종교에서 그려낸 낙원의 모습을 부분적으로 차용하기도 하고 시인의 상상력에 의해 창조적으로

---

38) 김석하, 같은 책, 84-85쪽.
39) 『大樓炭經』, 여기서는 김석하, 같은 책, 85-87쪽에서 재인용.

변형된 낙원을 형상화하기도 한다.[40]

에덴, 황금시대, 극락, 울단월은 신화적 요소를 간직한 원초적 낙원에 해당하지만, 아래에서 살펴볼 낙원 모델은 원초적 낙원에서 찾아볼 수 있는 신화적 요소가 나타나지 않는다.

『예기』에 나오는 대동사회는 유교적 낙원이다. 대동사회는 요순시대 이전의 원시집산 공동체에 해당하며 앞에서 살펴본 원초적 낙원과 달리 신화적 상상력이나 물활론적 세계관이 부재한다. 하지만 대동사회는 천도(天道)가 지켜지는 공동체라고 할 수 있다. 「예운편」에 의하면, "대도(大道)가 있던 시대에 인간은 다른 사람의 부모를 나의 부모처럼 생각했고, 다른 사람의 아이를 나의 아이처럼 귀여워했다. 노인은 편안한 여생을 보낼 수 있었으며 성인들에게는 일할 여건이 보장되어 있었다. 아이들에게는 길러주는 사람이 있었으며 병든 자도 모두 부양받았다. 사람들은 과부들, 고아들, 자식 없는 사람, 병으로 무기력한 사람을 불쌍히 여겼고 잘 보살펴주었다. 사람들은 일하는 것을 싫어하지 않았으며, 자기만을 위해서 일하지도 않았다. 재물을 사적으로 저장하지 않았기 때문에 도둑도 없고 집집마다 바깥문을 닫을 필요가 없었다."[41] 『예기』는 이러한 대동사회를 이상향의 지표로 설정하고 있다. 공자(孔子)는 대동의 삶이 사라진 소강의 시대에 어떻게 하면 행복한 사회를 만들 수 있을지 고민했다. 그 결과 그가 생각해낸 방법은 덕을 갖춘 성인이 공동체를 다스리는 것이었다. 그런데 도교에서는 이와 같은 공자의 발상[42]을 부정적으로 평가한다.

---

40) 『山海經』의 낙원 모티브를 차용한 황지우의 장시 「山經」, 『게눈 속의 연꽃』, 문학과지성사, 1990에서 이와 같은 내용이 발견된다. 상희구, 『발해기행』, 현대시학, 2006에도 이와 같은 시가 다수 수록되어 있다.

41) 陳正炎・林其錟(이성규 옮김), 『중국의 유토피아 사상』, 지식산업사, 1993, 123쪽 요약.

42) 천도가 지켜지는 대동사회는 낙원으로 볼 수 있지만 대동의 삶을 잃어버린 시대에 공자가 고안해낸 사회

무위자연을 강조하는 도교의 입장에서 볼 때 공자의 발상은 행정조직을 가진 국가체제를 인정하는 것이며, 지배계층과 피지배계층의 분화를 당연한 것으로 인정하는 것이기 때문이다.

대동사회와 유사한 성격을 가진 낙원이 도교의 사상의 산물인 무군사회(無君社會)다. 무군사회는 지배자가 없는 사회이기 때문에 인간은 평등하며 자신의 의지에 따라 자유롭게 살아간다. 갈홍이 포경언의 사상을 논박한 『포박자』에는 무군사회에 대한 묘사가 나온다.

> 먼 옛날에는 군주도 신하도 없었다. 우물을 파서 마시고 밭을 갈아 먹었으며, 해가 뜨면 일하고, 해가 지면 휴식을 취하였다. 사람들은 모두 너울너울 매인 데가 없이 자득하였으며, 경쟁도 없었고, 애써 무엇을 이루려고 하지도 않았으며, 영광도 오욕도 없었다. 산에는 길도 없었고 물가에는 배도 나루도 없었다. 강과 계곡이 서로 통하지 않았으므로 서로 겸병하는 일도 없었고, 사람이 많이 모이지 않았기 때문에 서로 공벌하는 일도 없었다. 그러므로 나무 높이 있는 새집을 뒤지지 않았으며, 깊은 물속을 헤집으며 물고기나 조개를 잡지도 않았다. 봉황과 꾀꼬리가 집 뜰에 서식하였고, 용과 기린이 떼를 지어 園池에서 노닐었다.[43]

위의 인용문은 군주도 신하도 없었던 무군사회의 모습을 그려내고 있는데 이는 노자가 논의한 소국과민 이상향[44]과 친연성을 띠는 공간이다. 포경언의 이야기에서 알 수 있는 것은 군신의 구분이 있게

는 낙원과 거리가 멀다고 할 수 있다. 계층적 위계에 의해 질서가 유지되는 사회는 낙원으로 보기 어렵다. 공자가 고안한 사회는 국가와 행정조직을 인정한다는 점에서 서구 유토피아 사상의 원조에 해당하는 플라톤의 『국가』와 유사한 점이 많다.

43) 갈홍, 『포박자』, 여기서는 陳正炎·林其錟, 같은 책, 217쪽에서 재인용.

44) '소국과민'의 이상사회는 사람이 많이 살지 않는 소규모의 공동체다. 그 곳에 사는 사람들은 자신의 거처를 편안하게 여기기 때문에 이웃과 왕래도 피한다. 이웃과의 교류가 없어도 자신이 사는 곳에서 모든 것이 충족되기 때문에 이웃나라가 바라보이고 가까이 있어도 늙어 죽을 때까지 서로 왕래하지 않는다. 김구용 옮김, 『노자』, 정음사, 1979, 220-223쪽.

되면 존비의 차별이 발생하게 되고, 명예를 다투고 재물을 귀하게 여기는 풍조가 발생한다는 점이다. 포경언은 사회의 모든 죄악이 군신의 구분에서 비롯되었다고 보고 있다. 포경언은 강자가 약자를 억압하는 군신지도가 평화롭고 자연스러운 삶을 파괴하고, 관(官)과 같은 행정조직을 만들어 내어 결과적으로 인간을 억압하는 제도적 폭력을 양산한다고 생각했던 것이다.45) 포경언의 이와 같은 견해는 유교적 위계를 부정하는 도교적 사회사상을 잘 보여주고 있다. 무군사회는 사적 소유와 지배·피지배의 개념이 없는 낙원이지만, 원초적 낙원이나 원시집산사회보다는 후대의 생활양식을 간직한 곳이다. 이는 위의 인용문에서 "밭을 갈아먹었다"는 표현에서 알 수 있는 농경생활상을 통해서 확인할 수 있다.

낙원의 여러 모델 가운데 비교적 늦게 발생한 것이 무릉도원과 같은 마을공동체다. 사적 소유와 행정조직, 국가체계가 자리를 잡게 된 사회에서는 계급 분화가 이루어지게 마련이다. 계급분화가 고착화된 사회에서는 피지배계층에 대한 지배계층의 억압과 착취가 이루어지게 되는데, 이는 각종 조세부과, 국가적 사업에 대한 노동력 동원, 전쟁 동원 등으로 요약할 수 있다. 이와 같은 계급사회에서 피지배계급은 자유롭고 행복하게 살 수 있는 토대를 상당 부분 상실하게 된다. 그래서 그들은 전쟁과 지배자의 착취가 없는 무릉도원 같은 마을공동체를 상상하게 된다. 무릉도원의 형상은 도연명의 「도화원기」 가운데 도화원을 묘사한 산문에서 나타난다.

晉 太元 연간에 武陵의 한 어부가 계곡을 따라 가다 桃花 숲을 만났

---

45) 陳正炎·林其錟, 같은 책, 219-222쪽.

다. 물의 양편 수백 보 안에 다른 나무는 없었고, 향기로운 풀이 자
라고 떨어진 꽃잎은 어지럽게 날리고 있었다. 신기하게 생각한 어
부가 앞으로 나가보니 숲이 끝나고 물줄기도 사라진 곳에 산이 나
타났다. 산에는 작은 입구가 있었다. 그는 배를 버리고 입구로 들어
갔다. 수십 보를 들어가자 넓고 트인 곳이 보였다. 토지는 평탄하고
넓었으며, 집들이 정연하게 들어서 있었고 良田과 아름다운 못, 뽕
나무, 대나무가 있었으며 도로가 교차하고 개와 닭의 울음소리가
들렸다. 농사를 짓는 남녀의 의복은 바깥세상의 것과 같았다. 그들
은 어부를 보고 크게 놀라며 어부를 집으로 데리고 가 술과 음식을
내놓았다. 마을 사람들은 모두 찾아와서 바깥세상의 일을 물었다.
그들은 자기들의 조상이 秦代의 난을 피하여 처자와 邑人을 이끌고
이곳에 와 밖으로 나가지 않았기 때문에 외부 세계와 격절되었다고
하며 지금이 어떤 세상이냐고 물었다. 그들은 漢과 魏·晉도 몰랐
다. 어부가 일일이 말해주자 그들은 모두 탄식했다. 나머지 사람들
도 모두 어부를 집으로 초청하여 술과 음식을 내놓았다. 수일을 머
문 후 그가 작별하고 떠날 때 사람들은 (자신들의 존재를) 바깥사람
들에게 말하지 말 것을 부탁했다. 어부는 밖으로 나와 배를 타고 길
을 찾아 나오며 곳곳에 표지를 남겨 두었다. 그는 郡의 治所에 이르
러 태수에게 여차여차하였음을 말하였다. 태수는 사람을 보내 어부
가 남긴 표지를 찾았으나, 끝내 길을 찾지 못했다. 南陽의 高士 劉
子驥는 이 이야기를 듣고 혼연히 가보았으나 성공하지 못하고 곧
병사하였다. 그 후 그 길을 찾는 사람은 아무도 없었다.[46]

　　무릉도원은 마을공동체 이상향의 대표적인 모델로 불평등과 부자
유, 전쟁, 국가조직의 지배를 거부하는 자치적 공동체라는 점에서[47]
건축학적 상상력에 바탕을 둔 서구의 도시기획·국가기획인 공상적
유토피아와는 성격이 다르다.[48] 무릉도원으로 대표되는 마을공동체

---

46) 陳正炎·林其錟, 같은 책, 225-226쪽을 요약.

47) 도교 문헌에서는 성인들이 나타나 평범한 인간들을 교화하기 이전의 사회를 이상사회의 전형으로 본다.
　　그 시대에 살던 사람들은 인위가 아닌 자연의 원리에 따랐는데, 성인들이 나타나 인간들을 교화함으로써,
　　교화하는 자와 교화되는 자 사이에 차이가 발생하고, 인간들 사이에 높고 낮은 신분의 구별이 생기게 되
　　었다는 것이다. 계급의 높고 낮음은 자연의 원리가 아니라 인위에 의해 만들어진 것으로, 이때부터 갖은
　　사회모순의 싹이 발생하게 되었다는 것이 도교철학의 입장이다.

48) 다음 항에서 살펴볼 르네상스 시대의 공상적 유토피아는 건축학적 상상력에 바탕을 둔 근대적 도시기획

이상향은 은일공간보다는 규모가 크지만 유토피아보다는 소규모이다. 마을공동체는 도시적 삶에 기초한 서구의 유토피아와 달리 자연스럽고 소박한 삶을 영위할 수 있는 곳이다.

마을공동체 이상향을 형상화한 한국현대시는 마을공동체의 공간적 특성과 삶의 방식을 비교적 자세히 보여주기도 한다.[49] 이 유형의 시 가운데 현대시사에서 가장 보편적으로 찾아볼 수 있는 것이 유년에 살았던 마을을 회상하거나, 그 공간에서 향유되는 삶의 모습을 복원하고 재현하고 있는 것들이다. 일제강점기에 창작된 백석, 노천명의 시 가운데 행복했던 유년의 마을공동체를 형상화한 시들이 이와 같은 유형에 속한다. 한편 마을공동체 이상향을 형상화한 시 가운데에는 국가가 부과하는 각종 억압에서 벗어나 소규모 공간에서 누릴 수 있는 상호부조와 자치의 생활상을 강조하는 아나키즘의 성향이 나타나기도 한다.[50]

내지는 근대적 국가기획이라는 점에서 낙원과는 성격이 다르다고 할 수 있다.

49) 『현대시학』, 2006년 10월호에 수록된 전윤호의 연작장시 「도원지리지」가 대표적인 작품이다. 이 작품은 무릉도원 모티프를 바탕으로 마을공동체의 공간적 특성과 생활양식을 상세하게 묘사하고 있다. 이 시는 비교적 최근에 창작된 것이라 연구대상에서는 제외되었음을 밝혀둔다.

50) 본고의 연구대상은 아니지만 동학농민운동을 주제화한 신동엽의 장시 「금강」이 대표적인 예이다. 신동엽은 이 시에서 국가도 계급도 없는 무정부 마을을 이상향으로 그려내고 있다. 이 무정부 마을은 시인이 꿈꾸었던 국가적 이상향으로 확대된다.

3. 민족주의사상과 민족공동체

민족주의사상과 민족주의운동은 세계 전역에 걸쳐 다양한 형태로 전개되어왔기 때문에 그 특성은 일률적으로 규정하기 어려운 면이 있지만 지배 이데올로기를 부정하고 현실사회와는 다른 새로운 사회를 지향한다는 점에서 이상적 사상이자 운동으로 규정할 수 있다. 초창기의 민족주의가 정부권력을 제한하고 시민의 권리를 확보하려고 했던 점, 국가의 구성원들이 주권을 지닌다는 근대적 정치사상을 표방하고 있는 점, 유럽, 아메리카, 아시아 대륙에서 일어났던 민족운동이 민족해방운동 내지는 민족해방전쟁의 성격을 지녔던 점 등은 민족주의사상이 봉건질서를 거부하는 이상적 사회사상이자 이상적 국가사상이라는 점을 뒷받침하고 있다. 특히 타국가에 의해 식민지배를 받는 민족의 경우, 민족주의사상은 반외세와 자주적 국가 건설을 추구하는 이상적 사상의 성격을 뚜렷하게 띠게 된다. 이러한 민족주의사상은 타민족과의 차별의식을 내포하고 있기 때문에 이상적 사상의 성격뿐만 아니라 이데올로기적 성격을 지니기도 한다.

민족주의는 공동체 구성원 전원에게 내재되어 있는 하나의 의식이며, 동시에 "민족국가를 합법적인 정치조직체의 이상적인 형태로 인정하고 민족을 온갖 문화상의 창조력과 경제적 복지의 원천"[51]으로 본다. 따라서 민족주의는 공동체 구성원의 의식에 내재된 하나의 이념이 된다. 민족은 소규모 집단 간의 상호 충돌을 초월하고 규제하는 최고의 의식집단이라고 할 수 있으며, 민족주의는 가족, 계급, 씨족, 마을, 종파, 종교와 같은 다양한 집단의식을 넘어서는 가장 높은 집단의식이라고 할 수 있다. 이러한 민족주의는 현실적으로든 이상으로든 경계가 뚜렷한 영토를 가진 근대적 중앙집권 정부를 전제로 하게 된다.

민족과 민족주의의 기원과 발달에 관한 견해는 크게 두 가지로 나누어진다. 첫째는, 민족이 고대로부터 존재해 온 원초적 실재라는 입장이고, 둘째는, 근대자본주의 발전과정에서 생겨난 역사적 구성물이라는 입장이다. 근대적 민족주의사상은 후자의 견해를 바탕으로 성립된다. 특히 베네딕트 앤더슨은 민족을 왕조국가가 쇠퇴하고 자본주의가 발달하는 시기에 나타나는 특정한 '문화적 조형물'로 보는 입장을 취하며, 민족을 '상상의 공동체'로 개념화한다.[52]

민족주의의 사상체계에 대한 입장은 다양하지만 중세의 봉건체제와 대립하면서 성립된 근대적 시민사상이라는 것이 공통적인 의견이다. 민족주의의 초기 모형은 독립을 위해 투쟁한 아메리카 백인 이주민의 자손인 크리올에게서 나왔다고 보는 견해가 있다.[53] 크리올의 민족주

---

51) Hans Kohn(차기벽 옮김), 『민족주의』, 삼성문화재단, 1974, 11-12쪽.
52) Benedict Anderson(윤형숙 옮김), 『상상의 공동체』, 나남출판, 2002, 25-27쪽.
53) Benedict Anderson, 같은 책, 77-98쪽.

의는 언어나 문화적 전통, 인종에 상관없이 자신의 영토에 거주하는 모든 사람들을 포용하는 대중민족주의의 이념을 표방한다. 이와 같은 대중민족주의는 혈통을 중시하는 종족민족주의와는 성격이 다르다.

크리올의 민족운동이 종결될 즈음에 유럽에서도 민족주의가 발달하기 시작한다. 유럽의 민족주의는 크리올 민족주의와는 다른 기원을 가진 듯 보이지만, 앤더슨은 유럽의 민족주의가 크리올에 의해 시작된 아메리카 대중민족주의를 모방하고 표절하고 있다고 보고 있으며 유럽민족주의가 추구하는 민족국가, 공화제도, 보통 시민권, 인민주의 등이 아메리카 대륙의 민족해방운동에서 나왔다[54]고 파악한다.

유럽에서 본격적인 민족주의가 출현한 것은 18세기 후반부터이지만 민족주의사상은 프랑스대혁명을 통해 보다 구체화된다. 중세사회에서는 찾아볼 수 없었던 국민주권사상이 민족주의사상의 발전 단계에서 생겨난다. 근대적 민족주의의 창시자인 루소는 군주 개인이나 지배계층이 민족의 구체적 표현이라는 '관주도형 민족주의'를 거부하고 국가 내지는 민족을 대중과 동일시했다. 루소는 정부가 주권자에 의해서만 존재하며, 공적 권력을 지닌 통치자가 어떤 전제적이고 자의적인 행위를 하게 된다면 국가의 전체적인 유대가 풀어진다고 생각했다.[55] 이처럼 민족주의의 개념이 국왕으로부터 평민으로 확장되어 전개된 것은 민족주의가 세계사의 구체적 진행과정에서 상당한 변화를 나타낼 수 있음을 암시해 주는 것이다.

구성원들에게 단일한 공동체에 속해 있다는 의식을 제공하는 민족주의사상은 민족공동체의 모형을 통해 집단의식을 공유하는 근대적

---

54) Benedict Anderson, 같은 책, 99쪽, 115–116쪽.

55) Jean-Jacques Rousseau(이태일 옮김), 『사회계약론』, 범우사, 1975, 91–93쪽.

국가공동체의 모습을 제시하고 있다. 하지만 민족주의사상은 역사적으로 중요한 의미를 지니고 있음에도 불구하고 그 실체가 명확하게 드러나지 않는다. 그 이유는 민족주의에 대한 해명이 정치적·경제적·사회적으로 얽혀 있을 뿐만 아니라 역사적 현상으로서 부단히 변하는 것이기 때문이다.

다른 사회사상과 마찬가지로 민족주의의 성격도 불변하는 것이 아니라 역사와 사회의 현실 속에서 달라지고 새로운 요소가 덧붙여지며, 사회적 현실의 다른 측면과 결합하여 변화하기도 한다. 민족주의의 실상이 제대로 밝혀지기 어려운 이유는 그것이 역사 속에서 순수한 형태로 존재하는 경우가 거의 없는 일종의 '백지의 이데올로기'로서, 정치·경제·사회상의 여러 다른 이데올로기와 얼마든지 결합이 가능하다는 특징 때문이다.[56]

그렇기 때문에 민족이나 민족주의에 대한 개념 설정은 무척 까다로운 편이다. 하지만 실체가 명확히 드러나지 않는다고 해서 민족이나 민족주의에 대한 정의가 불가능한 것은 아니다. 민족은 "다른 민족과는 구분되는 객관적인 제 요소, 이를테면 같은 혈통, 언어, 영토, 정치적 실체, 관습과 전통, 종교 등의 제 요소를 그 구성 내용으로 하지만 이들 제요소를 초월하는 새로운 요소인 '적극적인 소속의사'를 구성물로 한다. 따라서 민족주의는 국민 대다수를 고무하는 하나의 심리상태가 된다"[57]고 할 수 있다.

민족주의는 성립 당시부터 사회의 여러 현상 및 사상에 다양한 형태로 결합할 가능성을 지니고 있었고 역사의 진행에 있어서 서로 다

---

56) 김흥일, 『한국근대민족주의운동사연구』, 금문당, 1987, 21-22쪽.
57) Hans Kohn, 같은 책, 11쪽.

른 모습을 띠며 한 사회의 실생활 속에서 다양한 변종과 형태로 나타
난다. 예를 들어 아직 시민적 기반이 형성되지 못한 피압박 민족들에
있어서 민족주의는 외세에 대한 저항이라는 형태로 표출되기도 한다.

외세에 대한 저항을 표출한 민족주의사상으로는 아시아 대륙의 민
족운동인 중국의 태평천국운동(1850~1865), 인도의 세포이의 반란
(1857~1859) 그리고 한국의 동학농민운동을 들 수 있다. 이 운동들은
대외적으로 서구 또는 아시아 식민지주의 국가에 대한 민족주의적
항쟁을 전개하였으며, 안으로 봉건체제에 대한 투쟁을 감행하였다는
공통점을 지니고 있다.58)

한국적 민족주의는 개항과 더불어 시작되었으며, 다양한 운동으로
전개되었다. 한국사에서 발견되는 최초의 민족주의운동은 위정척사
운동이다. 이 운동은 통상을 요구하는 침략적 국제관계를 거부하고
성리학적 가치에 어긋나는 것들을 제거하려고 했다. 1866년 프랑스
함대의 침공으로 일어난 병인양요에서 시작된 이항로와 기정진의 척
화론, 1876년 병자수호조약 체결 당시의 병자 척화론 등이 대표적인
예이다. 독립신문을 발간하고 국권운동과 민권운동 전개했던 독립협
회운동 그리고 언론운동, 교육운동, 국학운동, 경제운동을 주도했던
애국계몽운동도 민족주의사상을 바탕으로 하고 있다. 동학농민운동
과 을미년, 을사년, 정미년에 일어났던 일련의 의병운동, 1919년의 3·
1운동도 반외세 민족주의운동의 대표적인 예이다.

한국사에서 민족주의사상이 실천적 운동으로 이어진 대표적인 예
로 동학을 들 수 있다. 동학은 부당한 사회현실에 강하게 반발하는 비
판적 사회사상이자 현실개혁을 위한 실천적 사회운동의 모습으로 전

---

58) 신복룡, 『동학사상과 한국 민족주의』, 평민사, 1979, 재판, 12쪽.

개되었다. 동학운동에 참가한 사람들은 부패한 선천사회를 정화되어야 할 대상으로 보았고, 부패한 사회는 후천개벽에 의해 정화될 것이라고 생각했는데, 이는 다분히 천년왕국적 성격을 지니고 있는 것이라고 할 수 있다. 천년왕국사상[59]은 기독교, 도교, 불교, 기타 군소종교 및 신흥종교의 세계관과 관련을 지니지만 동양의 경우 도교사상과 밀접한 관련을 지니고 있다. 중국에서 도교사상은 부패한 위정자에 대항하는 농민운동의 성격을 지니며 줄기차게 전개되어 왔다. 동학운동 역시 부패한 위정자와 외세에 대항하는 운동의 성격을 지니고 있다. 동학에 참가했던 사람들은 당대를 말세와 같은 상태로 보고, 모든 사람들이 평화롭고 행복하게 살아갈 미래의 이상사회를 꿈꾸었다. 동학운동의 정신은 한말의 의병운동으로 이어지며, 의병운동이 지녔던 반외세주의는 일제강점기의 항일무장단체들에게 이어졌다.

　일제강점기에 창작된 시 가운데에는 한국적 민족주의운동의 사상을 계승하며, 민족공동체에 대한 이데올로기적 지향을 드러내는 것들이 발견된다. 한용운과 김해강의 시 가운데 상당수는 이와 같은 지향을 나타낸다. 한편 민족주의 성향의 시 가운데는 국권회복에 대한 신념을 표출하고, 이를 통해 국가공동체에 대한 이데올로기적 지향을 보이는 것들도 있다. 이상화와 이육사의 시 가운데 몇몇 작품이 이와 같은 지향을 보여준다.

---

59) 노만 콘은 천년왕국사상을 기독교적 종말론의 변형에 불과한 것으로 파악한다. Norman Cohn(김승환 옮김), 『천년왕국운동사』, 한국신학연구소, 1993, 13쪽. 그러나 기독교적 문화가 부재하는 사회에서도 천년왕국운동은 폭넓게 발견된다. 천년왕국은 「요한계시록」20장의 전거를 가지지만, 보다 보편적으로는 정치체제가 내외의 요인에 의해 와해되기 시작했을 때 발생하는 운동으로 동서양이나 유일신의 유무를 막론하고 발생하는 현상이다. 천년왕국사상의 특징은 정치권력이 부패하거나 전쟁, 재해, 권력에 의한 폭력, 권력의 붕괴와 동요가 같은 현상이 발생하는 사회에서 생겨난다. 운동담당자는 부패와 악에 대항하려는 집단, 억압받는 민족, 종파, 계급 등이며, 이들은 메시아의 절대성을 확신하여 권력이나 적을 악마로 규정한다. 운동의 과정에서 절대자나 초자연자, 유일신, 황제 등의 도움에 의해 악한 자를 멸망시고 하나의 이상향을 실현하려고 한다. 미래의 이상사회는 과거의 황금시대의 재현이라는 형태를 취하는 경우가 많으며, 인간은 물론 자연이나 동물조차 완전한 것이 되고 싸움이 전혀 없고 생산력은 막대하여 휘황찬란한 황금의 시대 혹은 지나치게 호화로운 농촌으로 묘사된다. 三石善吉(최진규 옮김), 『중국의 천년왕국』, 고려원, 1993, 41-43쪽.

4. 사회주의사상과 무계급공동체

사회주의사상은 유토피아 사상을 비판적으로 계승하고 있다. 유토피아[60]는 인간의 힘으로 건설하려는 근대적·합리적 이상향의 모델이기 때문에 신화적 상상력과 자연성에 바탕을 둔 낙원과 차이가 있으며, 메시아의 영도에 의해 건설되는 천년왕국과도 차이가 있다.[61]

---

60) 유토피아와 유토피아 사상에 대해서는 다양한 견해가 있다. 우선 유토피아를 실현가능성이 없는 공상적 사회로 보는 입장이다. 마르크스와 엥겔스의 견해가 대표적이다. 그들은 「공산당 선언」을 통해 오웬과 푸리에를 유토피아적 사회주의자라고 비난한다. 마르크스가 사용하는 유토피아라는 개념 속에는 현실변혁을 위한 실천적 수단이 부재하는 허구적 사회라는 의미가 내포되어 있다. K. Marx·F. Engels(김재기 옮김), 『마르크스·엥겔스 저작선』, 거름, 1988, 80-81쪽. 그런데 이러한 마르크스의 사상을 유토피아 사상으로 파악하는 입장도 있다. 마르틴 부버의 경우가 대표적이다. 그는 마르크스의 사상을 토마스 모어로부터 오웬, 생시몽, 푸리에에 이르는 사회주의적 유토피아 사상을 비판적으로 계승하는 것으로 파악한다. Martin Buber(남정길 옮김), 『유토피아 사회주의』, 현대사상사, 1993, 143-169쪽. 한편 만하임은 자신을 에워싸고 있는 기존질서를 부분적으로 혹은 전적으로 파괴하는 현실초월적 방향설정양식을 유토피아적 의식으로 규정하고 있어 유토피아의 개념을 넓게 해석하고 있다. Karl Mannheim(임석진 옮김), 『이데올로기와 유토피아』, 청아출판사, 1991, 263쪽.

유토피아의 범주를 축소해서 파악해야 한다는 입장도 있다. 이는 ① 문학작품에 나타나는 목가적 자연상태나 황금시대, ② 픽션에 의해 설계된 이상사회 또는 최선의 국가상, ③ 정치사상에 있어서 이상적 정치질서와 원리를 제시한 것, ④ 콩도르세, 헤겔, 마르크스의 경우처럼 역사철학에서 추구하는 역사의 최종적 완성단계, ⑤ 종교집단이나 혁명집단이 표방하는 천년왕국 추구, ⑥ 지식사회학에서 다루는 이데올로기와 유토피아, 문화인류학과 교육심리학에서 다루는 행복한 생활과 성격개조론 등을 모두 유토피아의 범주에서 거론하는 것은 지나친 확대해석이기 때문에, ②의 영역으로 제한할 필요가 있다는 것이다. 김영한, 『르네상스의 유토피아 사상』, 탐구당, 1989, 13-14쪽.

61) 임철규는 낙원이나 황금시대는 역사 이전에 존재했던 것이기 때문에 시간적으로 미래에 위치한 유토피아와는 다른 것으로 본다. 또, 천년왕국적 비전은 메시아에 의해서 실현되는 것이기 때문에 지상에서 인간의

유토피아의 기원은 플라톤의 『폴리테이아(국가)』62)에서 찾아볼 수 있지만, 유토피아는 1516년에 간행된 토마스 모어의 저서 『유토피아』에서 비롯된 용어이다. 『유토피아』는 초기 자본주의 시대의 영국과 반대되는 완전한 세계에 대한 묘사를 통해 봉건체제에 대한 비판을 시도한다.63) 토마스 모어 이후에 나타난 유토피아 모델들은 대체로 기독교의 영향 아래 고안되었지만, "고립, 계급화, 고정화, 통제, 획일화라는 속성을 지닌 공간으로 묘사되고 있으며, 이 같은 속성은 19세기의 민주적이라고 일컬어지는 유토피아 속에서도 분명한 형태로든 위장된 형태로든 남겨져 있다"64)고 평가되기도 한다.

유토피아는 에덴동산이나 황금시대로 대표되는 낙원과 같이 재화의 자연적 충족을 전제로 할 수 없는 곳으로, 봉건사회와 그 체제에 대한 비판과 부정을 사상적 토대로 하고 있으며, 공유제를 기본으로 하는 경우가 많다.65) 또 유토피아는 "픽션의 형식을 취하며 특정한

<hr>

힘으로 창조하는 유토피아와는 다른 것으로 본다. 임철규, 같은 책, 14-19쪽.
그런데 이와는 다른 견해도 있다. 만하임은 유토피아적 의식의 형태변화를 논하면서 천년왕국사상을 유토피아적 의식의 제1형태로 파악하고 있다. Karl Mannheim, 같은 책, 284-293쪽.

62) 폴리테이아는 서구적 도시국가의 첫 모델에 해당한다. 플라톤은 황금시대에 대한 향수 대신에 민중들이 꿈꾸어 온 바를 전적으로 뒤집어 놓은 엄격한 계급사회를 그려낸다. 그가 고안한 도시는 지배 계층이 바라는 사회적 현실을 수렴하고 있으며, 스파르타의 사회현실을 이상화한 것이라고 할 수 있다. 플라톤은 세상사가 너무 비참해졌기 때문에 국가나 법은 어쩔 수 없이 필요한 것이라고 생각한 것이다. Ernst Bloch(박설호 옮김), 『희망의 원리-자유와 질서』, 솔, 1993, 49-56쪽.

63) 모어의 유토피아 섬은 개인적 소유와 화폐가 없다. 노동은 유토피아인의 사회적 책무이기 때문에 무위도식은 불가능하며 그 성과물을 개인적으로 소유하지 못한다. 유토피아인들은 전체를 위해 일하고, 전체는 각자의 필요를 충족시키며 교육과 노후를 책임진다. 그렇기 때문에 유토피아인들은 어떤 의미에서 전체를 구성하는 미세한 부분이 된다. 유토피아의 제도와 법률은 단순하지만 빈틈없는 사회적 통제 하에서 생산과 분배는 집단적으로 관리된다. Thomas More(원창엽 옮김), 『유토피아』, 흥신문화사, 1996, 2판, 74-176쪽. 내용 요약.

64) Lewis Mumford(김진욱 옮김), 『개성과 역사』, 종로서적, 1983, 27-28쪽.

65) 이러한 유토피아의 유형은 여러 가지로 나누어 볼 수 있다. 모어, 캄파넬라, 안드레애 등이 고안한 르네상스 시대의 유토피아는 현실세계에 오랫동안 존재한 재화 부족의 경험을 바탕으로 고안된 금욕적 유토피아에 해당한다. 산업혁명 이후에는 새로운 에너지원이 개발되고 산업이 발달함에 따라 과학적 유토피아, 즉 욕구 충족적 유토피아가 출현하게 된다. 콩도르세, 푸리에, 생시몽, 벨라미, 웰즈 등의 유토피아가 그 대표적인 예이다. 재화의 문제 외에도 평등의 문제에 따라 평등한 유토피아와 계급적 유토피아로 나누어

사회와 국가에 대한 구체적 상(像)을 제시해준다"[66]는 공통점을 지니며, 과거지향적인 낙원과는 달리 미래지향적 시간관을 보여준다고 평가되기도 한다.[67] 유토피아가 좋은 장소(eutopia=the good place)를 가리키는지, 존재하지 않는 장소(outopia=no place)를 가리키는지, 또는 이 두 가지 의미를 동시에 가진 것으로 사용되는지가 분명하지 않다.[68] 따라서 오늘날에도 유토피아는 그 용어를 사용하는 사람의 관점에 따라서 ① '공상적 사회'라는 부정적인 의미로도 ② '이상적 사회'라는 긍정적인 의미로도 사용되며 ③ 긍정적 의미와 부정의 의미를 동시에 지니고 있는 것으로 사용되어 '어디에도 없는 이상적인 사회'라는 의미를 지니기도 한다.

①의 입장은 픽션의 형태를 취하는 유토피아가 정치·경제적으로 완전무결한 사회를 지향하지만 현실세계와는 동떨어진 허구적 공간을 제시한다는 것이다. 토마스 모어나 캄파넬라, 베이컨 등 유토피아를 형상화한 작가들이 그것을 현실적으로 완성할 실천적 방법을 제시하지 않고 있어 유토피아는 허구적이며 공상적 사회에 지나지 않는다는 것이다. 이와 같은 유토피아는 "현실세계에 대한 반발심이나 회의에서 생겨난다고 해도 공상적인 관념 세계 속의 이상향으로 나

볼 수 있고, 실현성 여부에 따라 현실도피적 유토피아와 사회개혁적 유토피아로 나누어 볼 수도 있다. 김영한, 같은 책, 16-19쪽.
한편 공유제에 기반하지 않은 자유주의적 유토피아도 있다. 소규모 공동체들의 연방제를 통해 메타 유토피아를 추구하는 로버트 노직의 유토피아 모델이 대표적이다. Robert Nozick(남경희 옮김), 『아나키에서 유토피아로』, 문학과지성사, 1997, 재판, 367-385쪽.

66) 김영한, 같은 책, 15쪽.

67) 20세기에 창작된 자이마틴, 헉슬리, 조지 오웰의 소설이 이러한 면모를 특히 잘 보여준다. 그런데 이들의 작품은 눈앞에 다가오는 유토피아가 사실은 행복한 사회가 아니라 디스토피아라는 점을 보여주고 있다. 이점은 유토피아 기획이 지닌 전체주의적 성격과 관련지어 생각해볼 수 있다.

68) R. Levitas, *The Concept of Utopia*, 1990, 2-3쪽. 손철성, 『유토피아, 희망의 원리』, 철학과현실사, 2003, 15쪽에서 재인용.

타난다."69) 유토피아 사상은 부조리하고 불합리한 사회제도를 개선
하려는 비판적인 사회사상임에는 틀림없지만 현실 사회의 불합리한
점들을 개선할 수 있는 실천적 방법, 즉 사회개혁을 위한 행동을 제
시하지 못한 한계를 지니고 있다는 것이다.

②는 지배 이데올로기에 맞서 혁명적인 방향으로 행동을 이끄는
사상의 복합체라는 만하임의 포괄적인 유토피아 개념을 수용한 것으
로, 모든 유토피아를 "현존하는 것과 다른 방향으로 힘을 행사하려는
시도"70)로 보거나, "지배 이데올로기에 대한 이데올로기적 비판"71)
으로 파악하는 것이다. 이와 같은 입장을 따르면 유토피아는 "상상
속의 유토피아를 현실 속의 유토피아로 실현시키기 위해 개인의 이
해를 집단의 이해에 일치시키고, 불완전한 사회에서 일어나는 갈등,
경쟁, 착취를 조화, 협동, 사랑으로 대체시키고, 강제에 의해서가 아
니라 참여에 의해서 이루어지는 구체적인 공간"72)의 개념으로 확장
된다. 요컨대 유토피아는 "합리적인 수단을 통해 인간에 의해서 이
세상에 구축될 수 있는 이상사회"73)라는 것이다. 이와 같은 견해를
수용하면 아나키즘과 마르크스의 사회주의사상도 유토피아 사상의
영역에서 논의할 수 있다.

본고는 ①과 ②의 입장을 고려하여 유토피아 사상의 영역을 픽션

---

69) 양윤재, 「한국인의 이상향과 서구의 이상도시」, 『터전』1권, 1998, 21쪽.

70) 이와 같은 입장은 생시몽, 푸리에 등의 공동체 실험뿐만 아니라 픽션으로 제시된 유토피아도 주어진 현실
을 변혁하려는 힘을 지닌 것으로 보는 것이다. Paul Ricoeur, *Lectures on Ideology and Utopia*, Colombia
University Press, 1986, 310쪽.

71) Louis Marin(trans by Fredric Jameson), "*Theses on Ideology and Utopia*", Minnesota Review 6, 1976,
봄호, 71쪽. 임철규, 『왜 유토피아인가』, 민음사, 1997, 12쪽에서 재인용.

72) 임철규, 같은 책, 13쪽.

73) 임철규, 같은 책, 19쪽.

의 형태를 취하는 공상적 유토피아로부터 오웬과 푸리에주의[74], 아나키즘, 마르크스주의 그리고 현실을 변혁을 통해 새로운 사회를 추구하는 실천적 운동들까지 포괄하는 입장을 취하려고 한다.[75] 아나키스트들과 마르크스는 공상적 유토피아 사상, 오웬, 푸리에, 생시몽 등의 유토피아적 사회주의사상을 비판적으로 수용하여 기존의 국가와는 성격이 다른 새로운 사회를 건설하려고 했다. 그런데 아나키즘과 마르크스사상은 유토피아 사상이라는 영역 속에 포함되지만 추구하는 바는 다르다.

아나키즘 사상의 뿌리는 자연이다. 자연성은 아나키즘의 모든 교의, 즉 권위의 거부, 정부 및 국가에 대한 혐오, 상호부조, 소박성, 분산화, 정치에의 직접참여 등의 원천이자 기초가 되고 있다. 이러한 아나키즘의 교의는 국가가 강제로 만든 법보다 우수한 정의의 원리, 우주의 자연적 질서에 본래부터 갖추어진 평등과 공명의 원리가 실재하고 있다는 믿음을 반영한 것이다.[76] 따라서 아나키즘은 전체주의나 반자유주의를 비판하기 마련이다.[77] 아나키즘은 권위적 정부나 국가체제를 거부하고 자율성과 평등에 토대를 둔 사회조직을 지향한다. 따라서 아나키스트들이 추구하는 공동체는 소규모인 경우가 많

---

74) 영국의 오웬은 농업과 수공업에 바탕을 둔 생산조직을 건설하려고 미국에 공산촌인 뉴하모니를 건설하였으나 실패한다. 프랑스의 푸리에는 자유로운 협동농장을 고안했고 그의 사상을 추종하는 사람들은 미국으로 건너가 이상촌을 건설했으나 실패한다. K. Marx · F. Engels, 같은 책, 83쪽. 90쪽. Ernst Bloch, 같은 책, 181-189쪽.

75) 단 개념상의 혼동을 피하기 위해 픽션의 형태를 취하는 유토피아는 '공상적 유토피아'라는 용어로 구분해서 사용할 것이다.

76) 손진은, 「열린 체계로서의 미학」, 『시와반시』, 1993, 가을호, 100-101쪽.

77) 아나키즘이 유토피아를 반대하는 것으로 보는 입장도 있다. 이는 아나키즘이 강조하는 자연적 성향과 관련이 있다. 주류 아나키즘은 유토피아주의를 사람들의 자유로운 발전을 제한하는 엄격한 정신주의이며, 인간의 자연성과 자유를 침해하고 사회의 성장을 멈추게 하는 완전주의로 보고 있다. 박홍규, 『아나키즘 이야기』, 이학사, 2004, 64쪽.

다. 자치와 상호부조를 강조하는 아나키스트들은 공상적 유토피아 모델에 주로 나타난 도시나 국가보다 규모가 작은 장소를 이상향으로 생각한다. 하지만 아나키즘의 사상 영역은 무척 다양하기 때문에[78] 연대를 통한 연합사회를 추구하는 입장도 있다. 민중의 자치에 의한 '무정부공산사회'를 고안했던 프루동의 연합사회가 대표적이다. 프루동은 "자주관리연합체에 의한 민중의 통치"[79]를 주장한 바 있다. 한편 아나키즘은 공상적 유토피아 사상과 달리 실천성을 강조한다. 이는 아나키스트들이 "아나키즘이 유토피아 사상이 아니라고 극구 부정했던 것"[80]을 통해서도 알 수 있다.

　마르크스는 오웬, 푸리에 등의 '유토피아적 사회주의자'[81]들의 보수적 태도를 비판하며[82] 혁명을 바탕으로 하는 공산주의 이상향을 추구했다. 그의 이상향은 공상적 유토피아 사상가들이 고안한 도시나 국가의 규모를 뛰어넘는 것이었다. 마르크스의 사상은 실현 가능성을 전제로 하고 있다는 점에서, 또 이상향 건설을 위한 실천적 방법이 존재한다는 점에서 공상적 유토피아 사상과 구분된다.[83] 마르크스의

---

78) 김경복, 「한국 아나키즘 시문학 연구」, 부산대 박사논문, 18~19쪽에 아나키즘의 다양한 유형이 간략하게 정리되어 있다.

79) 玉川信明(이은순 옮김), 『아나키즘』, 오월, 1991, 26~27쪽.

80) 크로포트킨은 유토피아적 공상의 영역을 벗어나 과학의 영역에 발을 들여 놓고 있는 아나키즘의 사회이상을 유토피아라고 말하는 것은 잘못된 것이라고 강조한 바 있다. Kropotkin(하기락 옮김), 『근대과학과 아나키즘』, 도서출판 신명, 1993, 68~69쪽. 크로포트킨의 이 말은 마르크스가 아나키스트를 유토피아주의자, 기회주의자라고 공격했던 데 대한 대응적 의미를 지니기도 하지만 공상적 유토피아 사상과 아나키즘의 변별성을 강조하는 것이라고 생각된다.

81) 1870년대 말 엥겔스와 마르크스는 '비판적이고 유토피아적인 사회주의'라는 개념을 정립했는데, 이 용어를 통해 혁명적 폭력을 점점 더 적대시하는 사회주의의 여러 흐름과 자신들의 교리를 구별하려고 했다. Yolènde Dilas-Rocherieux(김휘석 옮김), 『미래의 기억 유토피아』, 서해문집, 2007, 118쪽.

82) 마르크스와 엥겔스는 오웬과 푸리에주의가 계급투쟁을 무마하고 대립을 화해시키려고 하며, 계급주의를 초월하려는 태도를 보인다고 비판했다. 마르크스와 엥겔스는 유토피아적 사회주의를 비판적·공상적 사회주의로, 노동자의 정치운동을 부정하는 오웬과 푸리에를 반동적·보수적 사회주의자의 부류로 평가한다. K. Marx·F. Engels(김재기 옮김), 「공산당 선언」, 『마르크스·엥겔스 저작선』, 거름, 1988, 80~81쪽.

사상은 현실 사회가 당면한 제반 문제를 점진적으로 개선해나가는 방법과는 다르다. 그는 당대의 현실사회를 일종의 악으로 규정하고 그것을 단기간 내에 혁파하고자 하려고 했다.[84]

마르크스는 자본주의 사회가 소수에게만 자아실현의 기회를 부여하고 대다수에게는 이러한 기회를 주지 않고 소외시키는 데 비해, 공산주의 사회는 모든 인간들에게 풍요로운 삶을 살 기회를 줄 것으로 생각했다. 마르크스에 의하면 공산주의는 사유재산을 철폐하여 인간을 해방시키고, 인간과 인간 사이는 물론 인간과 자연 사이의 갈등을 해결하는 탈소외의 이상향이다.[85] 마르크스는 공상적 유토피아를 비과학적이라고 비판하고 자신의 사상이 공상적 유토피아 사상과 명확히 구분지어지는 실천적 사회사상이라는 점을 특히 강조했다.[86] 마르크스와 엥겔스는 무엇보다도 계급투쟁이 역사적 진보의 요인이라는 원리에서 출발했기 때문에 그들이 비판했던 사상가들과는 다른 이데올로기적 지위를 누릴 수 있었다.[87]

---

83) 마르크스는 혁명을 통해 기존의 사회질서를 폭력적으로 타도함으로서 공산주의 사회를 건설하려고 한다. K. Marx · F. Engels, 같은 책, 81-83쪽.

84) 그렇기 때문에 마르크스의 사상은 천년왕국사상과 유사한 점이 많다. 종교적 성향을 논외로 한다면 이 두 사상이 추구하는 목표는 대동소이하다고 할 수 있다. 천년왕국사상은 현세 지향적 성격을 지니며, 육체적 고통과 슬픔이 없고 물질의 풍요로움을 마음껏 누릴 수 있는 새로운 세계가 내세가 아닌 바로 지금 여기에 건설된다는 생각에 바탕을 두고 있다. 에른스트 블로흐, 마르틴 부버, 뢰비트, 루돌프 불트만 등도 마르크스주의와 종말론 · 천년왕국사상의 깊은 대응관계에 대해 논의한 바 있다. 三石善吉, 같은 책, 46-51쪽.

85) Laslo Sekeli, "*Marx on the State and Communism*", Praxis International, 1984, 360쪽. 임철규, 같은 책, 38쪽에서 재인용.

86) 마르크스는 이상적 사회 건설을 위해 폭력 사용의 필요성을 강조한다. 이러한 점을 염두에 둔 베르쟈에프는 『역사의 의미』에서 마르크스의 사상에 신의 선민인 노동자 계급의 해방을 추구하는 메시아니즘이 있다고 분석하고, 마르크스주의의 역사적인 성립과정이나 이론의 구조가 고대 유태교의 천년왕국이 속화된 것이라고 평가한다. 三石善吉, 같은 책, 47-48쪽.

87) 공상적 유토피아 사상과 마르크스적 사회주의 사상의 차이점을 이해하기 위해서는 두 사상의 가교 역할을 했던 사상에 대한 이해가 필요하다. 로세리외는 프랑스 혁명기에 활동했던 그라쿠스 바뵈프의 사상이 마르크스의 공산주의 사상에 지대한 영향을 미쳤다고 보고 있는데, 이 견해는 다소 낯설지만 상당히 설득력이 있는 것으로 보인다. 토마스 모어의 유토피아에는 행동이 뒷받침되지 않았기 때문에 흔히 '죽은 공산주의 강령'으로 제시되었지만 그라쿠스 바뵈프는 이것을 '살아 있는 공산주의 강령'으로 대체한다. 바

마르크스는 인간이 경제적 조건 때문에 소외당하지 않으며 다른 사람들과 자유롭게 협동할 수 있는 사회적 존재가 될 수 있는 것은 오직 공산주의 사회에서 뿐이라고 확신하였다. 그는 지금까지 존재했던 모든 사회의 역사를 계급투쟁의 역사로 규정했으며, 그에 따라 모든 사회의 계급투쟁의 역사는 프롤레타리아트의 독재 이후에 도래하는 계급 없는 사회, 바로 공산주의 사회에 의해 종결될 것이라는 낙관적 역사관을 표명했다.[88]

유토피아 기획은 공유제를 바탕으로 평등한 삶을 강조하는 긍정적인 측면을 가지고 있지만, 한편으로는 전체주의적인 색채가 매우 강하다.[89] 이는 구소련과 같은 사회주의 국가의 예에서 확인할 수 있다. 따라서 유토피아 사상의 전체주의적 특성은 흔히 비판의 대상이 되기도 한다. 베르자예프는 "완전한 질서를 모색하는 유토피아는 전체주의적 기획을 내포하게 되며 이 과정에서 인간의 자유가 파괴된다"[90]는 점을 지적한다. 칼 포퍼도 "유토피아 사상은 인간이 지상천국의 실현이 불가능함을 이해하지 못하는 데서 발생한다"고 전제하

뵈프는 거부 대상이 된 사회가 소망의 대상이 되는 사회로 변모하기 위해서는 변혁주체의 집단적인 행동, 즉 폭력과 같은 물리적인 행동이 필요하다고 생각했다. 바뵈프의 이 같은 생각은 마르크스와 엥겔스에게 도움을 주었다. 바뵈프의 실천적 사상을 수용한 마르크스와 엥겔스는 생시몽, 푸리에, 오웬, 프루동 같은 다수의 선배 사상가들을 '비판적 유토피아 사회주의'라는 주머니에 쓸어 담는다. Yolènde Dilas–Rocherieux, 같은 책, 17–18쪽, 64–117쪽 참고.

88) 임철규, 같은 책, 52쪽.

89) 노직이 지적하고 있는 것처럼, 공유제 사회를 이상적인 사회로 생각했던 서구의 사상가들은 사회전체를 상세한 계획서에 따라 개조하려 한다. 그들이 목표로 하는 것은 완전한 사회이기 때문에 공유제 유토피아를 이상향으로 제시했던 사상가들은 변화나 진보도 없으며, 그 사회의 거주자들이 새로운 정형을 선택할 기회도 없는 정체되고 엄격한 사회를 기술한다. 유토피아 사상가들은 그들이 기술하는 특정 사회가 어떤 문제도 야기함이 없이 움직여 갈 것이며, 사회적 장치나 제도들이 그들이 예견한 바대로 기능할 것이며, 사람들은 어떤 특정의 동기나 이해관계에 따라 행동하지 않을 것이라 가정한다. 그들은 명백한 문제점들을 순진하게 무시하며, 이 문제들이 어떻게 회피되며 극복될 수 있는가에 관해 낙관적인 가정을 한다. Robert Nozick, 같은 책, 400–403쪽.

90) Nicolas Berdyaev, *Slavery and Freedom*, cited in Aldous Huxley, *Brave New World* :Epigraph, New York, 1950. 김영한, 같은 책, 11쪽에서 재인용.

고, "끝까지 유토피아를 추구할 경우 이성과 진리가 억압되고 인간적인 모든 것은 가장 야만적인 폭력으로 파괴될 것"[91]이라고 지적한다.

사회주의사상이 한국현대시에 미친 영향은 적지 않다. 특히 국권을 상실하고 제국주의 체제하에서 창작된 프로시와 아나키스트의 시는 사회주의사상을 바탕으로 하고 있다. 해방기에 창작된 좌파시도 마찬가지다. 따라서 사회주의사상을 이해하는 것은 일제강점기와 해방기에 활동했던 좌파시인들의 시에 나타난 정신적 지향을 이해하는 데도 중요하다. 특히 마르크스의 사상을 내면화한 좌파시인들의 시에 나타나는 주제의식은 계급투쟁을 통해 이상적 공동체를 건설하려는 혁명적 유토피아 사상과 뗄 수 없는 관련을 지니고 있다.[92]

일제강점기에 활동했던 좌파시인들은 사회주의공동체 건설을 꿈꾸었다. 하지만 이들은 국권상실의 시대를 살았던 만큼 민족의 문제도 가볍게 생각하지 않았다. 그들의 시에는 계급문제와 민족문제가 동시에 나타나지만 계급의 문제가 보다 강조된다. 해방기에 등장한 신진 좌파시인들의 시에는 앞 세대의 좌파시인들의 시에 비해 무산계급공동체 건설에 대한 의지가 강하게 드러난다. 그들은 무계급국가를 이상향으로 꿈꾸었는데 이는 해방기의 현안이었던 국가건설이라는 정치운동과 밀접한 관련을 맺고 있다.

---

91) Karl Popper, *The Open Society and Its Enemies*, Ⅰ, London, 1966. 김영한, 같은 책, 12쪽에서 재인용.

92) 레닌과 그의 동료들은 1917년 10월 연설과 논문, 통치강령 등을 통해 완전히 수정된 사회의 모습을 제시한다. 이 사회는 무산계급의 적을 제거하고 구체제의 흔적을 말끔히 지우는 조건하에서 탄생할 사회이다. 그런데 볼세비키 당이 대중들에게 완전한 국가건설을 위해 필수 불가결한 요소가 되는 규율과 희생, 폭력의 정당성에 대한 믿음을 확실히 심어주는 데 성공한 것은 유토피아적 환상을 통해서였다. 러시아의 혁명가들은 그들의 이상국가 건설을 위해 유토피아 사상을 훌륭히 이용한 것이라고 할 수 있다. 이점은 마르크스주의 사상이 허구적 유토피아 사상이 지닌 사회주의적 요소를 계승하고 있다는 것을 보여준다고 할 수 있다. Yolènde Dilas-Rocherieux, 같은 책, 22-23쪽.

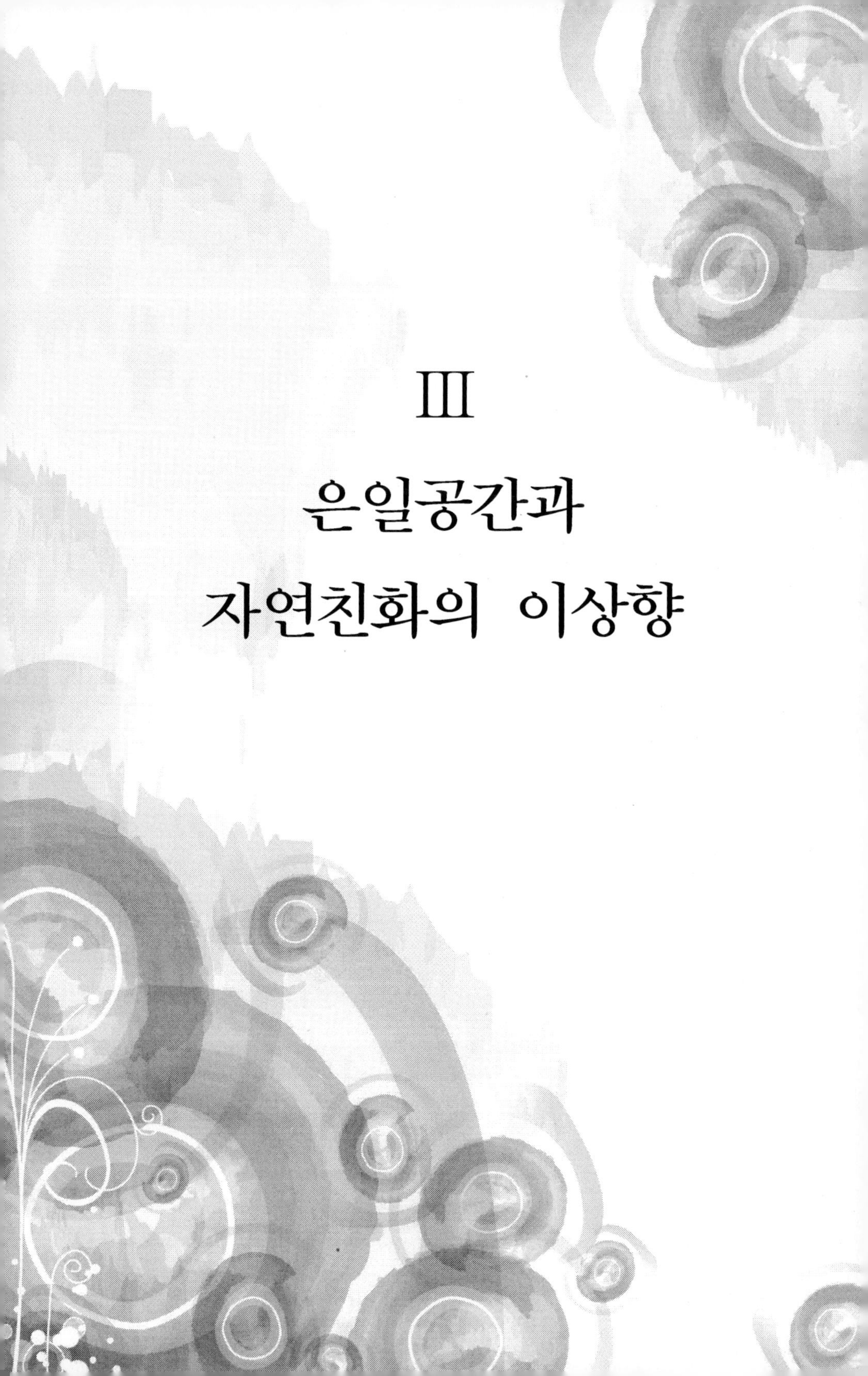

III

은일공간과
자연친화의 이상향

산수와 전원에 의탁하여 현실적 좌절이나 회의를 극복하려는 시가의 전통은 매우 오래되었다. 고려시대에 창작된 「청산별곡」과 죽림칠현의 작품, 조선시대의 강호 산림시가들이 그러하다. 이러한 시가에 나타난 주제의식은 현대시에서도 발견된다. 일제강점기에 간행된 정지용의 『백록담』에 수록된 시, 박목월의 초기시, 그리고 해방기의 김동환 시에 나타나는 공간인 산은 전통시가에 형상화된 은일의 이상향을 계승하고 있다. 시적 화자가 은일자로서 자연 속에서 생활하는 삶의 방식은 강호와 산림에 묻혀 살면서 유유자적한 생활을 노래했던 선대 문인들의 문학적 전통을 이어받은 것이라고 할 수 있다.

일제강점기에 창작된 전원시도 이러한 성향은 나타난다. 서구의 전원시가 "황금시대를 지향하며 양치기들의 생활과 사랑을 노래한 것이라 할지라도 이 경우의 황금시대란 상실된 시기이다. 따라서 전원은 현재의 좌절이나 회의를 극복하기 위한 노스탤지어의 근원이 되기 마련이며"93) 복잡한 인간생활을 벗어나 소박한 삶을 추구하는 이들의 궁극적 귀의처가 된다. 신석정, 김동명, 장만영의 시에 나타나는 전원 이상향이 이와 같은 점을 보여준다. 이 장에서는 전원시와 산수시에 나타난 이상향을 살펴보고, 시에 내재된 시인의 의식을 살펴볼 것이다.

---

93) 이건청, 『한국전원시 연구』, 문학세계사, 1986, 14쪽.

1. 자연친화적 삶과 전원

1) 신석정과 장만영의 목가적 전원

현실의 삶이 견디기 어려울 때, 인간은 현실 사회에서 멀리 떨어진 곳에 자신의 이상향을 구축하려고 한다. 이런 이상향에서 은일의 삶을 추구하는 것은 삶의 근간이 흔들리는 폭력적 현실을 피하기 위한 방법이 된다.[94] 1930년대에 신석정, 김동명, 장만영 등 다수의 시인이 전원시를 창작한 것은 일제의 폭압이라는 시대상황과 무관하지 않다.

전원시인으로 잘 알려진 신석정[95]은 1939년에 첫 시집 『촛불』을 출간했다. 이 시집은 "전원시 또는 목가조의 노래를 한국현대시사에서 최초로 정립시킨 것"[96]으로 평가되고 있다. 이 시집은 시인이 스

---

94) 이건청, 같은 책, 42쪽.

95) 신석정은 1907년 전라북도 부안에서 태어났다. 그는 한학자인 조부 밑에서 공부하다가 부안보통학교에 입학했다. 졸업 후에는 농사를 지으며 문학서적을 탐독했고 시작에 열중했다. 1924년 조선일보에 「기우는 해」를 발표하면서 등단했고, 1930년에는 상경하여 불교전문강원에서 공부했다. 이 무렵에 문단 활동을 시작했고 정지용, 한용운, 이광수, 주요한, 김억, 이병기 등과 교류했다. 1931년에 모친상을 당하여 고향으로 돌아온 후 소작농 생활과 시작을 겸한다. 최승범, 「신석정의 생애와 시」, 신석정, 『슬픈 牧歌』, 삼중당, 1976, 240쪽.

스로 말한 바 있듯이 노장(老壯)철학을 바탕으로 하고 있을 뿐만 아니라 도연명과 타고르, 소로우에게 영향을 받은 것이었다.[97] 『촛불』을 출간할 무렵 신석정은 소작으로 얻은 논밭을 일구면서 시골에 묻혀 살았다. 이때 그가 거처하던 곳이 '청산원'이다. 여기서 그는 외부와의 접촉을 끊다시피 하고, 시작에 전념한다.[98] 아래의 시는 당시에 신석정이 꿈꾸었던 이상향의 면모를 보여준다.

저 재를 넘어가는 저녁해의 엷은 광선들이 섭섭해 합니다
어머니 아직 촛불을 켜지 말으서요
그리고 나의 작은 명상의 새새끼들이
지금도 저 푸른 하늘에서 날고 있지않습니까?
이윽고 하늘이 능금처럼 붉어질 때
그 새새끼들은 어둠과 함께 돌아온다 합니다.

언덕에서는 우리의 어린양들이 낡은녹색침대에 누워서
남은 햇볕을 즐기느라고 돌아오지 않고
조용한 호수우에는 인제야 저녁안개가 자욱이 나려오기 시작하였읍니다.
그러나 어머니 아직 촛불을 켤때가 아닙니다.
늙은 산의 고요히 명상하는 얼굴이 멀어가지 않고
머언 숲에서는 밤이 끌고오는 그 검은 치맛자락이
발길에 스치는 발자욱 소리도 들려오지 않습니다.

멀리있는 기인뚝을 거쳐서 들려오던 물결소리도 차츰 차츰 멀어갑니다.
그것은 늦은 가을부터 우리田園을 방문하는 가마귀들이
바람을 데리고 멀리 가버린 까닭이겠읍니다.
시방 어머니의 들에서는 어머니의 콧노래 섞인

---

96) 김용직, 『한국현대시사 1』, 한국문연, 1996, 173쪽.
97) 최승범, 같은 글, 241쪽.
98) 조용란, 「신석정론」, 서정주 외, 『현대시인론』, 형설출판사, 1985, 재판, 230쪽.

자장가를 듣고싶어하는 애기의 잠덧이 있읍니다.
어머니 아직 촛불을 켜지 말으서요
인제야 저 숲넘어 하늘에 작은 별이하나 나오지 않었습니까?
-신석정, 「아직 촛불을 켤 때가 아닙니다」99)

　이 시는 『촛불』에 수록된 신석정의 대표적인 전원시다. 전원시의 관심사는 "현재의 상황과 도달할 수 없는 완전한 세계를 상상적 교감으로 이어주는 것"100)이라고 할 수 있다. 따라서 전원시는 현실의 세계와 다른 이상화된 세계를 노래하기 마련이다. 순진무구한 세계를 그리는 것이 인간의 본성이라면, 순진무구한 삶을 잃어버린 시인이 잃어버린 세계를 복원하려는 것은 당연한 욕구가 아닐 수 없다.101)
　이 시는 화자의 지각과 상상에 의해 재구성된 이상향의 단면을 보여준다. 이상화된 전원공간은 화자의 시선에 의해 드러난다. 화자는 하늘, 언덕, 호수, 산, 먼 숲, 숲 너머 하늘로 시선을 옮기며 다양한 시각적·청각적 이미지들로 전원의 모습을 그려낸다. 그런데 흥미로운 것은 화자의 지각 범위 내에 있는 공간에는 화자와 어머니 그리고 아이 밖에 없다는 점이다. 화자는 사람들이 사는 곳과 멀리 떨어진 곳에 위치하고 있는 것이다.
　이 작품에서 신석정이 그려내고 있는 이상향은 "어린양들이 낡은 녹색침대에 누워서 남은 햇볕을 즐기"는 평화로운 전원이다. 조용한

---

99) 신석정, 『촛불』, 대지사, 1952, 46–48쪽. 1939년 간행된 판본을 확인하지 못한 관계로 1952년 간행된 대지사 판의 표기를 따른다. 일제강점기와 해방기에 발표된 시들은 띄어쓰기와 맞춤법이 오늘날의 방식과 다른 것이 많고 동시대의 작품이라도 차이가 난다. 그 가운데는 식자가 잘못된 것으로 생각되는 것도 있지만 모두 그대로 둔다. 이하에 인용하는 다른 시인들의 작품들도 부득이한 경우를 제외하고 원전이나 시가 처음 수록된 시집의 표기를 따른다.

100) Marinelli P. V., *Pastoral*, Methuen & Ltd, 1971, 13쪽. 이건청, 같은 책, 29쪽에서 재인용.

101) 이건청, 같은 책, 29쪽.

호수에 저녁 안개가 내려오고, 숲 너머 하늘에 작은 별이 하나 나오는 전원에서 화자는 외부의 모든 사물들과 교감을 나눈다. 시인은 화자와 자연물과의 정서적 거리를 가깝게 하기 위해 화자로 하여금 자연물에 인격을 부여하게 한다. "저녁해의 광선이 섭섭해 합니다"라든지, "늙은 산의 고요히 명상하는 얼굴", "밤이 끌고오는 그 검은 치맛자락이 발길에 스치는 발자욱 소리"와 같은 표현을 통해 이러한 점을 알 수 있다. "어머니 아직 촛불을 켜지 말으서요"라는 발화에서는 자연친화적 태도가 나타난다. 촛불을 켜면 "저녁해의 광선이 섭섭해 하고" 작은 별도 빛을 잃게 되기 때문이다. 따라서 인공의 불빛인 촛불은 화자가 자연과 교감을 나누는 데 방해가 되는 것으로 볼 수 있다.

신석정은 서구적 목가를 수용하여 한국시의 영역을 확장한 시인이다. 이 시에도 양과 같은 서구 취향의 이미지가 나타나는데 이는 시인이 습작 시절에 독일 낭만파 시인 하이네의 시를 즐겨 읽었던 점과 관계가 있다.[102] 이런 사실은 신석정 시에 나타난 이상향의 면모를 이해하는 단서가 된다. 다음의 시도 신석정 시에 나타난 목가적 이상향의 특성을 잘 보여준다.

어머니
당신은 그 먼 나라를 알으십니까?

깊은 삼림지대를 끼고 돌면
고요한 호수에 흰물새 날고
좁은 들길에 野薔薇 열매 붉어

---

102) 신석정은 습작 시절에 노장철학을 섭렵하고, 하이네와 타고르와 도연명의 작품을 애독하기도 한다. 신석정, 『난초잎에 어둠이 내리면』, 지식산업사, 1974, 291-292쪽.

멀리 노루새끼 마음 놓고 뛰어 다니는
아무도 살지않는 그 먼 나라를 알으십니까?
그 나라에 가실때에는 부디 잊지마서요
나와 같이 그 나라에 가서 비둘기를 키웁시다

어머니
당신은 그 먼 나라를 알으십니까?

산비탈 넌즈시 타고 나려오면
양지밭에 흰염소 한가히 풀뜯고
길솟는 옥수수밭에 해는 저물어 저물어
먼 바다 물소리 구슬피 들려오는
아무도 살지 않는 그 먼 나라를 알으십니까?

어머니 부디 잊지 마서요
그때 우리는 어린양을 몰고 돌아옵시다

어머니
당신은 그 먼 나라를 알으십니까?

오월 하늘에 비둘기 멀리 날고
오늘처럼 촐촐히 비가 나리면
꿩소리도 유난히 한가롭게 들리리다
서리가마귀 높이 날아 산국화 더욱 곱고
노란 은행잎이 한들 한들 푸른 하늘에 날리는
가을이면 어머니! 그 나라에서

양지밭 과수원에 꿀벌이 잉잉거릴때
나와함께 고 새빨안 능금을 또옥똑 따지않으렵니까?
—신석정, 「그 먼 나라를 알으십니까」[103]

---

103) 신석정, 『촛불』, 대지사, 1952, 22-25쪽.

　김기림은 신석정의 시를 논하면서 신석정을 "현대문명의 잡답을 멀리 피한 곳에 한 개의 유토피아를 흠모하는 목가적 시인"104)이라고 평한 바 있는데 이는 신석정 시의 특질과 지향성을 비교적 잘 파악한 것으로 보인다.

　이 시는 다양한 자연물을 소재로 선택하여 평화로운 전원 풍경을 그리는 신석정 전원시의 면모를 잘 보여준다. 이 시에서 화자가 꿈꾸는 이상향인 "아무도 살지 않는 그 먼 나라"는 전인미답의 공간이다. 이 공간은 「아직 촛불을 켤 때가 아닙니다」의 경우처럼 서구적 느낌을 자아낸다. 시에 나타나는 호수, 들장미, 양 등의 이미저리는 서구 전원시에서 자주 발견되는 것들이다. 그런데 염소, 노루, 꿩, 서리까마귀, 산국화, 능금, 은행잎 등의 이미지는 우리에게도 친근한 것들이다. 따라서 이 시에 나타난 이상향은 동서양의 전원 이미지들이 적절하게 조합되어 형상화된 것이라고 볼 수 있다.

　한편 "고요한 호수에 흰 물새 날고, 노루 새끼 마음대로 뛰놀고, 양지 밭에 흰 염소 풀 뜯는 아무도 살지 않는" 전원은 현실세계에서 멀리 떨어져 있는 탈속적 공간으로 그려진다. '먼 나라'는 공간적인 거리뿐 아니라, 시간적인 거리도 지닌다. 이는 현실에서 쉽게 접근할 수 없는 시공간적 거리를 복합적으로 나타내는 것으로 보인다. 이처럼 신석정이 그리는 목가적 이상향은 진보와 발전적 인식을 바탕으로 하는 서구의 유토피아와는 다른 자연친화적 시공간에 위치하고 있다.

　이 시에 형상화된 '먼 나라'는 시인이 상상해낸 개인적 안식처로 볼 수 있지만 『노자』에 나오는 '소국과민'의 이상향을 환기한다. 신

---

104) 이 평가에서 김기림은 유토피아를 이상향과 같은 개념으로 파악하고 있다. 김기림, 「1933년 시단의 회고」, 『길—시, 수필, 시론』, 깊은샘, 1992, 263쪽.

석정이 그려내는 외딴 곳은 문명의 손길이 잘 닿지 않는 원시적 공간에 가깝다. 이웃과의 교류 없이 자신이 사는 곳에서 행복한 삶을 영위하는 소국과민의 이상향은 첫 시집 『촛불』뿐만 아니라, 해방 이후에 창작된 시에서도 종종 발견된다. 이런 원시적 이상향은 그가 진보를 앞세운 근대 문명에 대해 의혹과 불안을 지녔으며, 그 대안을 모색한 결과로 이해된다.[105]

　신석정과 함께 1930년대의 대표적 전원시인으로 알려진 장만영[106]은 신석정과 절친한 사이였으며 신석정의 처제를 소개받아 결혼도 하게 된다. 장만영의 시는 이미지즘 계열로 평가되지만, 도시적 감수성뿐만 아니라 전원에 대한 강한 집착을 드러내기도 하여 "전원적 세계를 현대적 감성으로 그려내고 있다"[107]는 평가를 받는다. 이 평가는 장만영의 시적 관심사가 전원의 세계에 바탕을 두고 있지만, 그것을 세련된 방법으로 그려내고 있음을 지적한 것이라 하겠다. 장만영의 시는 풍경과 풍물을 시적 대상으로 삼으며, 풍경의 세부 정황과 풍물을 섬세하게 포착하고 이미지화하며, 외경을 통해 느낀 감흥까지 감각화한다. 이 점은 온천풍경, 술도가, 가옥풍경, 가정사, 풍속, 매음녀의 방안 풍경 등에서 잘 나타난다. 이렇게 볼 때 그는 "막연한 전원 풍경을 담아낸 시인이라기보다는 근대의 풍물에 어린 애수를 간접화함으로써 모더니즘의 특성을 예각화한"[108] 시인이라고 할 수 있을 것이다.

---

105) 벨은 인간이 첨단과 진보라고 생각되는 것들을 향해 한 발자국씩 나아갈 때마다 인류의 문명 전체를 의심하게 되는 불안감을 갖게 된다고 본다. Michael Bell(김성곤 옮김), 『원시주의』, 서울대학교 출판부, 1985, 1쪽.

106) 장만영은 1914년 황해도 연백에서 태어났다. 경성 제2고보를 마치고 도일하여 동경 미자키 영어학교 고등과를 졸업했다. 1932년 『동광』에 「봄노래」로 김억의 추천을 받아 시단에 등장한 후, 1976년 타계할 때까지 『양』(1937), 『축제』(1939), 『유년송』(1948) 등 여섯 권의 시집을 남겼다.

107) 이동순, 『시와 시인 이야기』, 월인, 2001, 146쪽.

108) 한영옥, 「장만영 시 연구」, 『한국문예비평연구』18호, 한국현대문예비평학회, 2005, 324쪽.

장만영의 초기시집『羊』과『祝祭』에는 전원시적 경향이 주를 이루고 있다.[109] 그가 전원 귀의를 노래하게 된 것은 신석정과의 교우와도 관련이 있지만, 보다 근본적인 원인은 도시생활에 대한 회의 때문인 것으로 보인다. 장만영은 고향인 황해도 연백을 떠나 객지를 떠돌았던 인물이다. 그의 시에 나타나는 향수의식도 이러한 그의 삶과 무관하지 않다. 아래의 산문은 장만영의 향수의식을 잘 보여주고 있다.

> 서울생활에서 어지간히 고달픈 생활을 하던 나는 향수병도 병이려니와 몸과 마음이 지칠대로 지쳐 이 이상 견딜 수 없게 되고 말았다. 시골에 있을 때는 그처럼 가고 싶고 보고 싶던 서울이요 동무들이건만 몇 해를 고생하고 나니 참말로 객지에서 죽고 말 것 같았다. 나는 고향으로 돌아가 살 것을 결심하였다. 고향에는 애비의 얼굴도 모르는 아가가 있었다. 그렇다 돌아가자. 가서 한세상 밭이나 갈며 모든 것을 잊고 길이 살자-이렇게 마음먹고 어느날 나는 아무도 모르게 고리짝을 묶었다.[110]

인용한 산문은 자작시 해설집『里程標』에서 발췌한 것이다. 고향에 돌아가서 "한 세상 밭이나 갈며, 모든 것을 잊고 사는" 것도 좋겠다는 생각에 장만영은 도시 생활을 접고 고향으로 돌아갈 준비를 한다. 고향에는 자신의 얼굴도 모르는 아기뿐만 아니라 그를 기다리는 아내와 가족도 있기 때문이다. 장만영은 이 무렵, 가족이 있는 시골에서 농사를 지으며 세상사를 잊고 사는 것도 행복하리라고 생각했던 것이다. 장만영의 시에서는 전원생활과 고향에 대한 그리움, 자연친화적이고 소박한 삶의 지향을 담고 있는 것이 적지 않다.[111] 그 가운데

---

109) 이건청, 같은 책, 71쪽.

110) 장만영, 『里程標』, 신흥출판사, 1958, 100쪽.

111) 「유년」, 「사랑」, 「산골」, 「가을」등이 이 유형에 속하는 작품이다.

대표적인 작품으로 귀거래의 삶을 그려낸 「귀로」를 들 수 있다.

　　나는 해저서 어슷 어슷 한 논ㅅ길로
　　소몰고 소리하며 돌아옵니다
　　하로종일 꼴비기에 시달인 두 다리로
　　오막사리 내집에 반짝이는 불을보면
　　가볍게 성큼 성큼 디터집니다

　　나는 해저서 어슷 어슷한 논ㅅ길로
　　소몰고 소리하며 돌아옵니다
　　나를 기다리고 계신 어머니께 드리려
　　풀꽃으로 花環을 맨들어 들고.

　　어머니는나의 이 선물을 받으시고
　　나의 이마에 입마처 주시겠지요
　　그리고 나의게 따뜻한 국과밥을
　　한사발 가득담아 갖어다 주시겠지요.

　　나는 해저서 어슷 어슷한 논ㅅ길로
　　소몰고 소리하며 돌아옵니다
　　가슴은 幸福에 가득 넘치고
　　西쪽엔 초승달이 걸려있습니다

—장만영, 「歸路」112)

　이 시에는 오랜 방랑과 도시생활에 지친 시인의 심정이 투영되어 있다. 이 시의 화자는 전원생활을 하는 인물로 종일 소 먹일 풀을 베다가 해가 저물자 소를 몰고 오막살이집으로 돌아온다. 그는 자신을 기다리는 어머니에게 풀꽃을 엮어 만든 화환을 들고 간다. 화자는 어

---

112) 장만영, 『羊』, 한성도서주식회사, 1937, 54-55쪽.

머니가 자신이 만든 선물을 받고 기뻐할 것이며, 자신에게 따뜻한 국과 밥을 한 사발 가득 담아줄 것이라고 상상한다. 이 시는 어머니로 표상되는 가족이, 행복한 삶을 완성하는 요소가 된다는 점을 보여준다. 고향을 떠나 오랫동안 객지생활을 했던 장만영의 경우, 가족과 함께 하는 전원생활은 행복한 삶을 완성하는 중요한 요소가 되었던 것이다. 이 시에 그려진 전원생활은 물질적 풍요와는 거리가 멀지만 집으로 돌아오는 화자는 행복한 마음으로 가득하다. 이 점을 통해 짐작할 수 있는 것은 시인이 꿈꾸는 이상향이 소박한 전원이라는 것이다.

전원은 나라를 잃은 시대에 시인들이 꿈꾸었던 이상향 가운데 하나였다. 따라서 전원은 현실이 주는 고난을 견디며 밝은 내일을 기다리는 공간이 되기도 한다. 이와 같은 점은 「봄들기 前」을 통해서 확인할 수 있다.

그 어느 먼 바다를 건너온 비는
이윽고 봄이 온다는 반가운 소식을 전하고
오늘아츰 저 언덕을 넘어 떠났읍니다
湖畔의 牧場으로 牧者를 찾어간다면서……

어머니 해볓 포근히 쪼이는 山비ㅅ탈 저 푸른牧場에
젊은牧者의 羊몰며 다니는 한가한 角笛소리가
우리의귀를 즐겁게 할때도 멀지않겠지요

오늘은 경박한 고 조고만 새색기들도
먼ㅅ길을 찾아오는 손님을 영접한다고
푸른하늘 아득이 떠서 파닥거립니다

어머니 봄이 탄 푸른수레가 오는것은

들건너 아즈랑이 자욱한 언덕이라지요
그러기에 나는 오늘도 먼 언덕을 바라보고 있습니다

―장만영, 「봄들기 前」[113]

이 시의 화자가 꿈꾸는 이상향은 목장이지만, 그곳은 화자의 상상 속에 위치한 곳이지 작품 내에 직접 형상화된 장소는 아니다. 비는 "봄이 온다는 반가운 소식을 전하고" 언덕을 넘어 "목자를 찾아" 화자가 꿈꾸는 호반의 목장을 향해 간다. 목자가 양을 몰고 다니며 부는 "한가한 角笛 소리가 우리의 귀를 즐겁게 할 때"라는 표현은 봄이 지닌 상징과 결합되어 '이상적 시간'이라는 의미를 지니게 된다. 화자는 언덕을 넘어 '푸른 수레'를 탄 손님인 봄이 오기를 기다리고 있다. 봄은 행복한 미래라는 상징적 의미를 지니기 때문에 화자가 상상하는 전원은 봄을 맞이하는 '희망의 공간'이 된다.

장만영의 전원시에 나타난 이상향 추구는 해방기와 분단 이후에 창작된 시에도 나타난다. 「온실 1」, 「온실 2」에 나타나는 온실 이미지가 그 대표적인 예이다. 장만영의 후기시에 나타나는 '온실'이 "시인이 살기를 꿈꾸는 이상적인 집이자, 어머니의 품에 대한 향수를 담고 있는 공간"[114]이라는 지적은 이상향에 대한 지향이 장만영 시를 관류하는 중요한 테마였다는 점을 보여주는 것이라 하겠다.

---

113) 장만영, 같은 책, 2–3쪽.
114) 한영옥, 같은 논문, 347쪽.

2) 김동명의 자족적 전원

　　김동명115)도 전원을 이상향으로 형상화한 시인이다. 그런데 그의
시에 나타나는 전원은 신석정이나 장만영 시의 전원과 성격이 다르
다. 김동명은 프랑스 시인 보들레르의 영향을 받았다. 그래서 그의 초
기시에 나타나는 이상향은 전원과 거리가 멀다.116) 김동명의 시는 보
들레르의 영향이 강하게 나타나는 초기시를 거쳐 전원시의 세계로
나아간다. 1936년 이후에는 모더니즘 성향을 띤 시를 쓰기도 하지
만117) 그의 대표작 가운데는 전원시가 많다. 그래서 김동명은 "소박
한 감성과 목가적인 서정을 일관되게 유지해온 시인"118)으로 평가되
기도 한다. 김동명의 시 가운데 전원생활을 형상화한 작품들은 1930
년대에 주로 창작되었고, 시집『芭蕉』에 수록되어 있다. 이 무렵 그는
흥남 교외의 숲에 작은 집을 짓고 전원에 머물며 시를 썼다. 그의 대

---

115) 김동명은 1900년 강원도 명주에서 태어났다. 1907년 원산으로 이주한 후 1920년 함흥에 있는 미선계
　　학교인 영생고보를 졸업한다. 1923년『개벽』10월호에 시를 발표하며 등단했고, 1925년 일본으로 건너
　　가 동경의 청산학원 신학부와 일본대학 철학과를 동시에 다닌다. 졸업 후 몇 년간 흥남에 있는 동진소학
　　교와 평안남도 강서소학교에서 교원생활을 한다. 해방과 함께 조만식이 주도하는 조선민주당에 입당하
　　여 정치생활을 시작했으며 1946년 함흥 학생의거로 구속되었다가 출옥하여 단신으로 월남을 하게 된다.
　　이후 한국신학대학 교수와 이화여대 교수를 지내며 시작과 함께 자유당 정권을 비판하는 정치비평을 다
　　수 발표한다. 시집으로는『나의 거문고』(1930)와『파초』(1938) 등이 있다. 김월정, 「나의 아버지 초호
　　김동명」,『문예운동』, 2005, 여름, 29-36쪽과 김용직, 『한국현대시사 2』, 한국문연, 1996, 150쪽 참고.

116) 김동명의 등단작 「당신이 만약 내게 문을 열어주시면」에 나타난 이상향은 다소 막연하고, 환상적인 공
　　간이지만, 이 공간은 이후 그의 시에 나타나는 전원 이상향의 성격을 설명해주는 열쇠가 된다. '보오드
　　렐에게'라는 부제가 붙은 이 시에서 화자는 작품 내의 청자로 설정된 '님'에게 "당신의 나라를 믿습니
　　다"라고 이야기한다. 당신의 나라는 "極夜의 새벽빛이 출렁거리는" 곳으로 현실세계와는 상이한 공간이
　　다. 부제만 보면 보들레르에 대한 헌시라고 생각할 수 있지만, 시의 제목과 내용을 살펴보면 종교시에
　　가깝다. 이 시의 화자는 당신이 만약 내게 문을 열어주시면, 나는 당신의 나라로 가겠다는 자신의 소망
　　을 노래한다. 화자는 님을 향해 나는 "당신을 믿습니다"라고 이야기할 뿐 아니라 "당신의 나라를 믿습니
　　다"라고 노래한다. 미선계 학교인 영생고보와 신학대학을 다닌 시인의 이력을 고려한다면, 이 시를 통해
　　시인이 노래하는 것은 절대자가 주재하는 이상적 세계에 대한 동경이라는 것을 알 수 있다.

117) 김용직, 같은 책, 145-162쪽.

118) 조연현, 『한국 현대문학사』, 인간사, 1961, 622쪽.

표작인 「芭蕉」에서 특히 잘 드러나는 것처럼 김동명의 시에는 상실한 조국에 대한 향수가 나타난다. 행복한 세계의 상실은 새로운 공간에 대한 탐색으로 이어지게 마련이다. 따라서 그가 창작한 시의 배경이 되는 전원은 "현실에서 받은 상처를 치유받기 위한 위안과 서정의 공간으로 노래된다"[119]고 할 수 있다.

나의 뜰은 나의 즐거운 조그마한 家庭이요.
나는 내 삶에서 오는 고달픔의 많은때를 여기서 쉬이오.
울 밑에 몇포기의 꽃과 나무, 그리고 풀과 벌레들은 나의 兄弟요.
우리는 함께 푸른 하늘의 다함 없이 높음을 사모하며 흰구름의 自由로움
을 배흐고 또 微風의 소군거림에 귀를 기울이오.
새들이 저의 아름다운 노래를 가지고 우리의 門을 두다릴 때면
아츰은 玉露의 食卓우에 黃金의盞을 놓소.
하면 우리는 서로 盞을 기우리며 새날을 祝福하오.
落日이 우리의 이마에서 저의 情熱에 타는 惜別의 키쓰를 걷을
黃昏은 또 뜰에 이르러 瞑想의배반을 베풀고 우리를 부르오.
달은 초ㅅ불, 우리는 여기에서 過去와 및 未來의 許多한 슬픈 이야기를 읽소
그러나 때로는 불을 끄고 말쟁이 별들의 「沈黙의 속삭임」에 귀를 기우리
고 밤가는 줄도 모르오.
이제 우리 울타리에 샛노란 호박꽃이 주룽주룽 매달릴 때면
또 저 덕 밑에 포도송이가 척척 느러질 때면
우리의 家庭은 얼마나 더 번화하게 될것이 겠오.
나는 그때를 그리며 오늘도 고요히 나의 뜰을 건이오.
-김동명, 「나의 뜰」[120]

  이 시에 형상화된 공간은 소규모의 뜰이다. 화자는 뜰의 꽃과 나무,

---

119) 이건청, 같은 책, 59쪽.
120) 김동명, 『芭蕉』, 新聲閣, 1938, 46-47쪽.

풀과 벌레들이 "나의 형제"라고 노래한다. 그는 꽃, 나무, 풀, 벌레와 함께 푸른 하늘의 높음을 사모하고, 흰 구름의 자유로움을 배우고, 미풍의 소곤거림에 귀를 기울인다. 이와 같은 화자의 태도는 등단작에서 보여주었던 기독교적인 성향에서 벗어나 자연친화적 세계관에 도달했음을 보여주는 것이라 할 수 있다. 자연친화적 세계관은 "신성의 구현에 그 특징이 있고, 신성은 생명의 현상에 대한 외경과 생명 본연의 모습에 대한 갈망을 전제하고 있다"121)고 할 수 있다. 따라서 이 시에 나타난 시인의 사유나 세계관은 기독교적 세계관을 보이던 초기시에 비해 심화·확대되었다고 할 수 있다.

이 시의 화자는 미지의 장소를 이상향으로 꿈꾸지 않는다. 그는 자신의 생활공간에서 만족을 느끼고 있다. 이와 같은 점은 조선시대 전원시인들의 시에 나타나는 안분지족의 태도와 닮았다. "『芭蕉』一卷에 담겨 있는 김동명의 반백편의 시들은 완고할 만큼 고래의 詩境을 본받은 하나의 귀거래사였다"122)는 백철의 평가는 이러한 김동명의 현실대응 태도를 잘 요약하고 있다. 이 시에 나타나는 공간은 외부 세계와 아무 갈등이 없는 완벽한 장소다. 화자는 부조리한 외부세계와 대결하기보다는 번잡한 외부세계에서 벗어나 스스로 만족할 수 있는 자신의 세계를 구축하고 있다. 이와 같은 공간에서 화자가 만족감을 느끼는 이유는 3연에서 화자가 이야기하는 '새날'이 올 것이라는 믿음 때문이다. '새날'은 울타리에 "노오란 호박꽃이 주렁주렁 매달리"고 "포도송이가 척척 늘어지는" 풍요로운 때다. 이와 같은 점을 통해 우리는 밝은 미래를 확신하는 시인의 내면의식을 읽어낼 수 있다.

---

121) 김경복, 「서정과 유토피아 사상의 관련성」, 『국어국문학』34호, 1997, 175쪽.
122) 백철, 『한국신문학발달사』, 박영사, 1982, 중판, 263쪽.

아히야 너는 이 말을 몰고 저 牧草밭에 나아가 풀을 먹여라. 그리고 돌아
와 방을 정히 치어놓고 燭臺를 깨끗이 닦아 두기를 잊어서는 아니된다.

자 그러면 여보게, 우리는 잠깐 저 山뚱에 올라가서 지는 해에 告別을 보내
고, 江까에 나려가서 발을 싯지 않으려나. 하면 黃昏은 돌아오는 길우에서 우
리를 맞으며, 鄕愁의 微風을 보내 그대의 옷자락을 戱弄하리.

아히야, 이저는 燭臺에 불을 혀여라. 그리고 나아가 삽짝문을 단단이 걸어
두어라. 부즐없은 訪問客이 貴賓을 맞은 이밤에도 또 번그로이 내 門을 두다
리면 어쩌랴.

자 그러면 여보게, 밤은 길겄다, 情談이야 다음에 한들 어떤가. 우선 한곡
조 그대의 좋아하는 流浪의 노래부터 불러주게나. 거긔엔 떠도는 구름쪼각의
浩蕩한 情趣가 있어 내 낮은 天井으로하여금 足히 한 적은 하늘이 되게하고,
또한 흐르는 물겼의 悠悠한 韻律이 있어 내 하염없는 煩惱의 집오라기를 띄워
주데그려.

아히야 내 樂器를 이리 가저오너라. 손이 부르거늘 主人에겐들 어찌 한가
락의 和答이 없을까보냐. 나는 월래 서투른 樂士라, 고롭지 못한 音調에 손은
必然 웃으렸다. 허지만 웃은들 어떠냐.
그리고 아히야 날이 밝거든, 곧 말께 솔질을 고히 해서 안장을 지어두기를
잊지마러라. 손님의 來日길이 또한 바뿌시다누나.

자 그러면 여보게 잠은 來日낮 나무 그늘로 미루고, 이밤은 노래로 새이세
그려. 내 비록 서투 나마 그대의 曲調에 내 樂器를 맞혀보리.

그리고 날이 새이면 나는 결코 그대의 길을 더듸게 하지는 않으려네.
허나 또 그대가 떠나기가 바뿌게 나는, 다시 돌아오는 그대의 말 방울 소
리를 기다릴 터이나

—김동명, 「손님」[123)

이 시는 1934년도에 발표된 것으로 앞의 시와 마찬가지로 시인이 흥남 교외에서 전원생활을 할 무렵에 쓴 것이다. 이 시의 화자 역시 전원생활을 하고 있는 인물이기 때문에, 시인과 화자의 사이의 거리 감이 느껴지지 않는다. 김동명이 전원생활을 할 무렵 소설가 안수길이 그의 집을 드나들었던 점을 생각해보면 이 시를 통해 손님을 맞는 시인과 그를 찾아온 소설가의 모습을 떠올릴 수 있다.[124]

벗이 찾아오자 화자는 아이에게 "방을 정히 치워놓고 촉대를 깨끗이 닦아 두기를" 부탁하고, 벗에게 산등성이에 올라 "지는 해에 고별을 하고, 강가에 내려가 발을 씻자"고 한다. 밤이 되어 화자는 벗에게 노래를 청하고 자신은 악기를 연주한다. 벗은 내일 갈 길이 멀지만 화자는 잠은 내일 낮에 나무그늘에서 잘 수도 있다고 하며 밤새도록 음악을 즐기자고 청한다. 화자가 이처럼 벗을 반갑게 맞는 것은 그가 "부질없는 방문객"과는 다른 인물이며, 벗의 노래에 맞춰 악기를 연주하며 자신이 지닌 "하염없는 번뇌의 지푸라기"를 날릴 수 있기 때문이다.

이상의 내용을 통해 알 수 있는 것은 화자가 유유자적한 생활을 하고 있다는 것이다. 화자는 바깥세상의 일에 신경 쓰지 않고 전원생활의 즐거움을 만끽하는 인물이다. 이와 같은 화자의 생활방식을 생각해보면 화자는 세상을 피하여 자연 속에서 즐거움을 누리는 은일자에 가깝다고 할 수 있다. 세상을 등지고 자연에 묻혀서 사는 인물은 세간의 일에 별로 관심이 없고, 사시 자연풍물의 변화 속에서 유유자

---

123) 김동명, 같은 책, 26-28쪽.

124) 안수길은 1932년 무렵부터 김동명의 집을 드나들며 문학 수업을 하다가 1935년 조선일보에 소설이 당선되어 소설가로 활동한다. 이 시가 1934년에 발표된 점을 생각해본다면, 이 시에서 화자와 그를 찾아오는 손님의 모습에서 김동명을 찾아오는 안수길의 모습을 상상할 수 있다.

적하며 한가롭게 지낸다. 이와 같은 화자의 태도는 전원에서 자연친화적 삶을 즐겼던 시인의 현실대응 태도를 담고 있는 것으로 보인다.125)

국권상실기에 활동했던 신석정, 장만영, 김동명의 시에는 전원생활에 대한 꿈과 소박한 삶을 추구하는 태도가 나타난다. 신석정과 장만영의 시에서는 서구 전원시의 영향이 나타나며, 김동명의 시에는 은일공간을 형상화했던 고전시가의 영향이 나타난다. 전원에서의 삶을 꿈꾸는 시는 인간들 사이의 대립과 갈등이 없는 삶, 행복을 향유할 수 있는 이상향에 대한 지향을 담고 있다. 이와 같은 점은 한국현대시에 선대 문인들이 지녔던 자연친화적 태도와 안분지족의 문학적 전통이 계승되고 있음을 보여준다. 한편 1930년대에 창작된 전원시들은 밝은 미래에 대한 막연한 동경을 지니고 있었다는 점을 보여주기도 한다.

---

125) 김동명의 시에 나타나는 은일의 태도는 혼란스러운 때에 세상을 피해 숨어 사는 유가적 발상에서 비롯된 것으로 보인다. 김동명은 일제 강점의 억압적 시대에 자연에 은거해 있다가 해방 후에는 조만식이 주도하는 조선민주당에 입당하여 현실정치에 적극 참여한다. 월남 후에 자유당을 비판하는 신문 사설을 썼던 점도 이러한 맥락에서 이해할 수 있다.

2. 탈속적 삶과 산수공간

1) 정지용과 박목월의 탈속적 산수공간

1930년대 후반과 1940년대에 창작된 시 가운데에는 탈속적 산수공간이 종종 발견된다. 이러한 공간은 일본의 식민지 정책이 시간이 흐를수록 강화되었던 사회적 상황에서 비롯되었다고 할 수 있다. 특히 일본이 미국과 영국을 상대로 태평양 전쟁을 펼쳤던 1940년대 초반은 1930년대에 비해 일본의 탄압과 통제가 강화된 시기다. 전쟁동원과 일본어 상용정책, 우리말 말살정책은 이러한 점을 잘 보여주는 극단적인 예가 된다. 이와 같은 폭압적 현실은 시에 나타난 탈속적 공간의 추구에 영향을 준 것으로 생각된다. 탈속적 산수공간은 1930년대 시에서 자주 나타나는 목가적 이상향보다 현실에서 훨씬 먼 곳에 자리 잡고 있다.

정지용126)은 1930년대 후반부터 산수공간을 작품 내에 형상화한

---

126) 정지용은 1902년 충청북도 옥천에서 태어나 옥천공립보통학교를 마치고 1918년 휘문고보에 진학한다.

다. 다양한 감각적 경험을 선명한 심상과 절제된 언어로 포착해 내는 시를 썼던 정지용은 1934년부터 몇 년간 작품활동을 멈추었다가 동양 정신에 바탕을 둔 후기시를 발표하기 시작한다. 1939년에 발표된 「장수산」, 「백록담」등의 시는 한층 더 정신주의적 성향을 띠며, 현실의 고난을 견뎌내려는 시인의 의식을 보여준다.

정지용의 첫 시집 『정지용 시집』과 두 번째 시집 『백록담』은 공간적 측면에서 변별적 양상을 보인다. 김종태는 정지용의 초기시가 유년의 화해로운 세계에 대한 동경을 원형적 공간의 형상화를 통해 시도하고 있으며, 중기에는 그러한 화해로운 세계가 상실되는 모습을 근대적 공간의 형상화를 통해 우울하게 표현했다고 본다. 김종태는 이 두 가지를 『정지용 시집』의 주요 내용으로 파악하고 있다.127)

후기시에 해당하는 『백록담』수록 시편에서 정지용은 산수공간의 형상화를 시도한다. 『백록담』에 나타난 산수공간은 한국현대시사에서는 쉽게 찾아보기 힘든 독특한 면이 있다. 이 공간이 "근대인의 갈등을 완전히 무화시킨 축제의 공간"128)이라는 견해는, 정지용 시의 변화와 관련지어 생각해본다면 상당히 설득력이 있는 것으로 보인다. 『백록담』에 수록된 시편 가운데 여행체험을 바탕으로 한 작품들은 세속적 세계에서 멀리 떨어진 곳에 위치하는 탈속적 산수공간을 형상화한다. 이 공간은 「향수」와 같은 초기시에 나타났던 행복한 공간

휘문고보 1학년 때 〈요람동인〉을 결성하고 문학을 좋아하는 친구들을 모아 『요람』지를 만들기도 한다. 동지사대학 영문과를 졸업하고 귀국 후 모교인 휘문고보 영어교사를 거쳐 이화여대 교수, 경향신문 주간을 지내고, 해방 후 조선문학가동맹 중앙집행위원을 맡게 된다. 이후 전향하여 보도연맹(輔導聯盟)에 가입하였으며, 한국전쟁이 일어나자 정치 보위부에 구금되었다가 평양 감옥으로 이감된 후 타계한 것으로 알려져 있다. 정지용이 남긴 시집으로는 『정지용시집』(1935), 『백록담』(1941)이 있고, 시선집으로 『지용시선』(1946)이 있다.

127) 김종태, 「정지용 『백록담』의 공간 의식」, 『한국문예비평연구』 10호, 2002, 195-196쪽.
128) 김종태, 같은 논문, 197쪽.

을 회복하려는 시도의 결과물이라고 생각된다. 정지용의 산수시에 나타나는 공간을 그가 꿈꾸었던 이상향의 모습이 투영된 장소로 본다면 『백록담』에 수록된 산수시들은 단순히 여행체험을 시로 변용한 것이라고 하기는 어렵다.

1

絶頂에 가까울수록 뻑국채 꽃키가 점점 消耗된다. 한마루 오르면 허리가 슬어지고 다시 한마루 우에서 목가지가 없고 나종에는 얼골만 갸옷 내다본다. 花紋처럼 版박힌다. 바람이 차기가 咸鏡道끝과 맞서는 데서 뻑국채 키는 아조 없어지고도 八月한철엔 흩어진 星辰처럼 爛漫하다. 山그림자 어둑어둑하면 그러지 않아도 뻑국채 꽃밭에서 별들이 켜든다. 제자리에서 별이 옮긴다. 나는 여긔서 기진했다.

2

嚴古蘭, 丸藥 같이 어여쁜 열매로 목을 축이고 살어 일어섰다.

3

白樺 옆에서 白樺가 髑髏가 되기까지 산다. 내가 죽어 白樺처럼 흴것이 숭없지 않다.

4

鬼神도 쓸쓸하여 살지 않는 한모롱이, 도체비꽃이 낮에도 혼자 무서워 파랗게 질린다.

5

바야흐로 海拔六千呎우에서 마소가 사람을 대수롭게 아니녀기고 산다. 말이 말끼리 소가 소끼리, 망아지가 어미소를 송아지가 어미말을 따르다가 이내 헤여진다.

6

첫새끼를 낳노라고 암소가 몹시 혼이 났다. 얼결에 山길 百里를 돌아 西歸
浦로 달어났다. 물도 마르기 전에 어미를 여힌 송아지는 움매-움매-울었다.
말을 보고도 登山客을 보고도 마고 매여달렸다. 우리 새끼들도 毛色이 다른
어미한틔 맡길것을 나는 울었다.

7

風蘭이 풍기는 香氣, 꾀꼬리 서로 부르는 소리, 濟州회파람새 회파람부는
소리, 돌에 물이 따로 굴으는 소리, 먼 데서 바다가 구길때 솨-솨-솔소리, 물
푸레 동백 떡갈나무속에서 나는 길을 잘못 들었다가 다시 측넌출 긔여간 흰
돌바기 고부랑길로 나섰다. 문득 마조친 아롱점말이 避하지 않는다.

8

고비 고사리 더덕순 도라지꽃 취 삭갓나물 대풀 石茸 별과 같은 방울을 달
은 高山植物을 색이며 醉하며 자며 한다. 白鹿潭 조찰한 물을 그리여 山脈우에
서 짓는 行列이 구름보다 莊嚴하다. 소나기 놋낫 맞으며 무지개에 말리우며
궁둥이에 꽃물 익여 붙인채로 살이 붓는다.

9

가재도 긔지 않는 白鹿潭 푸른 물에 하늘이 돈다. 不具에 가깝도록 고단한 나
의 다리를 돌아 소가 갔다. 좇겨온 실구름 一抹에도 白鹿潭은 흐리운다. 나의
얼골에 한나잘 포긴 白鹿潭은 쓸쓸하다. 나는 깨다 졸다 祈禱조차 잊어더니라.
—정지용, 「白鹿潭」129)

이 시는 1939년 4월 『문장』에 발표된 것이다. 이 시는 시인의 제주
도 기행 체험을 바탕으로 하고 있으며 한라산 일대의 풍광을 담고 있
다. 작품 내에는 시인이 한라산에서 직접 목격한 것으로 생각되는 다
채로운 동식물 이미저리가 나타난다. 동물 이미지로는 말, 망아지, 소,

---

129) 정지용, 『白鹿潭』, 1941, 문장사, 14–17쪽.

송아지, 꾀꼬리, 제주회파람새, 아롱점말 등이 있고, 식물로는 뻑국채, 암고란, 자작나무(白樺), 도체비꽃, 풍란, 솔, 물푸레, 동백, 떡갈나무, 고비, 고사리, 더덕순, 도라지꽃, 취, 삭갓나물, 대풀, 석이나물 등이 있다. 작품 내에 형상화된 공간은 온갖 동식물이 자연과 더불어 살아가는 곳으로 인간이 모여 사는 세속적 공간과는 다르다. 특히 5에서 화자가 "해발육천척우에서 마소가 사람을 대수롭게 아니녀기고 산다"고 이야기하는 부분을 주의 깊게 살펴볼 필요가 있다. 말이나 소 같은 동물들이 인간들에게 구속받지 않고 살아가는 곳은 세속 공간과는 확연히 다른 자연적 공간이라고 할 수 있다.

모더니즘 시를 쓸 무렵의 정지용은 "대상을 감각화하여 그것을 주체 중심으로 전유"[130]하였지만 이 시에 형상화된 산은 조망의 대상에만 머무는 것이 아니라 주체와 일체감을 이루는 공간이 된다. 따라서 이 시는 시인의 사물인식 방법의 변화를 보여준다고 할 수 있다. 이 시에 형상화된 공간은 주체를 포용하고 동화되게 하는 특성을 지닌다. 주체가 대면하는 사물들은 감각적 대상의 범위를 넘어 주체와 교감을 나누는 것이다. 화자가 풍란 향기, 꾀꼬리 소리, 물소리, 솔 소리에 취해 물푸레와 동백, 떡갈나무가 우거진 숲에서 길을 잃었다는 내용이 이와 같은 점을 뒷받침한다.

이 시에서는 물 이미지에 주목해볼 필요가 있다. 이 시에는 백록담에 담긴 정적인 물과 돌에 구르는 동적인 물이 나타난다. 물은 높은 곳에서 낮은 곳으로 흐른다. 따라서 백록담에 고인 물은 돌에 구르는 물의 근원이 되며, 산수공간에 존재하는 모든 동식물에게 생명력을

---

130) 송기한, 「산정체험과 시집 『백록담』의 의미」, 『한국문학이론과 비평』제19집, 2003, 41쪽.

제공하고 그들을 유기적으로 이어준다.[131) 이 시에서 산수공간의 형상화가 성공적으로 이루어질 수 있었던 이유는 작품 내의 공간을 구축하는 이미지들이 상상에 의거한 것이 아니라 시인이 직접 목격한 대상들이기 때문이며, 그것들이 작품 내에 유기적으로 직조되어 있기 때문이라고 할 수 있다.

3연에서 시적 화자는 자작나무 옆에서 다른 자작나무가 해골이 될 때까지 사는 모습을 본다. 화자는 자신이 죽어서 자작나무처럼 하얀 해골로 변할 것이 "숭없지 않다"고 노래하는데 이 발화에는 산수공간의 자연에 동화되어, 삶과 죽음에 연연하지 않는 초월적 태도가 나타난다. 1930년대 후반의 상황을 고려한다면 시인이 이와 같은 공간을 형상화한 의도를 짐작할 수 있다. 이 시와 같은 탈속의 세계를 형상화한 작품은 일제말의 암담한 현실의 세계에서 멀리 떨어진 곳에 개인적 귀의처를 구축하려는 의식을 담고 있는 것으로 볼 수 있다. 정지용이 "자신과 대상의 조화로운 만남 속에서 하나의 공간을 구축하고 그 안에서 자신의 존재성을 확인한다"[132)는 지적에서 알 수 있는 것처럼 시인은 탈속적 산수공간을 자신의 이상향으로 꿈꾸었던 것이다.

골에 하늘이
따로 트이고,

瀑布 소리 하잔히

---

131) 이와 같은 물의 이미지는 노자가 말했던 물과 도에 대한 경구를 떠오르게 한다. 노자는 "최상의 선은 물과 같다. 물은 만물을 이롭게 하며 다투지 아니하여 모든 사람이 싫어하는 곳에 처하므로 도에 가까운 것"이라고 했다. 원문은 "上善若水 水善利萬物而不爭 處衆人之所惡 故幾於道"이다. 老子(김구용 옮김), 『노자』, 정음사, 1979, 28쪽.

132) 김윤정, 「정지용 시의 공간 지향성 연구」, 『한민족어문학』 47집, 2005, 409쪽.

봄우뢰를 울다.

날가지 겹겹이
모란꽃닢 포기이는듯.

자위 돌아 사폿 질스듯
위태로히 솟은 봉오리들.

골이 속 속 접히어 들어
이내(晴嵐)가 새포롬 서그러거리는 숫도림.

꽃가루 묻힌양 날러올라
나래 떠는 해.

보라빛 해스살이
幅지어 빗겨 걸치이매,

기슭에 藥草들의
소란한 呼吸!

들새도 날러들지 않고
神秘가 한끗 저자 선 한낮.

물도 젖여지지 않어
흰돌 우에 따로 구르고,

닥어 스미는 향기에
길초마다 옷깃이 매워라

귀또리도
흠식 한양

옴짓
아니 긴다.

―정지용, 「玉流洞」133)

이 시는 1937년 『조광』에 발표된 것으로 정지용이 금강산 기행을
하면서 쓴 것이다. 이 시에서 형상화된 공간은 금강산 옥류동 폭포
일대이다. 폭포소리가 우레처럼 들리는 산 속에서 화자는 우뚝 솟은
봉우리들과 "이내가 새포롬 서그러거리는 숫도림"을 본다. 그는 해가
날갯짓하는 것처럼 보이고 보랏빛 햇살이 퍼지는 곳에서 산기슭의
약초들이 숨 쉬는 소리를 듣는다. "神秘가 한끗 저자 선 한낮"의 자연
에 생명력을 부여하는 시적 주체는 외부 세계와 동화된 상태라고 할
수 있다. 정지용이 후기시에서 형상화한 산수 공간 속의 주체는 세계
를 감각적이고 피상적으로 인식하는 데서 나아가 세계와 하나가 되
는 일체감을 느끼고 있다. 정지용의 산수시의 주체는 그가 위치한 공
간 속에서 세계와 하나가 되는 것이다.

정지용은 1930년대 말에 고전적인 산수의 세계를 자신의 시에 수
용했다. 이 무렵 그는 이병기, 이태준 등과 교류하며 고전과 동양정신
의 탐구했으며 노장이나 성리학의 성정론에 관심을 기울인다.134) 최
동호는 이 무렵 "정지용 시론의 핵심을 이루고 있는 것은 유가의 성
정론이며, 시인은 성정을 가다듬어야 제대로 된 시를 펼칠 수 있
다"135)는 동양적 시관을 보여주었고 본다.

---

133) 정지용, 같은 책, 22-25쪽.

134) 김학동은 정지용의 산수시가 노장철학에 대한 접근을 시도하고 있으며, 이에 따라 시적 공간 안에 살고
호흡하고 있는 일체의 사물들이 신비롭게 표상되어 있다고 본다. 김학동, 『정지용 연구』, 민음사, 1987,
58쪽. 정지용의 후기시에 나타난 성정론에 대한 논의는 강찬모, 「정지용 시와 시론에 나타난 四端七情
고찰」, 『어문연구』 51호, 2006, 5-37쪽. 최동호, 「정지용의 산수시와 성정의 시학-중국과 한국의 산수
화론과 시적 미학」, 『시와 시학』, 2006, 여름, 148-169쪽에서 이루어진 바 있다.

정지용 후기시에 나타난 동양정신의 탐구는 일제강점기를 살았던 시인의 시대인식과 무관하지 않은 듯하다. 정지용이 보여준 산수시는 피폐한 현실에 대응하는 하나의 방법이라고 할 수 있다. 근대적 삶의 방식을 반성하던 주지적 경향의 시를 쓰던 정지용이 신앙시를 거쳐 동양적 은일의 세계에까지 나아간 것은 동양의 문화적 전통 속에서 세계인식의 태도와 시적 방법론을 체득하려했던 시인의 태도를 보여주는 것이라 하겠다.

정지용의 후기시는 1930년대의 전원시가 서구 전원시를 상당부분 수용했던 것과 달리, 고전적인 산수의 세계를 자신의 시에 수용하고 있다. 정지용의 후기시에 나타나는 자연친화적 태도는 조선시대 강호산림시가를 창작한 시인들처럼 세속에서 벗어나 자연과 벗하는 태도와 닮았다. 1941년『문장』폐간 이후 변절과 친일을 강요당하던 상황 속에서 정지용은 대체로 붓을 꺾고 침묵을 지켰다. 정지용의 산수시는 한국 시가 전통의 한 축을 형성해왔던 은일사상을 계승하는 것이라 하겠다.

정지용의 추천으로 등장한 시인들이 묶은『청록집』에도 탈속적 산수공간을 그려내는 작품들을 찾아볼 수 있다. 자연의 미학적 발견으로 집약되는『청록집』에 대한 관심은 당대부터 유별난 것이어서 시집에 대한 조명은 김동리에 의해 일찌감치 이루어졌고[136] 이 시집이 자연친화적 성격을 담고 있다는 평가는 이제 보편적인 것이 되었다. 박두진, 박목월, 조지훈 세 시인은 모두 정지용의 추천으로『문장』을 통해 등장했고, 이들의 시에 담긴 지향점 역시 정지용의『백록담』이

---

135) 최동호, 같은 글, 161-163쪽.
136) 김동리, 「三家詩와 자연의 발견」, 『예술조선』, 1948, 4월.

지향하는 바와 유사한 부분이 있다. 그 가운데 산을 공간으로 하는 박목월의 시는 『백록담』에 수록된 정지용의 시와 유사한 정신적 궤적을 보이고 있다.

『청록집』에 수록된 박목월[137]의 시에는 산이 중요한 공간으로 등장한다. 그가 그려내는 산은 정지용의 경우와 마찬가지로 세속의 공간과 떨어진 탈속의 공간이다. 박목월이 산을 초기시의 주요한 시적 공간으로 삼은 것은 그의 시가 단순히 자연친화적이라는 점을 넘어서, 시인이 지닌 정신적 지향을 보여주는 것이라 할 수 있다.

산이 날 에워싸고
씨나 뿌리며 살아라 한다
밭이나 갈며 살아라 한다

어느 짧은 山자락에 집을 모아
아들 낳고 딸을 낳고
흙담 안팎에 호박 심고
들찔레처럼 살아라 한다
쑥대밭처럼 살아라 한다

산이 날 에워싸고
그믐달처럼 사위어지는 목숨
그믐달처럼 살아라 한다
그믐달처럼 살아라 한다

—박목월, 「산이 날 에워싸고」[138]

---

137) 박목월은 1916년 경남 고성에서 태어났지만, 경북 경주에서 성장했다. 1933년에 『어린이』에 동시를 발표하며 동요시인으로 활동해오다가 1940년 『문장』의 3회 추천을 마치고 시인으로 활동한다. 해방이 된 이듬해인 1946년 박목월은 조지훈, 박두진과 함께 『청록집』을 출간한다.

138) 박두진 외, 『청록집』, 을유문화사, 1946, 32-33쪽.

이 시는 이중적인 해석이 가능한 작품이다. 우선 화자가 "씨나 뿌리고 살아라", "밭이나 갈며 살아라"는 명령에 복종하고, 그것을 즐겁게 받아들이려 한다는 해석이 가능하다. 그렇게 본다면 이 시는 밝고 긍정적인 삶의 자세를 담고 있는 것으로 볼 수 있다. 하지만 다른 해석도 가능하다. 그것은 산의 명령을 수용하는 것이 화자의 의지에 의한 것이 아니라, 시대적 현실 때문에 어쩔 수 없이 받아들이는 것으로 파악하는 것이다. 후자의 입장으로 해석한다면 이 시는 산에 갇혀 사는 느낌을 형상화한 것으로 볼 수 있다.

산자락의 집에서 "아들 낳고 딸을 낳고/흙담 안팎에 호박 심고" 사는 것은 일단 소박하고 행복한 삶처럼 보인다. 그런데 그와 같은 삶의 방식은 사실, 들찔레처럼, 쑥대밭처럼 끈질긴 생명력을 지니는 것이다. 잘라내어도 뿌리가 뽑히지 않는 한 생명을 유지하는 들찔레와 쑥대는 강한 생명력을 암시하기 때문이다. 따라서 이 시에서 시인이 강조하는 것은 생명력의 문제라고 할 수 있다. 이 시에서 놓치기 쉬운 것은 '그믐달'이 지닌 상징적 의미다. 들찔레와 쑥대의 이미지와 연결해서 생각해본다면, 화자는 자신이 처한 현재의 상황이 비록 그믐달과 같이 사위어가는 것이지만, 그것이 일시적이라는 것을 알고 있는 사람이다. 그렇다면 이 시의 화자는 자신이 처한 상황이 만족스럽지는 못하지만, 그것 때문에 좌절하지 않고 고통의 세월도 받아들이며, 기꺼이 견뎌내려고 한다는 것을 알 수 있다. 따라서 산에서 씨 뿌리고 밭을 갈며 사는 것은 당면한 상황에 순응하려는 태도를 보여주는 것이라고 할 수 있다.

일제말의 어두운 시대를 견디는 방법은 적극적인 저항의 태도와 인고의 태도 두 가지가 있을 수 있다. 위의 시는 후자의 태도를 잘 보여주는 작품으로, 어려운 시대를 견뎌내는 삶의 방식을 담고 있다. 이 시에 나타난 시적 화자의 삶의 자세는 1940년대의 억압적인 시대 상황하에서 은일의 삶을 꿈꾸었던 시인의 의식을 보여준다고 할 수 있다.『청록집』에 수록된 박목월의 다른 시에 나타나는 지향성도 여기에서 크게 벗어나지 않으며, 1955년에 간행된『山桃花』에도 이와 같은 시인의 의식지향은 이어지고 있다. 이는 박목월이 일제강점기에 내면화했던 은일의 이상 공간이 해방기와 한국 전쟁을 거쳐 전후에 창작된 작품에까지 이어지고 있는 것을 의미한다.

> 머언 산
> 靑雲寺
> 낡은 기와집
>
> 山은 紫霞山
> 봄눈 녹으면
>
> 느름나무
> 속ㅅ잎 피어가는 열두구비를
>
> 靑노루
> 맑은 눈에
>
> 도는
> 구름

—박목월, 「청노루」139)

---

139) 박두진 외, 같은 책, 12-13쪽.

山은
九江山
보라빛 石山

山桃花
두어송이
송이 버는데

봄눈 녹아 흐르는
옥 같은
물에

사슴은
암사슴
발을 씻는다.

—박목월, 「산도화 1」[140]

「청노루」는 『청록집』에, 「산도화 1」은 『山桃花』(1955)에 수록된 작품이다. 이 두 편의 시는 이상화된 자연의 세계를 형상화한다는 공통점이 있다. 「청노루」의 1행에서 화자는 자신이 상상하는 곳이 '머언 산'이라고 이야기한다. 이 표현은 발화주체가 꿈꾸는 공간이 현실의 공간으로부터 멀리 떨어져 있는 곳임을 의미한다. '청운사'라는 절 이름에서도 탈속적인 분위기가 느껴지지만, '청노루'라는 표현에서도 시인이 꿈꾸는 공간이 지닌 의미를 짐작해볼 수 있다. 노루가 푸른색을 띠고 있는 것은 비현실적이며, 이는 대상이 현실에 존재하지 않는 것임을 의미한다.

---

140) 박목월, 『박목월시전집』, 서문당, 1993, 5판, 38–39쪽. 이 시는 1950년대에 발표된 것이지만 박목월 시에 나타난 이상향의 연속적 면모를 보여주기 위해 인용하였음을 밝혀둔다.

「청노루」에 나타난 간결한 표현과 이미지들은 한 폭의 동양화를 떠올리게 한다. 시인은 그와 같은 공간 속에 위치한 대상에 비현실적인 색채를 부여하면서 자신이 꿈꾸는 공간이 현실에 부재하는 곳임을 말하고 있는 듯하다. 이 작품에서 절과 노루에 부여된 푸른색은 "천상의 세계를 암시하며 승화된 삶의 세계를 상징"[141]한다. 이는 청노루의 맑은 눈에 비친 구름과 연결되어 시인이 꿈꾸는 이상향이 인간의 세계가 아닌 천상의 세계와 같은 곳임을 짐작하게 해준다.

「산도화」에 형상화된 산도 「청노루」의 그것과 마찬가지로, 비현실적이며 탈속적인 공간이다. 구강산이 보랏빛을 띤 석산이라는 점에서 시인이 꿈꾸는 공간은 자신이 살아가는 현실공간이 아닌 이상화된 공간이라는 점을 알 수 있다. '산도화'는 무릉도원 모티브를 담고 있는 소재다. 이 점은 옥 같은 물과 연결되면서 물에 떠 흘러내려오는 도화원의 복숭아꽃을 떠오르게 한다. 구강산은 인간의 흔적을 찾아볼 수 없는 곳인데, 이 점은 시인이 꿈꾸는 이상향이 사람이 모여 이루어진 인간의 공동체가 아니라, 선계와 같은 탈속적 공간임을 드러내고 있다. 시인은 이와 같은 공간 형상화를 통해 인간세계에서 멀리 떨어져 있는 개인적 이상향을 꿈꾼다. 이 공간은 고단한 현실의 세계에서 벗어나고자 하는 시인의 개인적 욕망을 담고 있다고 할 수 있을 것이다.

2) 김동환의 도피적 산수공간

해방기에 창작된 시 가운데에도 탈속적 산수공간을 형상화하는 것

---

141) 이승훈 엮음, 『문학상징사전』, 고려원, 1995, 294쪽.

을 찾아볼 수 있다. 그 가운데 김동환[142]의 「山家抄」는 앞서 살펴본 정지용과 박목월이 보여준 시와는 성격이 다르다. 「山家抄」에서 시인은 현실도피적 태도를 극명히 보여준다. 이 작품에 나타나는 도피적 자세는 시인의 현실대응 방식을 반영하고 있는 것으로 보이는데, 이와 같은 태도를 이해하기 위해서는 김동환의 삶과 시적 경향을 살펴볼 필요가 있다.

김동환은 카프에도 참가했지만, 그가 남긴 시 가운데 경향성을 띠는 것은 많지 않다. 그는 당대의 문학적 조류에 매우 민감한 인물이었다. 따라서 김동환은 애국시인으로도, 경향시인으로도, 친일 문학을 한 시인으로도 평가되기도 한다. 오세영은 김동환에 대한 상반된 평가의 원인으로 김동환이 민족주의와 사회주의를 혼동했던 점과, 당대의 문학적 시류에 편승했기 때문이라는 점을 들고 있다.[143]

김동환이 남긴 시는 그 양이 적지 않다. 그의 삶의 궤적 또한 순탄하지 않기 때문에 시인으로서의 김동환의 정체성에 대한 평가도 다양하다. 그럼에도 불구하고 김동환의 시에는 그의 시작 전체를 관류하는 뚜렷한 주제의식이 나타난다. 그것은 현실에 만족하지 않는 이상적 삶의 지향으로 요약할 수 있다. 김동환의 첫 시집 『국경의 밤』은 비극적 사랑 이야기이지만, "현실비판적 성향이 강한 시"[144]라는

---

142) 김동환은 1901년 함경북도 경성에서 태어났다. 서울 중동학교를 거쳐 일본 동양대학 문과를 수료하고 1924년 『금성』으로 문단에 나왔다. 1925년 시집 『국경의 밤』을 간행하여 큰 반향을 일으켰고 같은 해에 시집 『승천하는 청춘』을 상재했다. 1929년 이광수·주요한과 『3인 詩歌集』을 펴낸 바 있다. 1926년에 결혼하여 경성에서 서울로 거주지를 옮기고 동아일보와 조선일보 기자로 활동하다가 1929년에는 『삼천리』를, 1938년에는 『삼천리문학』을 발간하며 잡지인의 길을 걷는다. 김동환은 시, 소설, 수필, 평론 등 다양한 장르에 걸쳐 활동한다. 1941년에는 일본에 협력하기 시작했고, 1942년에 『삼천리』를 『대동아』로 개명하고 황국신민화 운동을 벌이는 등, 친일 행각을 한다. 해방 후에는 친일 행위로 인해 공민권을 제한 받다가 한국전쟁 때 납북된다. 1958년 평북 집단수용소에 수용된 것으로 알려져 있지만 이후 행적을 알 길이 없다. 오세영, 『한국낭만주의시연구』, 일지사, 1990, 381-386쪽을 주로 참고.

143) 오세영, 같은 책, 415-416쪽.

평가를 받기도 한다. 『국경의 밤』에 나타나는 현실비판적 성향은 『승천하는 청춘』에 수록된 같은 제목의 시에서도 이어진다. 이 시의 주인공인 청년은 부모와 애인, 희망과 행복을 빼앗아가는 세상을 원망하고 사상운동에 몰두한다. 청년이 꿈꾸는 것은 세상을 변화시키는 것이 아니라 사랑의 성취에 있는데, 이와 같은 내용은 김동환 시의 개인주의적 성향을 보여주는 것이라 하겠다.

김동환은 1942년에 출간된 『해당화』에서 자연친화적 공간을 주로 형상화한다. 이 시집에서 시인이 풍부한 자연물을 이미지로 제시하고 있는 것은 그가 꿈꾸는 이상향이 어떤 곳인지 알게 해준다. 이 시를 쓸 무렵 시인은 도시에서 생활하고 있었다. 하지만 시인은 도시 공간에서는 자신의 행복한 삶을 추구할 수 없다고 생각했던 모양이다. 그래서인지 김동환 시의 화자는 도시가 아닌 자연 속에서의 삶을 꿈꾸고 있다. 김동환의 시에 나오는 풍경들이 대부분 향토성을 띠고 있는 것도 이와 같은 맥락에서 이해할 수 있다. 이는 김동환이 꿈꾸는 이상향이 도시와는 다른 삶의 방식이 존재하는 자연친화적 공간이었다는 점을 암시한다. 이 점은 김동환의 후기시에 해당하는 「山家抄」에서도 확인할 수 있다.

1
나라가 없어 산속에 들었다가
나라가 있어도 그저 산속에 사네
성안엔 새 깃발 보이나 제 것만이 아니요
거리엔 에레미아의 슬픈 노래 아직 걷히질 안했다
내 갈길은 수풀 속, 山有花 피는 곳

---

144) 임수현, 「파인 김동환 시 연구」, 『시학과 언어학』14호, 2007, 82쪽.

게서 달로 벗하자, 바람으로 벗하자
山中엔 自由가 있네/靈氣 도-네145)

(중략)

4
열고랑 좁은 밭이니 콩이나 심을까
열고랑 좁은 밭이니 뽕나무 심어서
오두는 어린것들 따 먹이고
잎은 쳐서 명주실 내어
가윗날 아내의 치마감 끊어줄까
그러나 산속에 웬 명절이요. 綾羅랴
열고랑 좁은 밭이니 오동나무 심어서
梧桐秋夜 달맞이 하며 거문고로나 밝히리

(중략)

7
어느 풀밭이 毒蛇 지난 자취 아니랴만
무서움 없이 거기 맘 놓고 쉬며
어느 샘이 표범 먹던 물 아니랴
그렇지만 아침나절 그 甘露로 목 축이고 즐겁게 사노라
名利에 생각 없고
富貴와도 연 없음에
표범과 毒蛇 그리운 벗이라

8
칡덩쿨 흔하니 草堂을 엮고
아무데나 씨뿌려 밀 보리 거둔다
노루 발목 따라가니 젖물같은 샘터가 나지고

---

145) 이하에도 이 후렴구는 계속 되풀이되지만 다음 부분부터는 생략한다.

양지쪽 찾으니 머루 다래 흔하다
그 위에 올라가란 슈이 없고
賦役이라 稅金이라 성가시지 않다, 정녕

(중략)

12
오래간만에 城中에 내려갔더니
싸움과 음란한 소리 귀를 울리고
인가마다 주림과 헐벗음에 지쳐가데
온 동리 찾아봐야 문전에 楊柳 선 집 없고
거문고 소리 끊긴지 이미 오래인 듯
이 속에 어찌 賢人이 居하랴, 天才가 자라랴
나는 아무것도 아니나 어서 山속으로 들자, 나는 山의 사람

(중략)

14
내일날 해돋이에 다시 먼 하늘 떠돌려
고단한 두 날개 숲속에 쉬는 멧새떼와도 같이
또 봄소식 안고 산기슭서 잠시 다리 쉬는
줄기찬 江南의 봄바람과도 같이
눌리움과 서러움에 깍인 이몸을
한철 산속에 있고자꾸나, 아무 흔적 없이

ㅡ「山家抄」146) 부분

　　이 시는 유고시집 『돌아온 날개』(1962, 종로서관)에 수록된 작품이
다. 이 시집은 김동환이 해방기에 출간하려 했던 것이다. 시집에는 해
방 전의 작품과 해방 후의 작품이 섞여 있는데, 1에서는 이 시가 창작

---

146) 김영식, 『파인 김동환 전집 1 詩』, 국학자료원, 1995, 461-466쪽.

된 시기를 알 수 있는 표현이 나타난다. 1에서 알 수 있는 것처럼 "나라가 없어" 산 속에 들어간 사람은 "나라가 있어도" 산 속에 산다. 이 사실은 해방의 역사적 사실을 표현하고 있는 것이다. 이 점을 통해 이 작품이 창작된 시기가 해방 후라는 것을 알 수 있다.

이 작품에서 시인은 고전시가에서 찾아볼 수 있는 은일의 삶을 추구하는 인물을 화자로 등장시킨다. 이 시의 화자는 세속의 공간에서 벗어나 산에서 자유를 누리며 사는 사람이다. 그는 산중에서의 생활을 즐기며 "열고랑 좁은 밭에 오동나무를 심"고 오동나무 위에 뜬 달을 맞아 거문고를 연주하는 삶을 꿈꾼다. 이런 삶은 7에서 알 수 있는 것처럼 명리나 부귀와 거리가 멀다. 8에서 화자는 칡덩쿨로 草堂을 엮고 아무데나 씨를 뿌려 밀과 보리 거두는 자연적인 삶을 꿈꾼다. 하지만 화자가 산속의 삶을 추구하는 것은 현실의 삶에 문제가 있어서이다. 화자는 자연에서의 삶 자체를 좋아한다기보다 현실에 문제가 있어서 자연으로 들어간 인물이다. 이 점은 12에서 화자가 행하는 세속 세계 방문에서 짐작할 수 있다. 화자는 산을 내려와 주림과 헐벗음에 지쳐가는 사람들의 모습을 목격한다. 동리에는 문 앞에 버드나무 선 집도 없고 거문고 소리도 끊긴 지 이미 오래인 듯하다. 화자는 이와 같은 속세에서 살 수 없다고 생각한다. 그래서 그는 세속의 공간을 빨리 벗어나 자신이 사는 산속으로 들어가며 스스로를 "山의 사람"이라고 이야기한다.

시적 화자의 태도는 일견 세속적인 삶보다는 자연친화적인 삶의 방식을 지향하는 것처럼 보이지만 이 시에 나타난 자연친화적 의식은 다분히 작위적인 것이라고 생각된다. 그 이유는 화자가 산속에서 죽을 때까지 살겠다는 의지를 드러내는 것이 아니라, 14에서 알 수

있는 것처럼 '한철'만 머물겠다는 태도를 보이고 있기 때문이다. 화자
는 자신에게 주어진 "눌리움과 서러움"이 사라지면 언제든지 세속적
인 공간으로 돌아갈 수 있는 인물이다. 12에 나타난 세속에 대한 탐
색도 이와 같은 점을 뒷받침한다. 그렇다면 이 시에서 이상적 장소로
형상화되는 산은 화자에게 도피적 은일공간이 된다고 할 수 있다.

　이 작품은 일제 말에 친일행각을 벌였던 시인이 해방 후에 겪는 심
적 고민을 담고 있는 것으로 보인다. 시에 나타난 화자는 산중에 묻
혀 사는 인물이기 때문에 시인 자신과는 다른 삶을 살아가는 인물이
지만, 화자가 추구하는 삶은 해방 후 현실사회에서 벗어나고 싶은 김
동환의 심정을 있는 그대로 보여주고 있는 듯하다. 일제 말에 친일행
각을 벌였던 김동환은 해방 후에 반민특위로부터 공민권을 제한받았
다. 그의 친일행위를 잘 알고 있는 주변인들의 시선도 고울 리가 없
었다. 이와 같은 상황에서 김동환은 일종의 도피공간을 꿈꾸었을 것
으로 추측할 수 있다. 그렇다면 시적 화자가 꿈꾸는 산에서의 삶은
사실 김동환의 현실도피 의식을 담고 있는 것이라고 할 수 있다. 산
속에 "아무 흔적 없이" 한철 있고 싶다는 화자의 고백은 일제 말의
친일행각 때문에 해방 후에 다른 사람들에게 멸시를 당해야 했던 시
인의 자괴감에서 비롯된 것으로 볼 수 있다. 그렇다면 "눌리움과 서
러움에 깎인" 화자의 체면은 뜻하지 않게 찾아온 일본의 패망과 광복
으로 인한 것임도 짐작할 수 있다. 이 시는 탈속적 공간을 꿈꾸는 자
연친화적 세계를 노래하고 있는 듯하지만 시인의 삶을 확인해보면
이 시에 나타나는 인물이 살아가는 공간은 시인이 꿈꾸었던 도피적
은일공간에 해당한다는 것을 알 수 있다.

국권상실기의 암울한 시대에 인간이 꿈꿀 수 있는 삶의 방식 가운데 하나가, 현실에서 멀리 떨어진 곳에 자신의 이상향을 건설하는 것이다. 정지용과 박목월의 시가 이러한 점을 잘 보여준다. 정지용 후기시는 대체로 탈속적 공간을 이상향으로 그려낸다. 이 공간에서 화자는 자연을 단순한 외부의 대상으로 인식하는 것이 아니라 자신과 유기적으로 연결되어 있는 것으로 느낀다. 박목월의 시에 나타나는 산수공간은 일제 강점의 현실을 인고의 태도로 견뎌내려는 태도를 보여주기도 하며, 해방기의 혼란한 현실을 초월하려는 태도를 담아내기도 한다. 박목월의 초기시나 정지용 후기시에 형상화된 산은 1930년대 시인들이 형상화했던 전원보다 현실의 공간에서 더 먼 곳에 위치하고 있다. 이 점은 현실과 이상 사이의 괴리감과 이상향과 이상향을 꿈꾸는 인간 사이의 심리적 거리가 비례한다는 점을 보여준다고 할 수 있다.

해방기에 창작된 김동환의 「山家抄」는 고전시가에 나타나는 자연친화적 삶의 태도를 계승하고 있는 것으로 보인다. 이 시는 번잡한 세속의 세계에서 벗어나 유유자적한 삶을 꿈꾸었던 시인의 내면의식을 담고 있다. 자연에 은거하여, 개인적 행복을 꿈꾸는 시는 고려시대와 조선시대에 창작되었던 은일·은둔문학과 흡사한 성향을 띠게 된다. 표면적으로 보면 이 점은 고려시대의 죽림칠현으로부터 조선시대의 윤선도를 거쳐 한국시에 면면히 이어져 내려온 은일사상을 이어받고 있는 것으로 보인다. 그러나 시인의 삶을 살펴보면 이 시에 나타나는 탈속적 이상향은 해방기의 현실로부터 도피를 꿈꾸었던 시인의 현실대응 태도를 담고 있다는 것을 알 수 있다.

IV

낙원과 마을공동체 지향의 이상향

낙원과 마을공동체 이상향을 형상화한 시들은 Ⅲ장의 시들과 마찬가지로 자연적 삶의 방식을 바탕으로 하고 있지만, 대체로 과거 지향적이라는 점에서, 그리고 사적 공간인 아닌 공동체를 형상화하고 있다는 점에서 Ⅲ장의 시들과는 변별성을 지닌다. 박두진이 그려내는 낙원은 기독교적 세계관을 바탕으로 하고 있긴 하지만 시에 나타난 사상적 스펙트럼은 무척 다양하다. 그의 시에 나타나는 낙원은 시인이 체험한 마을공동체의 생활이 종교적 신념과 결합하여 변용·확장된 것으로 보인다.

마을공동체를 형상화한 시 가운데는 유년이나 고향의 삶을 주제화하며, 소규모 마을을 이상향으로 형상화하는 것들이 주를 이룬다. 백석과 노천명 시에서 화자가 유년의 행복한 공간을 회상하며 과거와 회감을 꿈꾸는 것은 낭만주의 문학으로부터 받은 영향을 보여주는 것이라 하겠다. 정지용의 「향수」는 유년회귀의 형식의 시와는 성격이 약간 다르지만, 백석, 노천명의 시처럼 마을공동체를 이상향으로 형상화하고 있다. 이 작품들에 낙원사상이 뚜렷하게 나타나는 것은 아니지만, 작품에 형상화된 체험 공간은 시적 주체에게 일종의 낙원으로 각인되어 있는 것으로 보인다.

1. 동심의 세계와 원초적 낙원

『청록집』에 수록된 박두진[147]의 시는 이상향에 대한 강한 지향성
을 드러낸다. 이 시집에 수록된 작품의 공간적 성격을 이해하기 위해
서는 그가 유년에 생활했던 공간에 대한 이해가 필요하다. 박두진은
1916년 경기도 안성읍 세탯말에서 태어나 1924년에 고창지기로 이사
한다. 박두진이 남긴 글 중에는 그가 자란 유년의 공간에 대한 설명
을 찾아볼 수 있는데, 그 곳은 시인이 『청록집』에서 그려낸 공간과
닮은 점이 많다. 박두진이 자란 곳은 "먼지와 매연과 기름때에 찌들
은 도회구석이 아니라, 새들이 많고, 바람이 많고, 벌이 많고, 나무가
많고, 물이 많고, 새들이 많고, 꽃이 많고, 풀벌레가 많은, 저 넓고 푸
른 시골"[148]이었다. 박두진의 산문에서 알 수 있는 것처럼 그의 기억
에 남아 있는 유년의 공간은 "숲이요 벌판이요 산골짜기요 풀밭이었
던 것이다."[149] 유년 체험은 박두진의 시에 나타나는 이상향의 성격

---

147) 박두진은 1939년 정지용의 추천으로 『문장』에 시를 발표하며 작품활동을 시작했다. 1946년 박목월, 조
지훈과 함께 『청록집』을 낸 이후, 『해』, 『박두진 시집』, 『거미와 星座』등의 시집을 출간했다.

148) 박두진, 『시인의 고향』, 범조사, 1959, 74쪽.

을 이해하는 데 중요한 단서가 된다. 『청록집』에서 그가 시의 배경으로 삼은 공간은 고향에 대한 산문에 나타나는 것처럼 "식물들이 자라고 동물들이 싸우는 원시적 생명력으로 충일한 자연이고, 그와 함께 모든 주검을 받아들여 영원히 안식케 하는, '거대한 무덤'을 가진 자연"150)이라고 할 수 있다.

박두진은 기독교인이지만 『청록집』에 수록된 그의 시에는 다양한 사상이 습합되어 녹아 있다. 따라서 이 시집에 수록된 작품이 기독교적 세계관에 입각한 것이냐 그렇지 않은 것이냐 하는 문제가 제기될 수 있다. 「雪岳賦」같은 시에는 "다른 태양이 솟는 날 아침에 내가 다시 무덤에서 부활할 것을 믿어본다"는 구절이 나오므로 기독교적 세계관을 바탕으로 하고 있다고 보는 것이 타당하다. 하지만 『청록집』에 수록된 박두진의 시는 "우리 민족의 전통적인 사생관과 영혼관, 인간관과 인생관을 바탕으로 하고 있는 것으로 보인다"151)는 이승하의 견해에도 주목해볼 필요가 있다. 이승하는 "박두진의 초기시에는 기독교적 이상을 형상화하고 있는 작품도 있지만, 모든 생명체의 운명은 자연의 일부로 돌아간다는 것이 박두진의 이 무렵 생각이었을 것이며, 구원, 부활, 영생, 신성, 죄의식 등 종교적 내포를 지닌 생각을 자연과 연결시키는 것은 시집 『오도(午禱)』(1953)에 가서부터"152)라고 보고 있다. 손진은153)도 『청록집』에 수록된 박두진의 시를 점검

---

149) 박두진, 같은 책, 같은 쪽.

150) 이승하, 「박두진 시인이 노래했던 〈자연〉」, 『현대시학』, 2006, 6월, 273쪽.

151) 이승하, 같은 글, 275쪽.

152) 이승하, 같은 글, 278쪽.

153) 손진은은 박두진 시에 나타난 시간의식과 세계관, 그리고 그것을 바탕으로 한 유토피아적 특성에 주목하여 박두진의 초기시가 지닌 의미를 해석한 바 있다. 손진은, 「청록집 수록 박두진 시 연구」, 『어문학』 98호, 2007, 352-354쪽. 374-375쪽.

하면서, 그의 시세계가 기독교적 신앙시로 규정할 수 없는 여러 양상을 드러낸다고 본다. 박두진의 시가 자연, 정치, 기독교적 이상 등 여러 가지 이질적인 요소들이 결합되어 새로운 질서를 형성하고 있다는 손진은의 견해는 다양한 사상적 토대를 바탕으로 하는 박두진 초기시의 성격을 이해하는 데 중요한 단서를 제공한다. 실제로 박두진의 시에 나타난 사상적 요소를 추출해보면 손진은과 이승하의 견해는 상당한 설득력이 있다는 것을 알 수 있다.

『청록집』에 수록된 박두진의 시는 자아와 세계가 교감하는 서정시 본연의 미학을 드러낸다. 이와 같은 미학을 바탕으로 시인은 동물들이 살아 움직이고 식물들이 무성한 낙원을 형상화한다. 박두진의 시에 나타난 이상향은 기독교적인 낙원의 표상으로 이해하는 것이 보통이다. 아래의 시 「香峴」은 기독교적 이상을 표현한 박두진의 처녀작이다.

아랫도리 다박솔 깔린 山 넘어 그 넘엇 山 안 보이어, 내 마음 등등 구름을 타다.
우뚝 솟은 山, 묵중히 엎드린 山, 골골이 長松이 들어섰고, 머루 대랫넝쿨 바위 엉서리에 얽혔고, 샅샅이 떡갈나무 억새풀 우거진데, 너구리, 여우, 사슴, 산토끼, 오소리, 도마뱀, 능구리 等 실로 무수한 짐승을 지니인

산, 산, 산들! 누거만년 너희들 침묵이 흠뻑 지리함즉 하매

산이여!장차 너희 솟아난 봉우리에, 엎드린 마루에, 확확 치밀어 오를 화염을 내 기다려도 좋으랴?

피ㅅ내를 잊은 여우 이리 등속이 사슴 토끼와 더불어 싸리ㅅ순 칡순을 찾아 함께 즐거이 뛰는 날을 믿고 길이 기다려도 좋으랴?
―박두진, 「香峴」154)

이 시는 1939년『문장』6월호에 발표된 것으로, 활달하고 거침없는 상상력을 바탕으로 자연의 건강한 생명력을 노래하고 있다. 이 시는 박두진의 시에 나타난 이상향의 특성을 이해하는 데 중요한 길잡이 역할을 한다. 1연에 제시되는 풍요로운 동식물 이미지, 산 이미지는 그의 다른 시에도 흔히 나타나는데 이 이미지들은 모두 원초적 낙원을 형상화하는 역할을 한다. 특히 마지막 부분에서 육식동물이 육식의 습성을 버리고 초식동물과 함께 어울려 사는 모습은 매우 평화롭게 보인다. 초식동물과 육식동물이 평화롭게 공존하는 낙원의 이미지는 우리 시에서 무척 낯선 것으로, 이는 박두진의 개인적 상상력에 의해 형상화된 것이라고 보기는 어렵다. 육식동물이 야수의 기질을 버리고 초식동물처럼 온순하게 변하여 초식동물과 사이좋게 어울리는 세계는 구약의 「이사야서」에 나타나 있다.

> 이리도 양과 함께 살 것이며 표범은 새끼 양과 같이 누우리라. 송아지와 어린 사자와 새끼양이 더불어 살지니, 어린 아이가 그들을 거느릴 것이다. 소와 곰이 함께 먹고, 그들의 어린 새끼들이 함께 뒹굴리라. 사자는 황소처럼 짚을 먹을 것이다. 젖먹이 어린애가 독사의 굴에서 놀게 될 것이며, 젖을 뗀 어린아이가 무서운 독사의 소굴에 손을 넣으리라. 그들은 나의 모든 성스러운 산에서 상하게도 하지 않고 파괴하지도 않을 것이다.[155]

박두진이 기독교인이라는 것은 잘 알려진 사실이고 그의 시에 나타난 기독교적 세계관에 대한 논의도 적지 않다. 위에서 인용한 부분을 살펴보면 「香峴」은 「이사야서」의 영향 아래 창작되었다는 것을 알

---

154) 박두진 외, 『청록집』, 을유문화사, 1946, 70–71쪽.
155) 「이사야서」, 11장 6–9절.

수 있다. 이처럼 박두진의 시적 상상력은 상당 부분 기독교적 세계관에 바탕하고 있다. 그런데 박두진의 시에 나타난 종교적 성향보다 중요하게 살펴야 할 점은 그가 처녀작부터 낙원을 형상화하고 있다는 점이다. 시가 창작된 시기가 일제강점기라는 점을 고려한다면 그가 낙원을 형상화한 것은 무척 의미심장하다. 박두진이 이 작품을 통해 전달하려는 주제의식은 모든 생명체들이 어울려 사는 평화로운 세계에 대한 지향이라고 할 수 있는데, 이와 같은 주제 의식은 그렇지 못한 억압적 시대 상황에서 비롯된 것이라고 할 수 있다.

그렇기 때문에 이 작품에서는 "확확 치밀어 오를 화염"의 의미에 주목해볼 필요가 있다. 시의 문맥으로 보면 온갖 식물이 자라고 동물이 살아가는 곳임에도 불구하고, 산은 침묵하고 있다. 그런데 2연에 나타난 침묵의 의미는 3연에 나타나는 화염과 대비적이다. 화염은 산의 침묵에 종지부를 찍는 것이다. 화염이 지닌 의미는 시가 창작된 시대적 상황을 고려하면서 파악해야 한다. 화자는 3연과 4연에서 "기다려도 좋으랴?"라는 발화를 반복한다. 화자가 기다리는 것은 여우와 이리 같은 육식동물이 사슴, 토끼와 같이 즐겁게 사는 세상이다. 그런데 그와 같은 비현실적이고 비합리적인 세상이 자연스럽게 찾아올 수는 없다. 시인은 사나운 육식동물이 온순한 초식동물로 바뀌기 위해서는 산이 화염을 뿜어내는 것과 같은 일대 변혁이 필요하다고 생각했을 수도 있다. 이와 같은 내용은 미래의 완벽한 세계를 염원하는 기독교적 천년왕국사상을 드러내는 것으로 보인다.

「香峴」에서 시인이 지향하는 낙원은 초식동물처럼 착한 것들만 존재하는 평화로운 세상이다. 그런데 낙원을 형상화한 시가 일반적으로 과거를 향하고 있는 것과 달리 이 시에 나타난 시간은 미래를 향하고 있다. 박두진은 이 시를 통해 미래에 와야 할 이상향을 그려내고 있다고 할 수 있는데, 그 곳은 태고에 있었을 법한 원초적 낙원이라고 할 수 있다. 따라서 「香峴」에 나타난 이상향은 "이상적인 인간사회로 구상해본 낙원의 상징"156)이라고 할 수 있을 것이다.

1

　부여안은 치마ㅅ자락 하얀 눈 바람이 흩날린다. 골 이고 봉우리고 모두 눈에 하얗게 뒤덮였다. 사뭇 무릎까지 빠진다. 나는 예가 어디 저 北極이나 南極 그런데로도 생각하며 걷는다.

　파랗게 하늘이 얼었다. 하늘이 얼었다. 하늘에 후-입김을 뿜어 본다 스러지며 올라간다 고요-하다. 너무 고요하여 외롭게 나는 太古! 太古!에 놓여있다.

2

　왜 이렇게 나는 자꾸 山만 찾어 나서는겔까?-내 永遠한 어머니…… 내가 죽으면 白骨이 이런 양지짝에 묻힌다. 외롭게 묻어라.

　꽃이 피는 때 내 푸른 무덤엔 한포기 도라지꽃이 피고 거기 하얀 나비 山나비가 날러라. 한 마리 멧새도 와 울어라. 달밤엔 杜鵑! 杜鵑도 와 울어라

　언제 새로 다른太陽이 솟는날 아침에 내가 다시 무덤에서 復活할 것도 믿어본다.

3

　나는 눈을 감어 본다. 瞬間 번뜩 永遠이 어린다. …… 人間들! 지금 이 땅우에서 서로 아우성치는 수많은 人間들-人間들이 그래도 滅하지 않고 오래 오래 世代를 이어 살아갈 것을 생각한다.

---

156) 유종호, 「시인과 모국어」, 유종호·최동호 편, 『시를 어떻게 만날 것인가』, 민음사, 2005, 131쪽.

우리 民屬도 이어 자꾸 나며 죽으며 滅하지 않고 오래 오래 이땅에서 살아
갈 것을 생각한다.

언제 이런 雪岳까지 왼통 꽃동산 되어 우리가 모두 서로 노래치며 날뛰며
진정 하로 和暢하게 살어볼 날이 그립다. 그립다.
—박두진, 「雪岳賦」157)

이 시의 화자는 설악산을 오르고 있다. 화자가 위치한 공간은 너무
고요하여 화자는 자신이 태고에 놓여있다고 이야기한다. 화자가 겨울
설악산을 찾는 이유는 그곳이 "내 영원한 어머니"이며, "내가 죽으면
백골이 이런 양지짝에 묻"힐 것을 알고 있기 때문이다. 2에서 화자는
자신의 죽음을 상상하지만 "새로 다른태양이 솟는날 아침에" 자신이
부활할 것도 믿어본다. 어제까지 떴던 태양과는 다른 태양이 뜰 것이
라는 상상은 밝은 세상을 꿈꾸는 시인의 의식지향과 관련을 지닌다.
"다른태양이 솟는날"의 의미는 「香峴」에서 살펴본 천년왕국적 이상
이 실현되는 날과 같은 의미로 이해된다. 그리고 화자가 그날 부활할
것을 믿는다는 내용은 미래의 낙원에서 살아가고자 하는 화자의 염
원을 드러내는 것이라고 할 수 있다. 이와 같은 맥락에서 볼 때 화자
가 위치한 설악이 '태고'와 같다는 인식 또한 의미심장하다. '태고'는
원초적 시공간으로 "지금 이 땅우에서 서로 아우성치는 수많은 인간
들"이 사는 세계와는 다른 곳이다. 시인은 다른 태양이 솟는 '태고'와
같은 완전한 세계를 꿈꾼다. 그 세계는 "인간들이 그래도 멸하지 않
고 오래 오래 세대를 이어 살아갈" 곳이며 "우리 민속도 이어 자꾸
나며 죽으며 멸하지 않고 오래 오래" 살아갈 땅이다. 시인은 이와 같

---

157) 박두진 외, 같은 책, 94-97쪽.

은 땅을 '꽃동산'의 이미지로 제시하고 있다. '꽃동산'은 시인이 꿈꾸는 낙원이며 "우리가 모두 서로 노래치며 날뛰며 진정 하로 화창하게 살어볼" 수 있는 곳이다.

시인이 꿈꾸는 낙원의 모습은 『청록집』에 수록된 다른 시에서도 풍부하게 나타난다. 「푸른 숲에서」에서도 낙원 표상이 잘 드러난다. 이 시에서 낙원으로 제시되는 공간은 꾀꼬리를 비롯한 온갖 새들이 나를 따라오며 우는 곳이며 "들장미, 해당꽃/시새워 피"는 숲이다. 이 시에서 꽃과 새는 낙원을 구체화시켜주는 이미저리라고 할 수 있다. 이처럼 박두진이 꿈꾸는 이상향은 꽃들이 만개하고 갖은 새들이 날아다니며, 인간과 동물들이 다투지 않고 어울려 사는 낙원인데, 시인은 이와 같은 낙원 형상화를 위해 다양한 소재를 적재적소에 위치시키고 있다.

눈 같이 흰 옷을 입고 오십시요 눈 위에 활작 햇살이 부시듯 그렇게 희고 빛나는 옷을 입고 오십시오.

달 밝은 밤, 있는것 다아 잠들어 괴괴-한 보름 밤에 오십시오 ······빛을 거느리고 당신이 오시면 밤은 밤은 永遠히 물러간다 하였으니 어쩐지 그 마즈막 밤을 나는 푸른 달밤으로 보고 싶습니다. 푸른 月光이 금시에 활닥 화안한 다른 光明으로 바뀌어지는 그런 장엄하고 이상한 밤이 보고 싶습니다.

속히 오십시오. 정녕 다시 오시마 하시었기에 나는 피와 눈물의 여러 서른 사연을 지니고 기다립니다.

흰 薔薇와 百合꽃을 흔들며 맞으오리니 반가워 눈물 머금고 맞으오리니 당신은 눈 같히 흰 옷을 입고 오십시오. 눈 위에 활작 햇살이 부시듯 그렇게 희고 빛나는 옷을 입고 오십시요.
-박두진, 「흰 薔薇와 百合꽃을 흔들며」158)

이 시의 화자는 그가 기다리는 대상이 속히 오기를 바라고 있다. 그 대상은 인격화되어 있으며 그 정체가 분명히 제시되지 않는다. 다만 전후의 내용으로 미루어볼 때 그는 '빛'을 거느리고 와서 어둠을 쫓아내는 존재다. 이 시는 '오십시요'가 두 번 '오십시오'가 네 번 반복되는 기원의 형식을 띤다. 『청록집』에 수록된 시 가운데 대상에 대해 극존칭이 나타나는 것은 이 시밖에 없다. 어조의 측면에서 살펴본다면 청자는 화자에 비해 월등히 우월한 존재다. 이 점에 주목한다면, 이 시에서 화자가 오기를 염원하는 '당신'은 화자를 새로운 세계로 이끌어 줄 '메시아'를 암시하는 것으로 보인다.

이 시에서 시인은 흑백의 색채 대비를 통해 대상에 부정/긍정의 대립적 관념을 부여한다. 밝음을 상징하는 흰색은 긍적적인 의미를, 어둠을 상징하는 검은색은 부정적인 의미를 지닌다. 햇살, 빛, 광명과 같은 시어는 밝음이 가득한 당위적 세계의 도래에 대한 염원을 강조하기 위해 사용한 것이다. 흰옷을 입은 '당신'은 광명을 가지고 와 '밤'과 "피와 눈물의 여러 서른 사연"을 물리칠 수 있는 존재다. 따라서 화자가 흰 장미와 백합을 흔들며 '당신'을 맞이하고자 하는 것은 도래할 광명 세계에 대한 기원을 담고 있는 것이라 할 수 있다.

이 시에서 '밤'은 낮/밤의 시간적 의미만 지니는 것이 아니다. 당신이 오면 밤은 영원히 물러가는 것이기 때문이다. 박두진이 이 시에서 화자의 목소리를 빌어 기원하는 것은 밤을 광명으로 바꾸는 존재가 빨리 이 세계에 오기를 바라는 것이다. 그는 이 시에 나타난 '당신'처럼 해와 같이 밝은 광명을 가지고 오는 절대적 존재다.

---

158) 박두진 외, 같은 책, 80–81쪽.

내게로 오너라. 어서 너는 내게로 오너라. -불이 났다. 그리운 집들이 타고 푸른 동산 난만한 꽃밭이 타고, 이웃들은 이웃들은 다 쫓기어 울며 울며 흩어졌다. 아무도 없다.

일히들이 으르댄다. 양떼가 무찔린다. 일히들이 으르대며 일히가 일히와 더불어 싸운다. 살범들을 물어뗀다. 피가 흐른다. 서로 죽이며 작고 서로 죽는다. 일히는 일히로 더불어 싸우다가 일히는 일히로 더불어 멸하리라.

처참한 밤이다. 그러나 하늘엔 별-별들이 남아있다. 날마다 아직은 해도 돋는다. 어서 오너라. …… 황폐한 땅을 새로 파 이루고 너는 나와 씨앗을 뿌리자. 다시 푸른 산을 이루자. 붉은 꽃밭을 이루자.

정정한 푸른 장생목도 싦으고 한철 났다 스러지는 일년초도 싦으자. 잣나무 오얏복숭아도 싦으고 들장미 석죽 산국화도 싦으자. 싹이 나서 자라면 이어 붉은 꽃들이 피리니……

새로 푸른 동산에 금빛 새가 날러 오고 붉은 꽃밭에 나비 꿀벌 떼가 날러들면 너는 아아 그때 나와 얼마나 즐거우랴, 섥게 흩어졌던 이웃들이 도라오면 너는 아아 그때 나와 얼마나 즐거우랴. 푸른 하늘 푸른 하늘아래 난만한 꽃밭에서 너는 나와 마주 춤을 추며 즐기자. 울며 즐기자. …… 어서 오너라…….

—박두진, 「푸른 하늘아래」[159]

이 시에서 시적 화자가 기다리는 대상은 '너'이다. 대상이 인격화되어 있지만, 시의 전체적인 맥락을 고려해본다면, '너'는 평화롭고 행복한 삶을 의미한다는 것을 알 수 있다. 다른 작품에서도 마찬가지이지만, 박두진은 상징적 의미를 지닌 시어와 시구를 통해 소망을 간접적으로 표현하는 경우가 많다. 이 시에서 상징적인 의미를 지닌 시어 가운데, 물러가야 할 부정적인 것은 이리, 밤, 황폐한 땅 등으로 나

---

159) 박두진 외, 같은 책, 91-93쪽.

타나고, 마땅히 있어야할 긍정적인 것은 양, 씨앗 같은 평화와 풍요의 이미지, 별, 해 등의 우주적 이미지로 나타난다. 작품 내에서 시인이 꿈꾸는 이상향은 푸른 산, 붉은 꽃밭, 푸른 동산 등에서 알 수 있는 것처럼 색채어와 결합된 공간으로 나타난다. 여기서 시인이 색채어를 사용하는 것은 그가 꿈꾸는 공간을 좀 더 강조하기 위한 수사적 장치로 보인다.

박두진은 자신이 꿈꾸는 이상적 세계를 보다 효과적으로 표현하기 위해, 다양한 식물 이미지를 작품 내에 위치시키고 있다. 장생목, 일년초, 잣나무, 오얏, 복숭아, 들장미, 석죽, 산국화 등 실로 다양하게 제시되는 이미지들은 그가 꿈꾸는 이상향의 모습을 구체적으로 형상화하는 데 기여하는 소재들이다. 시인은 5연에서 당위의 세계인 낙원을 건설하고 나서 금빛 새, 나비, 꿀벌과 같이 날개 달린 것들로 그 공간을 가득 채운다. 앞서 살펴본 식물 이미지들이 지상에 뿌리를 내리고 있는 것이라면, 날개가 달린 새와 나비, 꿀벌은 지상보다는 하늘과 가까운 곳에서 살아가는 것들이다. 하지만 날것들이 가득한 공간 형상화만으로는 시인이 꿈꾸는 낙원은 완성되지 않는다. 시인에게 푸른 하늘과 다양한 식물, 나비, 새, 꿀벌은 그 자체로 아무 의미가 없다. 그가 꿈꾸는 낙원은 "흩어졌던 이웃들이 돌아"와야 완성되는 것이다. 이는 그가 꿈꾸는 낙원이 너와 내가 꽃밭에서 춤을 추며, 울며 즐길 수 있는 '사람들이 사는 세상'이라는 것을 보여준다.

그런데 이 시에서 그와 같은 이상향은 완성된 것이 아니다. 그래서 시인은 시의 시작 부분과 마찬가지로 끝부분에서도 자신의 소망을, "어서 오너라"는 명령의 목소리로 강조하고 있는 것이다.

복사꽃이 피었다고 일러라. 살구꽃도 피었다고 일러라. 너이 오래 정드리
고 간집, 함부로 함부로 짓밟힌 울타리에, 앵도꽃도 오얏꽃도 피었다고 일러
라. 낮이면 벌떼와 나비가 날고, 밤이면 소쩍새가 울더라고 일러라.

다섯 뭍과, 여섯 바다와, 철이야, 아득한 구름 밖 아득한 하늘ㅅ가에, 나는
어디로 향을 해야 너와 마주 서는게냐-(중략)-

복사꽃 피고, 살구꽃 피는 곳, 너와 나와 뛰놀며 자라난 푸른 보리밭에 남
풍은 불고 젖빛 구름 보오얀 구름속에 종달새는 운다. 기름진 냉이꽃 향기로
운 언덕, 여기 푸른 잔디밭에 누어서, 철이야 너는 너는 닐 닐 닐 가락 맞춰
풀피리나 불고, 나는, 나는, 두둥싯 두둥실 붕새춤 추며, 막쇠와, 돌이와, 복슬
이랑 함께, 우리, 우리, 옛날을 옛날을, 딩굴어 보자.
—박두진, 「어서 너는 오너라」[160] 부분

이 작품은 일견 고향을 떠난 사람에게 부치는 귀향에의 권유로 보인
다.[161] 「푸른 하늘아래」에서도 나타난 바 있지만, 고향을 떠난 사람이
돌아오는 것은 이상향을 완성하기 위한 조건 가운데 하나이다. 작품
내에서 고향을 떠난 사람들은 일본의 가혹한 정책으로 인해 고향을 떠
나 타지로 간 사람들을 의미하는 듯하다. 일본이 물러가고 광복이 되
었으니, 강산은 일제 암흑기에 많은 시인들이 꿈꾸는 봄을 맞이한 것
이다. 봄을 맞이한 광경은 "복사꽃 피고, 살구꽃 피는 곳, 너와 나와 뛰
놀며 자라난 푸른 보리밭에 남풍은 불고 젖빛 구름 보오얀 구름속에
종달새는 우"는 장면으로 형상화된다. 봄이 와서 아름답고 풍요로워진
곳은 일종의 낙원이 된다. 그곳은 "기름진 냉이꽃 향기로운 언덕, 푸른
잔디밭"이 있는 곳이다. 풍요롭고 아름다운 고향으로 돌아온 사람들은

---

160) 박두진 외, 같은 책, 102-104쪽.
161) 유종호, 같은 글, 132쪽.

행복하고 즐겁다. 그래서 철이는 풀피리를 불고, 나는 붕새춤 추며, 막쇠, 복슬이 같은 친구들과 뒹굴며 옛날처럼 즐겁게 뛰어논다.

이 시에서 시인은 고향을 떠난 사람의 귀향만으로는 행복한 공동체가 완성되는 것은 아니라는 점을 이야기하는 듯하다. 시인은 순진무구한 태도와 신명난 놀이를 통해서 환희와 행복이 넘치는 어린 날을 회복할 수 있다고 이야기한다. 시인은 마땅히 와야 할 세계를 만들기 위해서는 공동체의 구성원들이 동심을 회복해야 한다고 보고 있는 것이다. 동심은 시비를 분별하는 어른들의 마음과 달리 순진무구한 마음의 상태다. 공동체의 구성원들이 순진무구한 아이의 마음을 지닐 때, 시인은 자신이 꿈꾸는 낙원이 완성되는 것이라고 생각하고 있는 것이다.

　

　　내 여기 한 이름 없는
　　적은 마을에서 태여나

　　바람과 土壤과 父母와
　　따사한 햇볕에 안겨 자랐으나

　　(중략)

　　내 안에 가꿔 온 것
　　붉은 薔薇는──

　　새로 바라는 하늘이 열려
　　찬란히 트이는
　　아츰에사 피리라.

다섯 뭍과 여섯 바다에
일제히 人類가 合唱을 불르는 날

-박두진, 「薔薇의 노래」[162] 부분

이 시에서 화자가 욕망하는 것은 "인류가 합창을 불르는 날"이 오는 것이다. 장미꽃은 그날 아침에 피어난다. 그런데 장미꽃은 현실세계에 존재하는 것이 아니다. 화자는 그날 아침에 필 장미가 "내 안에서 가꿔 온 것"이라고 노래한다. 그렇다면 "인류가 합창을 부르는 날"은 언제이고 '장미'는 또 어떤 의미를 지니는 것인지 생각해볼 필요가 있다.

이 시에서 시인이 그리고 있는 이상향은 국가나 민족의 영역을 뛰어넘는 것이다. "다섯 뭍과 여섯 바다에/일제히 인류가 합창을 불르는 날"이라는 표현에서 그가 꿈꾸는 이상향은 탈국가적 낙원이라는 것을 알 수 있다. "새로 바라는 하늘이 열려"라는 표현은 선천세계가 계속되는 일상적인 날이 아닌 후천개벽의 날을 의미한다고 할 수 있다. 그날은 화자가 살고 있는 선천세계의 부정적인 요소들이 말끔히 사라지는 날이다. 화자는 그 날이 "내 안에 가꿔온 붉은 장미"가 피는 날이라고 노래한다. 박두진의 종교적 신념과 연결지어 생각해볼 때, 장미가 피어나고, 새 하늘이 열리고, 인류공동체가 함께 노래하는 새 세상은 다분히 기독교적 천년왕국을 연상하게 한다. 『청록집』에 수록된 박두진의 시 가운데 상당수는 앞서 살펴본 「푸른 하늘 아래서」나 「너는 어서 오너라」에서 알 수 있는 것처럼 마을공동체를 지향하는 특성을 보이지만, 행복한 마을공동체를 꿈꾸는 시인의 상상력에는 종

---

162) 박두진 외, 같은 책, 105-108쪽.

교적인 성향이 내포되어 있다. 이와 같은 종교적 성향 때문에 박두진
이 꿈꾸는 이상향은 마을공동체를 넘어 인류공동체적인 공간으로 확
장된다. "다섯 뭍과 여섯 바다에/일제히 인류가 합창을 불르는 날"은
오대양 육대주의 모든 사람이 행복한 삶을 누릴 수 있는 순간을 의미
한다. 박두진이 꿈꾸는 이상향의 독특한 점은 행복한 세계를 꿈꾸는
인간의 보편적 이상과 종교적 이상이 결합한 데서 발생하는 것이라
고 할 수 있을 것이다.

  해야 솟아라. 해야 솟아라. 맑앟게 씻은 얼굴 고은 해야 솟아라. 산 넘어
산넘어서 어둠을 살라먹고, 산넘어서 밤 새 도록 어둠을 살라먹고, 이글 이글
애뙨 얼굴 고은 해야 솟아라.

  달밤이 싫여, 달밤이 싫여, 눈물같은 골짜기에 달밤이 싫여, 아무도 없는
뜰에 달밤이 나는 싫여…….

  해야, 고은 해야. 늬가 오면 늬가사 오면, 나는 나는 청산이 좋아라. 훨훨
훨 깃을 치는 청산이 좋아라. 청산이 있으면 홀로래도 좋아라.

  사슴을 따라 사슴을 딿아, 사슴을 따라 사슴을 딿아, 양지로 양지로 사슴
을 딿아 사슴을 만나면 사슴과 놀고,

  칡범을 딿아 칡범을 딿아 칡범을 만나면 칡범과 놀고…….

  해야, 고은 해야. 해야 솟아라. 꿈이 아니래도 너를 만나면, 꽃도 새도 짐
승도 한자리 앉아, 워어이 워어이 모두 불러 한자리 앉아 애뙤고 고은 날을
누려 보리라.

―박두진, 「해」¹⁶³⁾

---

163) 박두진, 『해』, 청밀금, 1949, 12-13쪽.

이 시는 1946년에 발표된 작품이다. 박두진은 이 시의 창작 배경에 대해 "8·15 해방의 세기적 분출구를 만나 그냥 조용하고 조심스러운 긴장, 무엇인가 아주 포괄할 수 있는 이상을 집중적으로 완벽하게 표현 형상화하고자 했을 뿐이며, 언젠가는 한번 꼭 주제화하리라는 야심을 견지해왔던 것"164)이라고 이야기하고 있다. 이 작품에서 가장 강조되고 있는 소재는 '해'다. 이 '해'는 「설악부」의 화자가 기다리던 "다른태양이 솟는날" 떠오를 '고운 해'라고 할 수 있다. 해는 박두진 시를 지배하는 중요한 이미지 가운데 하나로 밝음, 광명세계를 표상한다.165) 이 시에 나타나는 해가 빛나는 낙원에 대한 염원이 보편적 공감을 획득한 이유는 시인이 유년에 경험했던 '햇볕 체험'과 관련이 있다고 생각된다. 박두진은 고창지기에서 받은 해에 대한 인상을 다음과 같이 이야기한 바 있다.

> 이때에 몸에 받은 일종의 대륙적인 햇볕의 강렬성은 지금도 길어 내고 있는 내 시적 작업의 상당한 자원이 되고 있다.166)
>
> 나의 전체 시의 가장 핵심적인 상징이 되는 쩔쩔 끓는 해…… 그 불변가변의 심상이 다 이때 받은 천혜의 환경과 그 체험에 기인된 것이 아닌가 한다.167)

해가 광명, 도, 질서, 이데아, 이(理)의 표상이라는 점은 잘 알려져 있다. 박두진 시의 '해'에 담긴 의미 역시 여기에서 크게 벗어나지 않

---

164) 박두진 외, 『청록집』, 삼중당, 1976, 189쪽.

165) 김석하는 우리의 고대신앙 가운데 하나로 崇天思想, 自然信仰과 함께 太陽崇拜를 든다. 그는 태양숭배가 천신이 주재하는 천공의 이상세계를 지향하는 태도와 관련이 있다고 보고 있다. 김석하, 『韓國文學의 樂園思想研究』, 日新社, 1973, 33-34쪽. 박두진 시의 해 이미지도 이러한 관점에서 파악할 수 있을 것이다.

166) 박두진, 『문학적 자화상』, 한글, 1994, 52쪽.

167) 박두진, 같은 책, 105쪽.

는다. 따라서 밝은 해가 비추는 '청산'은 광명 속에서 만들어질 이상적 세계이자 『청록집』에서 시인이 노래하던 낙원이 된다.

이 시는 광복의 기쁨을 노래하고 있는 것으로 알려져 있지만, 시인이 형상화하려고 하는 것은 광복의 기쁨이나 민족적 이상을 초월하고 있는 듯하다. 이 점은 2연과 6연을 통해 짐작해볼 수 있다. 화자는 2연에서 "달밤이 싫여"라는 발화를 네 번이나 반복하고 있다. '달밤'은 '고운 해'가 뜬 '고운 날'과 상반되는 의미를 지니는 것으로 해가 지닌 긍정적 의미와 대비해 보면 부정적이고 어두운 세계를 의미한다. 따라서 시인이 광복의 기쁨을 노래하고자 했다면 어둠의 세계에 대한 혐오감을 표현한 2연은 사족이 된다고 할 수 있다. 시의 화자가 "해야 솟아라"라고 노래하는 것은 그의 이상이 아직 미완의 상태이기 때문이다. 이 점은 6연을 통해서 알 수 있다. 6연에서 나타난 화자의 발화인 "너를 만나면"과 "애띠고 고은 날을 누려 보리라"라는 표현은 화자가 아직 '고운 해'를 만나지 못했다는 것을 의미한다. 이 시에서 '~면'은 가정의 의미를 지니고 있고, '~리라'도 '~할 것이다'라는 의미를 내포하고 있기 때문이다. 따라서 이 시에 화자가 "해야 솟아라"고 하는 것은 그의 염원을 담은 발화라는 것을 알 수 있다. 그렇다면 이 시에서 화자가 노래하는 것은 아직 오지 않은 이상향에 대한 염원이며, 이 시에 나타난 주제의식 또한 『청록집』에 수록된 시 「향현」에 나타났던 것과 다르지 않다는 것을 알 수 있다. 이 시에서 화자는 사슴과 침범과 인간이 어울리고, 꽃과 새와 짐승이 어울리는 세계를 노래하는데, 그와 같은 일은 원초적 낙원에서나 일어날 수 있는 것이라고 하겠다.

　　박두진의 초기시에 나타나는 이상향은 대체로 원초적 낙원에 가깝다. 그곳은 모든 생명체들이 평화롭게 공존하는 곳으로 표현된다. 박두진이 꿈꾸었던 이 낙원은 기독교적인 상상력과 전원시에 나타나는 낙원 이미지, 해의 이미지가 결합되어 공감대를 형성하고, 인간이 꿈꾸는 보편적인 이상향으로 자리잡게 된다. 「해」에 나타난 "꽃도 새도 짐승도 한자리 앉아 앳되고 고운 날을 누려 보리라"는 발화를 통해 우리는 박두진의 이상향이 인간이면 누구나 소망하는 풍요롭고 행복하며 평화로운 세계였다는 것을 알 수 있다. 박두진의 초기시에서 특별히 강조되는 이상적 삶의 요소는 평화인데, 이는 주로 기독교적 천년왕국사상을 통해 표출된다. 이 점은 일본에 의한 식민지배뿐 아니라 2차 대전과 같은 폭력적 세계정세와도 관련을 맺고 있는 것으로 보인다.

2. 유년지향과 마을공동체

1) 백석의 토착적 마을공동체

백석168)의 시는 근대적 삶의 문제들이 여러 가지 부정적 징후들로 드러나는 도시 공간을 노래하지 않는다. 그의 시에 드러나는 공간은 농촌이며 "근대화에 떠밀려 잃어버린 고향의 옛 모습을 발견"169)할 수 있는 장소다.

오장환은 백석의 시집 『사슴』에 대해 "가진 사투리와 옛니야기의 年中行事의 묵은 추억 등을 그것도 질서없이 그의 곳간에 볏섬쌓듯키

---

168) 백석은 1912년 7월 평안북도 정주군 갈산면 익성동에서 태어났다. 본명은 백기행이고 백석(白石)은 필명이다. 백석은 1930년에 조선일보 신춘문예에 단편소설 「그 모(母)와 아들」이 당선되어 문단에 등장했고 같은 해 조선일보 장학생 선발에 뽑혀 일본에서 영문학을 공부했다. 1934년에 귀국하여 조선일보에 입사했고 1935년에는 조선일보에 시 「정주성」을 발표하면서 작품 활동을 시작했다. 1936년 1월에는 시집 『사슴』을 자비 출간했다. 이 해에 기자생활을 그만두고 함경남도 함흥 영생어고보에서 교편을 잡는다. 이듬해 교원직을 사직하고 서울로 돌아와 잡지 편집에 관계하다가, 1939년 말에 만주로 거처를 옮기고 측량보조원, 측량서기, 소작인, 세관업무 등에 종사한다. 해방과 함께 귀국하여, 신의주에 잠시 거주하다가 고향 정주로 돌아온다. 분단 후에는 북한에 남아서 번역과 아동문학에 종사하다가 1995년 83세의 일기로 북한에서 생을 마감한다. 이동순 엮음, 「연보」, 『백석시전집』, 창작과비평사, 1987을 주로 참고함.

169) 서준섭, 「잃어버린 고향에로의 회귀와 그 환기의 형식으로서의 시」, 백석, 『흰 바람벽이 있어』, 고려원, 1989, 97쪽.

그저 구겨 넣은데 지나지 않는 것"170)이라고 평가했다. 오장환은 『사슴』에 수록된 시들이 서정갈래의 보편적 특성을 담아내지 못했다고 생각했기 때문에 위와 같은 혹평을 했겠지만, 오늘날의 시각에서 볼 때 오장환의 비판은 별로 유효하지 않다. 하지만 『사슴』에는 1930년 대에 창작되었던 시 일반과는 판이한 면모를 보이는 시가 많은 것이 사실이다. 평안도 방언을 과도하게 사용한 것, 시에 적지 않은 인명이 나오는 것, 구체적인 지명이 정확히 제시되는 것, 짐승 이름과 음식 이름이 분명하게 제시되는 것, 정서 표현보다는 일상적 사건을 위주로 한 서술 등은 당대에 창작된 시에서는 쉽게 찾아보기 어려운 방법이라고 할 수 있다.

박주택은 『사슴』에 수록된 시가 과거에 집착하는 경향을 보이며, 대가족 제도가 무너지기 전의 훼손되지 않은 공동체적 삶을 복원하고 있다고 본다. 유년 체험을 다루고 있는 「가즈랑집」, 「여우난곬」, 「여우난골族」, 「고야」 같은 초기시에서도 현실적 자아가 상처받지 않았던 과거시간 속으로 잠입하고자 하는 의지가 드러나는데, 이러한 지향은 원초적 세계로 회귀하고자 하는 욕구와 현실의 무질서와 불균형에서부터 벗어나고자 하는 의식을 반영한다171)고 할 수 있다.

　명절날나는 엄매아배따라 우리집개는 나를따라 진할머니 진할아버지가있는 큰집으로가면

　얼굴에별자국이솜솜난 말수와같이눈도껌벅걸이는 하로에베한필을짠다는 벌하나건너집엔 복숭아나무가많은 新理 무 고무의딸李女 작은李女

---

170) 오장환, 「백석론」, 『풍림』, 1937. 11, 19쪽.
171) 박주택, 『낙원회복의 꿈과 민족정서의 복원』, 시와 시학사, 1999, 59쪽.

열여섯에 四十이넘은 홀아비의 후처가된 포족족하니 성이잘나는 살빛이
매감탕같은 입술과 젓꼭지는더깜안 예수쟁이마을가까이 사는 土山고무 고무
의딸承女 아들承동이
六十里라고해서 파랗게뵈이는山을넘어있다는 해변에서 과부가된 코끝이
빩안 언제나힌옷이 정하던 말끝에설게 눈물을짤때가많은 큰골고무 고무의
딸洪女 아들洪동이작은洪동이
배나무접을잘하는 주정을하면 토방돌을뽑는 오리치를잘놓는 먼섬에 반디
젓 닭으려가기를 좋아하는삼춘 삼춘엄매 사춘누이 사춘동생들

이 그득히들 할머니할아버지가있는 안간에들몽여서 방안에서는 새옷의내
음새가나고
또 인절미 송구떡 콩가루차떡의내음새도나고 끼때의두부와 콩나물과 뽂
운잔디와고사리와 도야지비계는모두 선득선득하니 찬것들이다

저녁술을놓은아이들은 외양간섶 밭마당에달린 배나무동산에서 쥐잡이를
하고 숨굴막질을 하고 꼬리잡이를하고 가마타고시집가는노름 말타고 장가
가는노름을하고 이렇게 밤이어둡도록 북적하니 논다
밤이깊어가는집안엔 엄매는엄매들끼리 아르간에서들웃고 이야기하고 아
이들은 아이들끼리 웅간한방을잡고 조아질하고 쌈방이굴리고 바리깨돌림하
고 호박떼기하고 제비손이구손이하고 이렇게화디의사기방등에 심지를몇번
이나독구고 홍게닭이몇번이나울어서 조름이오면 아릇목싸움 자리싸움을하
며 히드득거리다 잠이든다 그래서는 문창에 텅납새의그림자가치는아츰 시
누이동세들이 욱적하니 흥성거리는 부엌으론 샛문틈으로 장지문틈으로 무
이징게국을끄리는 맛있는내음새가 올라오도록잔다
－백석, 「여우난골族」¹⁷²⁾

백석이 태어난 마을은 '여우난골'로 불렸다.173) 인용한 시는 제목
에서 알 수 있듯이 시인의 고향을 공간적 배경으로 하고 있다. 시인

---

172) 백석, 『사슴』, 선광인쇄주식회사, 1936, 6-11쪽.
173) 백석, 「백석연보」, 『나와 나타샤와 흰 당나귀』, 시와사회, 2003, 204쪽.

은 명절을 맞이한 화자가 아버지, 어머니와 함께 큰집으로 가서 명절을 보내는 이야기를 들려준다.

큰집에는 세 명의 고모와 고종사촌들, 삼촌, 숙모, 사촌들, 할아버지와 할머니 등 친족공동체의 구성원들이 모여 있다. 새 옷 냄새와 음식 냄새가 나는 방에서 저녁을 먹은 후 아이들은 서로 어울려서 놀고, 어머니는 고모들과 숙모와 함께 웃고 이야기를 한다. 아이들은 놀다가 졸리면 한방에 누워서, 부엌에서 국 끓이는 냄새가 나는 다음날 아침까지 잠을 잔다.

백석의 시는 앞의 내용 요약에서 알 수 있는 것처럼 "몇 대에 걸친 친족이 주거 공간 안팎에서 겪었던 행복한 놀이나 사건, 또는 기물 상상을 한껏 드러내는 데 바쳐진다."174) 이 시 역시 "대가족이 함께 모여 먹고 이야기하고 놀이하는, 근대화와는 무관한 건강하고 단란한 민중의 생활상"175)을 그려내고 있다. 여기에서 우리는 백석 시의 지향점을 찾아 낼 수 있다. 그의 시에 나타나는 공동체의 생활상은 근대화로 인해, 공동체적 삶의 모습이 파괴되기 이전의 삶으로 돌아가고자 하는 지향을 드러낸다. 그의 시에 왜 이러한 지향이 나타나는지 살펴보는 것은 그의 시를 이해하는 데 중요한 길잡이가 된다.

백석이 주로 활동했던 시기는 중일전쟁(1937)과 태평양전쟁(1941)이라는 제국주의적 침탈과 일본의 식민지 경제정책에 의해 조선 경제의 궁핍화가 심화된 시기였다. 이 무렵을 전후로 일제는 한국에 군수공장을 건설하여 병참기지화 했다. 또 전쟁이 장기화되고 불리해짐에 따라 국민징용령을 적용하여 한국인을 징용하여 강제노동을 강요

---

174) 박태일, 『한국 근대시의 공간과 장소』, 소명출판, 1999, 142쪽.
175) 서준섭, 같은 글, 99쪽.

했고 징병제를 실시하여 젊은이들을 전쟁터로 내몰았다. 뿐만 아니라 전쟁확대에 따른 식량과 원료의 부족을 메우기 위해 강제로 미곡을 공출해갔다.176) 이처럼 일본의 식민지 통치는 당대인의 삶의 토대를 뿌리째 흔들어 놓았다. 이 시기에는 만주나 중국으로 유이민을 떠난 사람들이 많았다.177) 백석도 1939년부터 1945년까지 만주에서 생활한 인물이다. 만주생활을 하기 전부터 백석은 한곳에 오랫동안 정착하지 못하고 떠돌이 생활을 했다. 고향을 떠나 일본 유학생활을 했고, 귀국한 후에는 서울과 함흥에서 살았지만, 그는 어디든 정착하지 못하고 다시 만주로 떠난다. 그가 쓴 시들은 이러한 그의 생활방식과 밀접한 관련을 맺고 있다.

백석이 살았던 시대는 '고향 상실'의 시대라고 할 수 있다. 그가 시를 썼던 1930년대는 일본 자본주의의 전성기로 우리의 토착적인 삶과 풍속이 나날이 해체되고 상실되어 갔던 시대다. 여기서 '고향 상실'이란 근원적인 집 없음의 생각이나 느낌과는 뚜렷이 구분된다. 그것은 집 떠난 사람의 향수와 무관한 것은 아니지만, 그보다는 일제의 파시즘 아래 거의 무방비 상태로 놓였던 동시대인들이 경험했던 역사적 상실감과 관련이 있다. 이러한 사실을 고려한다면, 백석의 시는 잃어버린 고향으로의 회귀이자 환기의 형식이라고 할 수 있다.178)

유년의 고향으로 향하는 시인의 정신적 지향은, 정월보름에 이국땅에서 고향을 그리워하는 「두보나 이백같이」, 공동체적 삶을 욕망하

---

176) 김성식 외, 『한국현대사 5』, 신구문화사, 1971, 227쪽.

177) 일제강점기에는 대규모 유이민이 발생했다. 윤영천은 이 시기의 국내 유랑민과, 만주, 시베리아, 일본, 멕시코, 하와이, 사할린으로 이주해간 국내 유이민의 발생 배경을 실증적으로 밝히고, 이들이 창작한 시의 유형에 대해 논의한 바 있다. 이 연구에는 백석의 시도 포함되어 있다. 윤영천, 『한국의 유민시』, 실천문학사, 1987, 10-31쪽.

178) 서준섭, 같은 글, 98-99쪽 참고.

는 「모닥불」, 유년에 겪었던 대가족 생활을 노래하는 「넘언집 범 같은 노큰마니」, 명절 전날을 배경으로 하는 「고야(古夜)」 등에서 폭넓게 찾아볼 수 있다. 그렇다면 백석 시의 서정적 자아는 "주거공간 안에서 뿐만 아니라 더 넓은 사회공간 안에서도 자아 동일성을 잃어버리지 않고 세계와 내가 한 고리로 묶여있다는 강한 유대감을 얻고 있으며, 공동체 내에서 만나고 어울린 모든 사람은 나와 다른 남으로 있는 것이 아니라 보다 큰 나, 곧 혈연으로 뭉쳐있는 셈"179)이라고 할 수 있다.

백석의 시에는 유년공간이 주를 이루지만, 돌아갈 수 없는 유년공간을 대신할 수 있는 현실적 공간에 대한 탐색을 보이는 것도 있다. 이는 시인의 현실대응방식이 변화하고 있음을 보여주는 것이라 하겠다.

白拘屯의 눈 녹이는 밭 가운데 땅 풀리는 밭 가운데
촌부자 老王하고 같이 서서
밭최뚝에 즘부러진 땅버들의 버들개지 피여나는 데서
볕은 장글장글 따사롭고 바람은 솔솔 보드라운데
나는 땅 임자 노왕한테 석상디기 밭을 얻는다

노왕은 집에 말과 나귀며 오리에 닭도 우을거리고
고방엔 그득히 감자에 콩곡석도 들여 쌓이고
노왕은 채매도 힘이 들고 하루종일 百鈴鳥 소리나 들으려고
밭을 오늘 나한테 주는 것이고
나는 이젠 귀치 않은 측량도 문서도 싫증이 나고
낮에는 마음놓고 낮잠도 한잠 자고 싶어서
아전 노릇을 그만두고 밭을 노왕한테 얻는 것이다

---

179) 박태일, 같은 책, 147쪽.

날은 챙챙 좋기도 좋은데
눈도 녹으며 술렁거리고 버들도 잎 트며 수선거리고
저 한쪽 마을에는 마돝에 닭 개 즘생도 들떠들고
또 아이어른 행길에 뜨락에 사람도 웅성웅성 흥성거려
나는 가슴이 이 무슨 흥에 벅차오며
이 봄에는 이 밭에 감자 강냉이 수박에 오이며 당콩에 마눌과 파도 심그
리라 생각한다

수박이 열면 수박을 먹으며 팔며
감자가 앉으면 감자를 먹으며 팔며
까막까치나 두더지 돝벌기가 와서 먹으면 먹는 대로 두어 두고
도적이 조금 걷어가도 걷어가는 대로 두어 두고
아, 노왕, 나는 이렇게 생각하노라
나는 노왕을 보고 웃어 말한다

이리하여 노왕은 밭을 주어 마음이 한가하고
나는 밭을 얻어 마음이 편안하고
디퍽디퍽 눈을 밟으며 터벅터벅 흙도 덮으며
사물사물 햇볕은 목덜미에 간지로워서
노왕은 팔짱을 끼고 이랑을 걸어
나는 뒤짐을 지고 고랑을 걸어
밭을 나와 밭뚝을 돌아 도랑을 건너 행길을 돌아
지붕에 바람벽에 울바주에 볓살 쇠리쇠리한 마을을 가르치며
노왕은 나귀를 타고 앞에 가고
나는 노새를 타고 뒤에 다르고
마을 끝 蟲王廟에 충왕을 찾아뵈려 가는 길이다
土神廟에 토신도 찾아뵈러 가는 길이다

—백석, 「귀농」[180]

---

180) 이 시는 『사슴』에 수록되지 않은 작품이다. 시의 표기는 이동순 엮음, 『백석시전집』, 창작과비평사,
1987, 105–106쪽을 따른다.

　이 시는 백석이 만주에 정착해서 농사를 짓던 1940년대 초반의 생활상을 담고 있다. 백석은 중국에서 소작인 생활을 하기 전에 만주국 경제부에서 측량기사 생활을 했는데, 이 시에서는 측량을 그만두었다는 부분이 나온다. 시인의 삶과 시의 내용이 겹치는 부분을 고려해볼 때, 시에 나오는 화자는 가면을 쓰지 않은 시인 자신이라고 생각해볼 수 있다. 이 시에는 중국인 왕씨에게 땅을 빌려 농사를 지으려는 화자의 기대와 희망이 여유롭게 표현되고 있다. 화자는 콩과 마늘, 파, 수박, 감자를 키울 생각을 하며, 까막까치나 두더지, 잎벌레 따위가 먹으면 먹는 대로 내버려두고, 도적이 조금 걷어가도 걷어가는 대로 두어 두는 여유롭고 평화로운 삶을 꿈꾼다. 이와 같은 삶은 "측량도 문서도 실증"이 나는 근대적 생활방식에서 벗어나 "낮에는 마음놓고 낮잠도 한잠" 잘 수 있는 여유를 누리려고 하는 욕망에서 비롯된다. 백석 시의 화자가 추구하는 것은 근대적 생활방식과 거리가 멀다. 백석의 시가 근대적 삶의 문제들에 대항하는 방식은, 같은 시대에 활동했던 좌파시인들의 방식과는 다르다. 유완희, 김창술, 권환, 이찬 등으로 대표되는 카프 시인들이 저항적이고, 거센 목소리로 식민지 사회의 불평등한 삶을 비판했다면, 백석은 결핍이 없었던 순진한 아이 시절의 마을공동체를 회상하거나, 인간적 유대가 느껴지는 전근대적 공동체의 삶을 꿈꾸었던 것이다.

　백석의 시는 유년 체험을 그려내는 경우가 많다. 백석은 "가능하면 그가 체험한 고향의 삶들을 상기해내고, 거기에 합당한 형식과 의미를 부여하고자 한다. 이 같은 사실은 그가 진보나 근대 문명과는 다른 차원, 즉 고향의 생활·감정을 되살리는 쪽에 서 있었음을 말해준다. 그는 문명 속에서 훼손되지 않고 소외되지 않은, 나날의 삶을 지속할 따름인 토착 민중의 따뜻하고 생기 넘치는 전래의 생활모습에 주목"181)하고 있는 것이다. 이와 같은 시인의 의식은 그가 꿈꾸는 이상향이 사람들 사이의 끈끈한 유대감이 존재하는 마을 공동체였다는 점을 입증해준다.

2) 노천명과 정지용의 유년공간과 고향

노천명182)의 시에서도 유년과 고향은 상상력을 자극하는 중요한 소재가 된다. 유년은 인간에게 행복의 원형이 된다고 할 수 있다. 유년과 고향에 대한 그리움은 "현실에서의 좌절이나 절망이 깊을수록 강해지며, 절망과 좌절 그리고 상실의 반대쪽에 집과 고향이 자리 잡고 있다"183)고 하겠다.

언제든 가리라
마지막엔 돌아가리라
목하곳이 고흔 내 故鄕으로-

아이들이 하눌타리 짜는 길머리론
鶴林寺 가는 달구지가 조을며 지나가고
대낮에 잰내비가 우는산꼴
燈盞미테서

---

181) 서준섭, 같은 글, 100쪽.

182) 노천명은 1913년 황해도 장연에서 태어났다. 1919년 고향을 떠나 서울로 이사하였고, 이화여자 전문학교 영문과를 졸업했다. 1932년 『신동아』에 「밤의 찬미」를, 1935년 『시원』에 「내 청춘의 배는」을 발표하며 시단에 발을 들여놓았고, 詩苑 동인으로 활동했다. 1938년 시집 『산호림』을 발간하며 시인으로서의 위치를 확고히 했다. 1945년 매일신보에 근무하면서 『창변』을 간행하는데 이 시집의 초판에는 친일시도 수록되어 있다. 한국전쟁 때 부역혐의로 수감되었다가 출옥 후 천주교에 귀의하였고, 1957년 사망했다. 노천명, 『노천명 전집 1』, 솔, 1997의 「작가연보」, 279-292쪽 참조.

183) 강외석, 「한국현대시의 낙원지향성 연구」, 경상대 박사논문, 1999, 55쪽.

쌀에게 편지쓰는 어머니도 잇섯다

둥글레山에 올라 무릇을 캐고
접중화 싱아 쌕국채 장구채 범부채 마주재 기룩이
도라지 체니곰방대 곰취 참두룹 개두룹을 쯧든 少女들은
말씃마다 「꽈」소리를 찻고
개암쌀을 싸며 少年들은
금방맹이 노코간 독개비 얘길 질겻다
牧師가 업는 敎會堂
회당직이 傳道師가 講道상을치며 설교하든村
그 마을이 문득 그리워
아라비아서온 班馬처럼 鄕愁에잠기는날이 잇다

언제든 가리
나종엔 고향가 살다죽으리
모밀꽃이 하이야케 피는곳
조밥과 수수엿이 맛잇는 고을
나무ㅅ짐에 함박꽃을 썩거오던 총각들
서울 구경이 소원이더니
차를 타보지못한채 마을을 직히것네

숨이면 보는 낫익은 洞里
우거진 덤불에서
씰레순을 썩다나면 꿈이엿다

―노천명, 「望鄕」184)

이 시의 화자는 유년과 고향에 대한 그리움을 노래하고 있다. 작품
에 형상화된 화자의 고향은 목화꽃이 곱고, 메밀꽃이 하얗게 피는, 대
낮에도 여우가 우는 산골이다. 그곳은 마을 소녀들이 둥글레산에 올

---

184) 노천명, 『窓邊』, 1945, 매일신보사, 4-7쪽.

라 나물을 캐는 곳이며, 나뭇짐에 함박꽃을 꺾어오던 총각들이 마을을 지키는 곳이다. 화자에게는 이 마을은 "꿈이면 보는 낯익은 동리"이며, "언제든 마지막엔 돌아가"고 싶은 곳이기도 하다. 이 마을에 대한 그리움은 화자의 목소리를 통해 전달되지만, 작품 내에 형상화된 마을은 사실 시인의 기억 속에 자리 잡고 있는 고향이다.[185) 이 시의 화자는 자신이 뛰어놀던 완전했던 유년공간을 이상적 장소로 꿈꾼다. 유년동경이 "서정 양식에서 근원의 의미를 잘 드러내주는 기제"[186)라고 할 때, 노천명의 시에 나타나는 유년 동경 역시 "현재에 결핍된 대상을 환기시키고 보다 나은 삶에 대한 통찰의 계기를 마련해 주는"[187) 것이라 하겠다.

노천명의 고향인 황해도 장연은 시인에게 유년의 행복한 삶을 떠올리게 하는 현장이다. 어린 시절 고향을 떠나 도시에서 성장하게 된 시인에게 결핍이 없던 유년의 고향은 가장 완벽한 곳으로 각인되며, 시인의 시세계를 지배하는 근원적 장소가 된다고 할 수 있다. 노천명 시를 지배하는 것은 고독의 정서인데, 이는 근원상실과 관련지어 생각해볼 수 있다. 노천명은 고독과 상실의식을 극복하기 위한 방법의 하나로, 시 작품을 통해 행복했던 고향을 형상화한다. 노천명에게 고향은 "자신이 태어난 땅, 자신의 영혼의 뿌리가 되는 근원이며 안식처로서 가장 친근하고 가까운 곳"[188)이라고 할 수 있다.

---

185) 이 점은 뒤에서 살펴볼 시인의 수필 「望鄕」에서 확인할 수 있다.

186) 에른스트 피셔는 서정시의 본질을 '근원으로 돌아가고자 하는 욕망'으로 풀이했다. 근원은 인간경험으로 보자면 세계에 처음 내동댕이쳐진 원시인의 의식을 일컫는다. 이 원시인은 세계에 대해 이름을 붙임으로써 마법적인 차원에서 세계를 재창조하고 자아를 중심으로 세계와 분리 없는 동질성의 영역에서 살아간다. 이때의 특성은 모든 것이 손상되지 않았다는 데 있다. 즉, 자연이 주는 공포와 위협 앞에 노출돼 있기도 했겠지만, 근원은 소외와 고립이 없고 대상과 지속된 관계 속에서 커다란 우주적 가족의 삶을 살던 때를 뜻한다. 김경복, 「서정과 유토피아 사상의 관련성」, 『국어국문학』 34집, 1997, 172쪽.

187) 김경복, 같은 글, 173쪽.

　　노천명의 수필 가운데에는 고향에 대한 그리움을 담고 있는 것들이 많다. 「여름밤 얘기」, 「겨울밤의 얘기」, 「鄕土有情記」, 「望鄕」, 「산나물」 등의 수필에는 고향을 그리워하는 시인의 마음이 잘 나타나 있다. 노천명에게 "고향 그리기는 수필이나 시, 할 것 없이 한 가지 글쓰기 방법"189)이라는 견해는 노천명의 시의 특징을 잘 지적하고 있는 것으로 보인다. 노천명의 수필과 마찬가지로 노천명 시의 화자 역시 어린 시절의 행복했던 순간을 기억하고 있다. 시인이 유년과 고향에 유난히 집착하는 것은 "어린 시절은 그 자체가 인간의 이상향, 그 자체가 인간의 상상력이 지향하는 원형"190)이 되기 때문이라고 할 수 있다.

> 푸른 하늘을 자꾸 쳐다보고 있으면-가만히 바라보고 있으면 마음은 자꾸 어린 소녀 시절로 돌아간다. 그리고 고향으로 날아간다. 이 산 저 산에서 뻐꾹새가 울고, 대낮에 노루가 나올 성부른 깊은 골짜구니를 헤치고 들어가면 한 폭의 그림처럼 퍼지는 마을-하늘을 찌를듯한 아라사 버드나무들이 많이 늘어선 아름다운 동리-언덕 위 낡은 교회당이 먼저 눈에 띄었다. 목사가 없어 늘 회당지기 젊은이가 강도상을 치며 설교를 하던 촌 교회는 능금나무며 오얏나무, 복숭아나무, 온갖 과목들로 둘려 있어, 이 동산에 열매가 열어 무르익을 때면 어려서 나는 아담과 이브의 선악과 얘기가 생각나곤 했다.
> 눈을 들면 푸른 논과 시원한 들이 내다보이고, 마당이 널찍널찍한 집들-닭국에 밀국수를 말아서 서로 돌리며 조그만 마을은 늘 행복했다. 하눌타리가 누른 배를 내놓고 주렁주렁 매달린 바위를 끼고 동으로 뻗어 산딸기며 엉겅퀴며 댕댕이 넝쿨 범삼넝쿨들이 얽힌 허리띠만한 길을 걸어 올라가노라면 옥수같은 시냇물이 흘렀다. 길섶에 메뚜기를 몇 번이고 날리우며 산모퉁이를 돌아가면 거기 고풍스런 물레방갓간이 있었다. 그리고 그 옆엔 몇백 년을 묵었을 것

---

188) Martin Heidegger(소광희 옮김), 『시와 철학』, 박영사, 1975, 29쪽.

189) 강외석, 같은 논문, 62쪽.

190) G. Bachelard(곽광수 옮김), 『공간의 시학』, 민음사, 1993, 117쪽.

같은 태곳적 느티나무가 섰고 마을 서당이 있었다.[191]

위에서 인용한 수필은 앞서 살펴본 동명의 시 「望鄕」과 내용상 흡사하게 전개된다. 이 수필은 유년을 보낸 고향이 시인에게 어떤 공간으로 기억되는지 파악할 수 있는 자료가 된다. 노천명이 기억하는 유년의 공간에는 "푸른 논과 시원한 들, 마당이 널찍널찍한 집들"이 있고 "능금나무며 오얏나무, 복숭아나무, 온갖 과목들로 둘려 있"는 예배당도 있다. 시인은 그곳이 조그만 마을이었지만 "닭국에 밀국수를 말아서 서로 돌리는, 늘 행복한 곳"이라고 이야기한다.

동명의 수필과 시 「望鄕」을 비교해보면, 노천명의 시에 나타난 화자는 사실 시인의 분신이라는 점을 알 수 있다. 유년동경을 강하게 보여주는 노천명의 시는, 자신이 유년에 살았던 고향을 시적 상상력의 모델로 하여 탄생된다.[192] 노천명이 꿈꾸는 이상향은 자신이 살고 있는 현실공간과 달리, "회의나 좌절이 없는 절대의 공간으로 자신의 이상을 마음껏 펼칠 수 있는"[193] 곳인데, 이와 같은 공간은 「望鄕」이란 시와 수필에 나타난 시인의 고향과 유사한 마을공동체라고 할 수 있다.

> 뒤울안 보루쇠 열매가 붉어오면
> 앞山에서 벅국이 우럿다
> 해마다 다른 까치가와 집을 짓는다는
> 앞마당 아라사버들은키가커 늘처다봤다
>
> 아렛말과 웃洞里가 넓어뵈든村에선

---

191) 「망향」, 『노천명 전집 2』, 솔, 1997, 81-82쪽.
192) 「生家」, 「잔치」, 「돌잡이」 같은 작품이 이 유형에 해당한다.
193) 이건청, 같은 책, 82쪽.

端午의 명절이 한껏 질겁고……
모닥불에 강냉이를 퉤먹든 아이들
곳잘 하늘의 별 세기를 내기했다

江가에서 개(江)비린내가 유난이
품겨194)오는 저녁엔 비가 온다든
늙은이의 天氣豫報는 틀닌적이없었다

도적이 들고난 새벽녁처름 호젓한 밤
개짓는 소리가 덜 좋아
이불속으로 드러가 무치는 밤이있었다

―노천명, 「生家」195)

이 시의 화자는 생가에 대한 이야기를 시작으로 "아랫말과 웃동리
가 넓어뵈든촌"의 정경을 회상한다. 화자의 회상에는 고향의 풍경뿐
만 아니라 그의 기억 속 각인되어 있는 사건들도 포함된다. 2연에서
화자는 어린 시절 겪었던 단오의 한순간을 떠올린다. 단오는 일상적
인 날과는 다른 명절이기 때문에 "모닥불에 강냉이를 퉤먹든 아이들"
은 즐겁기만 하다. 아이들은 저녁때까지 마을에서 놀다가 "하늘의 별
세기" 내기도 한다. 이처럼 유년공간은 화자에게 행복한 곳으로 각인
되어 있다. 화자는 3연에서 2연의 사건과는 무관한 별개의 기억을 떠
올린다. "江가에서 개(江)비린내가 유난이/풍겨오는 저녁엔 비가 온다
든" 마을 늙은이의 이야기는 자연과 동화된 마을사람들의 삶을 간접
적으로 보여주고 있다. 화자가 이와 같은 과거의 마을을 회상하고 그
곳에서 살았던 시절을 그리워하는 것은, 화자가 현재 살고 있는 공간

---

194) '풍겨'의 오식으로 보인다.

195) 노천명, 『珊瑚林』, 한성도서, 1938, 131-134쪽.

에 그와 같은 화해로운 삶이 부재하기 때문이라고 할 수 있다. 성인이 된 화자가, 밤에 들리는 개 짖는 소리가 싫어서 "이불속으로 드러가 무치는" 유년의 한 순간을 떠올리는 것도 이와 같은 맥락에서 이해할 수 있다.

이렇게 볼 때 작품 내에 형상화된 유년의 마을은 화자에게 현실의 파편화된 삶을 극복하는 대안의 공간이 된다. 작품 내에서 화자의 처지는 나타나지 않지만 그는 동심의 세계를 잃어버린 성인이며, 그의 삶은 어린 시절처럼 행복하지 않다는 점을 알 수 있다. 화자가 유년을 그리워하는 것은 과거의 행복한 기억을 통해 자신의 삶에 부재하는 결핍을 해결하려는 욕망에서 비롯된다고 하겠다.

유년회귀의 형식은 아니지만 향수의식을 나타내는 시는 흔히 찾아볼 수 있다. 이와 같은 시 가운데서 고향에서 경험했던 행복한 생활에 대한 강한 지향성을 나타내는 것은 이상향 추구를 주제화하는 시로 볼 수 있다. 이와 같은 시를 논할 때 빼놓을 수 없는 작품이 정지용의 「향수」다. 「향수」에 담긴 시인의 의식을 이해하기 위해서는 정지용 시의 변모과정을 간략하게 살펴 볼 필요가 있다. 정지용의 시적 스펙트럼은 일견 상당히 복잡해 보이기 때문에 그의 시적 변화에 대한 다양한 입장[196]이 있다. 그의 시적 변모는 가톨릭, 노장사상, 성리학의 성정론 수용, 사회주의로의 전향과 같은 사상적·이데올로기적 요인뿐만 아니라 그가 체험한 공간의 변화와 관계가 있는 곳으로 보인다. 정지용의 동시와 민요적 경향의 시는 대체로 일본 유학 전에 창작되었고, 이미

---

196) 김윤정은 정지용의 다양한 시적 경향에 대한 여러 논자들의 견해를 정리하고 있다. 정지용의 시는 주로 이미지즘적 경향의 측면에서 논의되었고, 동양적 정신주의, 신앙시, 민요풍의 시적 경향 등 여러 관점에서 연구가 진행되었다. 김윤정은 정지용의 시에는 각각의 시풍들에 무관한 일관된 자아의 동일성이 존재한다고 보고 있다. 김윤정, 「정지용 시의 공간 지향성 연구」, 『한민족어문학』 47집, 2005, 386-389쪽.

지즘 계열의 시는 일본에서 영문학을 공부하고 온 후에 주로 발표된다. 『백록담』에 수록된 작품들은 대체로 시인의 여행체험을 담고 있다. 따라서 정지용 시에 나타나는 공간은 그가 시를 쓸 당시 실제로 접했던 공간과 일정한 관계가 있는 것으로 보인다.197)

정지용의 시에는 다양한 감각적 이미지들이 나타난다. 그는 다양한 이미지들을 통해 시적 공간을 성공적으로 창조하는데 그 가운데는 그가 실제로 체험한 공간을 떠올리게 하는 것들이 있다. 「향수」도 그러한 시 가운데 하나다.

넓은 벌 동쪽 끝으로
옛이야기 지줄대는 실개천이 회돌아 나가고,
얼룩백이 황소가
해설피 금빛 게으른 울음을 우는 곳,

─그 곳이 참하 꿈엔들 잊힐리야.

질화로에 재가 식어지면
뷔인 밭에 밤바람 소리 말을 달리고,
엷은 조름에 겨운 늙으신 아버지가
짚벼개를 돋아 고이시는 곳,

─그 곳이 참하 꿈엔들 잊힐리야.

흙에서 자란 내 마음
파아란 하늘 빛이 그립어

---

197) 1933년부터 1년 정도 발표되었던 종교시는 발표매체가 『카톨릭 청년』이었던 점, 그리고 1934년 이후 몇 년간 정지용이 작품 발표를 하지 않았던 점을 고려하면 그가 체험한 공간 변화의 문제와 큰 연관은 없는 것으로 보인다.

함부로 쏜 활살을 찾으려
풀섶 이슬에 함추름 휘적시든 곳,

―그 곳이 참하 꿈엔들 잊힐리야.

傳說바다에 춤추는 밤물결 같은
검은 귀밑머리 날리는 어린 누의와
아무러치도 않고 여쁠것도 없는
사철 발벗은 안해가
따가운 해ㅅ살을 등에지고 이삭 줏던 곳,

―그 곳이 참하 꿈엔들 잊힐리야.

하늘에는 석근 별
알수도 없는 모래성으로 발을 옮기고,
서리 까마귀 우지짖고 지나가는 초라한 집웅,
흐릿한 불빛에 돌아 앉어 도란 도란거리는 곳,

―그 곳이 참하 꿈엔들 잊힐리야.

―정지용, 「향수」[198]

「향수」는 정지용의 대표작으로 널리 알려져 있다. 이 시는 『조선지
광』 1927년 3월호에 발표된 작품이지만 창작시점은 1923년 3월로 표기
되어 있다. 그런데, 박팔양의 회고에 따르면 정지용은 『搖籃』에 같은
제목의 시를 발표한 바 있다고 한다.[199] 동인지 『搖籃』이 전해지지 않
기 때문에 구체적인 작품은 확인할 수 없지만, 제목을 통해 추측해본

---

198) 정지용, 『정지용 시집』, 시문학사, 1935, 39—41쪽.

199) 정지용은 휘문고보 1학년 때 '요람동인'을 결성하고 문학을 좋아하는 친구들을 모아 『요람』지를 만들었
다. 박팔양에 의하면 정지용은 이 지면을 통해 그의 대표작 「향수」를 비롯한 여러 편의 시를 선보였다고
한다. 박팔양, 「搖籃時代의 追憶」, 『中央』32호, 1936. 7, 146쪽.

다면, 정지용이 『搖籃』에 발표한 작품이 『조선지광』에 발표된 작품과
다르다고 해도 그 주제의식은 동일한 것이라고 추측해볼 수 있다.[200]

정지용은 1918년 서울로 거처를 옮겨 휘문고보를 다니는데, 이 시
기에 동인지를 통해 여러 편의 습작을 선보인다. 정지용이 이 무렵
고향에 대한 그리움을 노래한 시를 쓴 것은 그가 서울 생활에서 느낀
고독함에서 비롯된 것으로 보인다.[201] 그렇다면 위의 시에서 화자가
꿈에도 잊을 수 없다고 노래하는 "넓은 벌 동쪽 끝으로/옛이야기 지
줄대는 실개천이 회돌아 나가고/얼룩백이 황소가/해설피 금빛 게으
른 울음을 우는" 화해로운 공간은 서울 생활에서 느낀 외로움을 달래
는 대안의 장소가 된다. 정지용에게 고향은 행복한 장소이며 "도시에
서의 삶을 견디게 해주는 원형질"[202]에 해당하는 것이다.

시의 제목에서 알 수 있는 것처럼 위의 시에서 시인이 그려내는 공
간은 마을공동체다. 그곳은 초라한 지붕 위로 서리까마귀가 울며 지나
가는 가난한 마을이지만, 밤이면 가족들이 "흐릿한 불빛에 돌아 앉어
도란 도란거리는 곳"이며, 어린 누이와 아내가 "따가운 해ㅅ살을 등에
지고 이삭 줏던" 따뜻한 공간으로 기억되는 곳이다. 화자는 "그 곳이
참하 꿈엔들 잊힐리야"라는 발화를 다섯 번이나 반복하면서 고향에
대한 그리움을 강하게 드러내고 있다. 그런데 화자가 그리워하는 고향
은 사실 시인의 고향이며, 고향을 그리워하는 화자의 목소리에는 시인 자
신의 의식이 투사되어 있다. 이 점은 정지용이 휘문고보 2학년 때 『曙

---

200) 구체적인 자료가 남아있지 않기 때문에 확인할 수는 없지만 박팔양은 이 작품이 동인지를 통해 이미 선
보인 작품이라고 증언하고 있다. 그런데 시인은 1923년을 창작 시기로 적고 있기 때문에 『조선지광』에
발표된 작품은 동인지에 발표된 작품의 개작일 가능성도 있다.

201) 김윤정도 정지용의 갑작스런 공간 변화 체험 때문에 시인은 극심한 고독을 느끼며 향수를 지니게 된다
고 지적하고 있다. 김윤정, 같은 논문, 398쪽.

202) 김윤정, 같은 논문, 같은 쪽.

光』에 발표한 자전적 소설 「三人」을 통해서 확인할 수 있다.203)

이 시에 형상화된 과거 지향적 마을이상향과 후기시에 나타난 탈속적이고 현재 지향적 산수공간은 공간적 성격에서 큰 차이가 있다. 정지용이 꿈꾸었던 이상향의 변모를 이해하기 위해서는 그 변모의 원인을 드러내는 작품을 찾아볼 필요가 있다. 시인이 이 시에서 형상화한 이상향은, 변해버린 고향에 대한 안타까움을 노래하는 「故鄕」(1932)을 거쳐 후기시에 나타나는 탈속적 공간으로 변모한다. 「故鄕」에서 시인이 주제화하는 것은 「향수」에서 노래했던 화해로운 공간이 현실의 세계에 더 이상 존재하지 않는다는 상실감이다. 정지용의 후기시에서 이상적 공간을 찾기 위한 탐색이 지속적으로 이루어지는 것은 그가 잃어버린 이상향을 대체할 수 있는 새로운 공간을 찾기 위함이었던 것으로 보인다.

유년과 마을공동체를 형상화한 백석과 노천명의 시는 과거지향적 태도가 주조를 이루는데, 이들이 꿈꾸는 것은 행복했던 과거에 대한 향수이자, 과거와 같은 행복한 공동체를 미래에 회복하는 것이라 할 수 있다. 백석은 마을 전체가 가족과 같은 친밀한 공동체의 형상화를 통해 건강한 사회의 표본을 제시하였다. 백석의 시는 마을공동체에 존재했던 가족애와 끈끈한 유대감을 회복하는 것이 필요하다는 것을 역설하고 있다. 이는 식민지적 근대화로 인해 공동체적 유대관계가 약화된 1930년대 상황에서 필요했던 삶의 지표 가운데 하나라고 할 수 있다. 노천명은 백석과 달리 유년과 고향에 대한 꿈꾸기 자체에

---

203) 김학동은 이 작품의 배경을 시인의 고향인 충청남도 옥천으로 보고 있으며, 등장인물의 하나인 누이동생이 시인의 이복여동생을 모델로 하고 있다고 추정하고 있다. 김학동, 『정지용 연구』, 민음사, 1987, 110쪽.

주력한다. 노천명이 꿈꾸는 이상향은 개인적인 욕망의 산물이지만, 근대화로 인해 소외를 경험하는 근대인에게 행복한 삶의 비전을 제시한다는 긍정적 측면을 지니고 있다. 정지용의 「향수」는 유년회귀의 형식의 시는 아니지만 향수의식을 바탕으로 하고 있으며 과거회귀의 성향을 지닌다. 이 작품에 형상화된 마을공동체는 시적 주체에게 일종의 낙원으로 각인되어 있는 것으로 보인다.

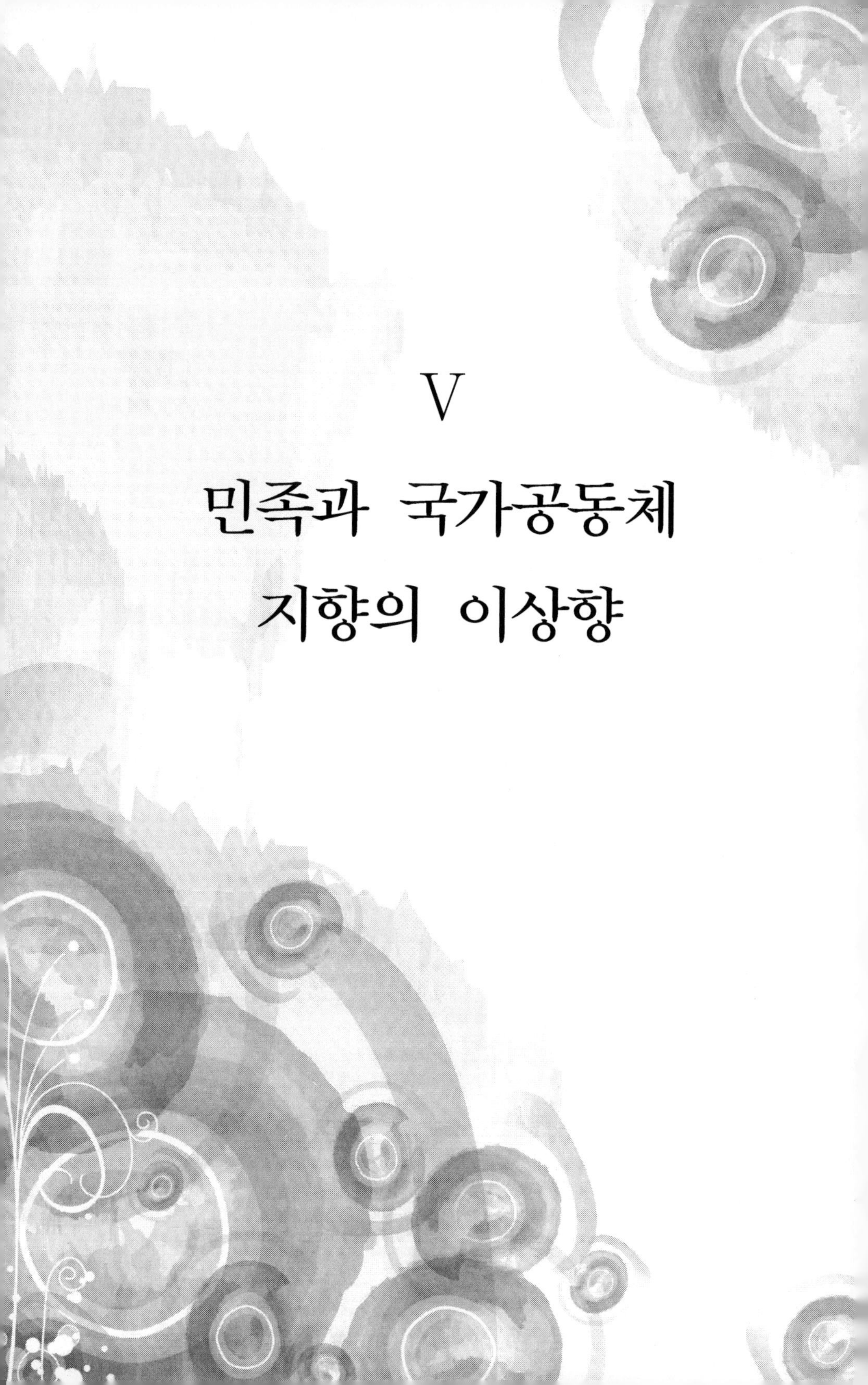

V

민족과 국가공동체
지향의 이상향

일제강점기에는 제국주의가 강점한 현실에 대한 부정의식을 드러
내는 작품들이 다수 창작되었다. 그런데 이 작품들은 대체로 민족주
의사상을 바탕에 깔고 있다. 봉건체제가 여전히 유지되고 있고, 자본
주의 체제도 완전하지 못했으며, 외세의 영향력 아래 놓인 특수한 역
사적 상황에서 한국 민족주의가 당면한 가장 중요한 과제는 국권회
복과 민족국가 건설 문제였다. 일제강점기에 창작된 시에 나타난 부
정의식의 반대편에는 긍정적인 대상이 존재하기 마련인데, 그 대상이
공간적인 것이라면 그것은 이상향이 된다.

이 장에서는 일제강점기에 활동했던 한용운, 김해강, 이상화, 이육
사의 시에 나타난 이상향 지향을 살펴볼 것이다. 이 시인들이 생각했
던 이상향은 앞에서 살펴본 은일공간이나 마을공동체와는 성격이 다
르다. 이들이 꿈꾸었던 이상향은 구체적인 장소가 아니라 민족·국가
공동체라는 이데올로기적 공간이다. 민족과 국가는 명확하게 분리될
수 있는 개념은 아니지만 한용운과 김해강의 시는 민족의 문제가 국
가의 문제보다 강조되고 있다. 이와 달리 이상화와 이육사의 시는 국

권회복 문제가 보다 강조되고 있다. 이 점은 각각의 시인들이 지녔던 다양한 사상과 일정한 관계를 지니고 있는 것으로 보인다. 이 장에서는 민족과 국가공동체에 대한 이데올로기적 지향을 나타내는 작품을 살펴보고 그것이 시인의 삶이나 당대의 사회역사적 현실과 어떤 관련성이 있는지 검토해볼 것이다.

1. 민족의식과 민족공동체

1) 한용운의 민족공동체

한용운은 1879년 충청남도 홍성에서 태어났다. 한용운이 태어날 무렵에는 부패한 관리들의 수탈로 인해 민란이 자주 일어났다. 1894년에는 고부민란이 발생했고, 이를 기점으로 1년간 갑오농민전쟁이 지속되었다. 갑오농민전쟁은 지방봉건관리의 불법적인 수탈에 대항하는 단계에서, 중앙의 봉건권력과 침략적인 외세에 항거하는 혁명의 성격으로 확대되었다.[204] 을사조약이 체결되자 한용운의 부친과 형은 의병을 일으켜 남포와 홍주를 점령했으나 패배하여 죽음을 당했다. 한용운은 불교에 입문하기 전에 서당에서 『통감』, 『서경』, 『대학』 등을 공부하며 유학적 소양을 쌓았다. 이후 한학에 정진하면서 서당에서 숙사로 서동을 가르치기도 한다.[205] 한용운은 동학운동에 가담하고 의병 활동 자금을 마련하기 위해 홍성 호방의 관고를 습격한 경

---

204) 한국민중사연구회 엮음, 『한국민중사 Ⅱ』, 풀빛, 1986, 77-78쪽. 87쪽.
205) 임중빈, 『한용운일대기』, 국방부, 1979, 중판, 28-30쪽.

력도 있다. 승려가 된 이후에는 한일불교동맹조약에 반대하여 송광사, 범어사에서 승려궐기대회를 개최하고, 월간종교잡지『유심』을 창간하는 등 불교를 혁신하고 대중화하는 운동을 전개했다. 3·1운동 당시에는 불교계의 대표 인사로 독립운동을 주도했고, 독립의 근거와 이유를 밝히는 논설을 작성해 일제의 억압을 논박하고 민족의 각성을 호소했다. 출옥 이후에는 강연과 논설을 통해 독립의식을 고취했고, 불교잡지『불교』를 인수하여 운영했으며, 불교 비밀결사 '만당'에 참여하기도 했다.

한용운의 생애를 고려해본다면, 그의 시를 이해하기 위해서는 불교사상과 민족주의사상에 대한 이해가 요구되며, 그의 시에 나타난 불교사상이 민족주의와 어떤 관련을 지니는 지도 살펴보아야 한다.

한용운은 1913년에 대장경 일천여부를 참조해『불교대전』을 완성한다. 시집『님의 침묵』이 완성된 것이 1926년이니 이 기간은 만해가 "그의 시에 스스로가 터득한 불교의 교리를, 그것도 가장 요체만으로 육화시키기에 충분한 기간이었다"206)고 볼 수 있다. 한용운은『개벽』에 발표된「내가 믿는 불교」에서 다음과 같이 이야기하고 있다.

> 要컨대 佛教는 그 信仰에 잇서서는 自信的이오, 思想에 잇서서는 平等이오, 學說로 볼 째에는 物心을 包含, 아니 超絶한 唯心論이오, 事業으로는 博愛, 互濟인 바, 이것은 확실히 현대와 미래의 시대를 아울너서 맛당할 최후의 무엇이 되기에 足하리라 합니다. 나는 이것을 꼭 믿슴니다.207)

위의 글에서 알 수 있는 것은 한용운이 생각하는 불교가 평등과 박

---

206) 김용직,『한국근대시사 상』, 학연사, 1998, 440쪽.
207) 한용운,「내가 믿는 佛教」,『開闢』45호, 1924. 3, 33쪽.

애의 사상이라는 것이다. 그는 이러한 사상의 실천이 불교의 혁신과 사회참여를 통해 가능하리라고 생각했다. 이는 불교의 구태의연한 폐습을 타파하고 불교의 사회참여를 주장한 『불교유신론』에 나타난 대사회적 성격을 통해서도 짐작할 수 있다. 그런데 『불교유신론』에서 한용운이 주장한 불교의 사회참여는 단순히 불교계의 문제에 한정되는 것이 아니라 민족 문제와 깊이 연결되어 있다. 일본이 강점한 현실에서 한용운이 불교개혁운동과 민족운동에 뛰어든 것은 자유와 평등의 불교적 이상을 실현하기 위해서였다고 할 수 있다. 자유, 평등, 박애를 실천하려는 대승적 관점에서 볼 때 일본 제국주의 체제는 이러한 이상의 실천을 가로막는 요인이 되었다. 따라서 한용운이 민족운동에 뛰어들게 된 것은 자연스러운 일이라고 하겠다.

한용운 시에 나타난 민족주의적 성향은 불교사상뿐 아니라 다양한 근대사상을 수용한 것과 관련을 지닌다고 볼 수 있다. 이는 『불교유신론』을 통해서도 알 수 있다. 이 책은 다양한 철학적 스펙트럼을 수용하고 있다. 한용운은 불교의 주의와 성질을 논하며 데카르트, 칸트, 베이컨 등 서양 학자들의 학설을 인용한다. 그는 또 변혁사상을 바탕으로 중국 민족주의운동을 이끌었던 양계초의 저술에서 상당히 많은 부분을 인용하고 있다. 그는 서양의 신사조를 양계초 등의 해설을 빌어 간접적으로 습득한 것으로 보인다.208) 한편 그의 시에 나타난 민족주의적 성향은 불교에 입문하기 전에 한학을 익혔던 점, 동학과 의병운동에 참가했던 점, 일본과 중국 체류 중에 근대적 사상을 공부했던 점과도 관련지어 생각해 볼 수 있다. 특히 한용운은 일본 유학승

---

208) 서경수, 「만해의 불교유신론」, 『한용운사상연구』, 만해사상연구회, 1981, 79쪽.

러므로 이 시는 대승적 입장을 취하는 한용운의 불교사상을 보여주는 것이라고 할 수 있다.

이 시에서 시인은 행복이 가득한 세계를 형상화하고 있다. 화자가 명상을 통해 도달한 나라에 사는 사람은 "옥새의귀한줄도모르"는데, 이는 그곳이 권력이 부재하는 곳임을 알려준다. 이와 같은 나라는 불교의 이념 가운데 하나인 평등이 실현되는 이상향이라고 할 수 있다. 또 그 나라의 사람들은 황금을 밟고 다닌다. 황금을 밟고 다니는 사람이 사는 나라는 부족한 것이 없는 곳이라는 점을 짐작해볼 수 있다. 이는 불교적 낙원인 극락을 연상하게 한다. 한용운이 즐겨 사용하는 '황금'모티브 가운데에는 이와 같은 이상적 세계에 대한 지향이 내재되어 있는 것으로 보인다.

화자가 도달한 이상적인 나라의 사람들은 화자의 손을 잡고 그곳에서 같이 살자고 하지만 화자는 "님이오시면 그의가슴에 천국을꾸미"기 위해 현실의 세계로 돌아온다. 한용운이 지닌 민족의식은 이상적 세계를 마다하고 현실세계로 귀환하여 현실세계에 이상향을 건설하려고 하는 화자의 발화를 통해 드러난다. 일제강점의 시대현실을 고려해본다면, 이러한 시의 내용은 한용운의 불교사상이 민족적 이상향에 대한 지향으로 이어져 있다는 점을 보여준다고 할 수 있다.

한용운 시의 중요한 주제 가운데 하나는 '님이 돌아올 것'이라는 확신인데, 이와 같은 신념도 민족주의사상과 관련을 지닌다고 할 수 있다. 아래의 시 「오서요」는 한용운이 지닌 민족주의적 성향이 잘 드러나는 작품에 해당한다.

　　오서요 당신은 오실째가되얏어요 어서오서요
　　당신은 당신의오실째가 언제인지 아심닛가 당신의오실째는 나의기다리는
째임니다

　　당신은 나의꽃밧헤로오서요 나의꽃밧헤는 꽃들이픠여잇습니다
　　만일 당신을조처오는사람이 잇스면 당신은 꽃속으로드러가서 숨오십시오
　　나는 나븨가되야서 당신숨은꽃위에가서 안것습니다
　　그러면 조처오는사람이 당신을차질수는 업습니다
　　오서요 당신은 오실째가되얏습니다 어서오서요
─한용운, 「오서요」213) 부분

이 시에서 화자가 기다리고 있는 대상인 '당신'은 한용운의 다른
작품에 나타나는 '님'과 동일한 것으로 파악할 수 있다. 한용운 시의
핵심이 되는 시어 '님'이 다양하게 해석될 여지가 있다는 것은 잘 알
려진 사실이다. 연구자들은 '님'을 시인의 연인, 조국, 절대자, 부처
등 실로 다양하게 파악하고 있다. 또 '님'을 연인, 민족, 민중, 불타 가
운데 어느 한 의미로 한정시키려는 시도는 "만해적 세계인식의 기본
구조를 근본적으로 무시하는 그릇된 이해에 바탕을 둔 것"214)이라는
입장도 있다.

한용운의 시는 암시적 표현이 많기 때문에 그가 지닌 사상이 표면
적으로는 잘 드러나지 않지만 '님'과 '당신'의 의미를 파악하는 것은
그의 시를 이해하는 데 많은 도움을 준다. 한용운의 시에서 '님'은 긍
정적인 의미를 지니는 대상에 해당한다. 이는 『님의 침묵』의 서문인
「군말」을 통해서 짐작할 수 있다. 「군말」에서 시인은 "긔룬것은 다

---

213) 한용운, 같은 책, 158쪽.

214) 성기옥, 「만해시의 음율적 의미」, 김열규·신동욱 엮음, 『한용운 연구』, 새문사, 1991, 1-35쪽.

님"이라고 이야기하는데, '긔룬것'은 현대어로 '그리운 것'으로 풀이
된다. 그렇다면 한용운 시의 '님'은 바로 주체가 그리워하는 대상이
된다. 대상을 그리워하는 주체가 누구냐에 따라 '그리워하는 것'은 얼
마든지 다양해질 수 있다. 주체가 그리워하고 사랑하는 대상은 언제
나 긍정적인 의미를 지니며, 그것은 모두 '님'이 될 수 있는 것이다.

　이 시의 화자가 기다리고 있는 대상인 '당신'은 화자의 연인으로
볼 수도 있지만, 한용운의 삶이나 시가 창작된 시대적 상황을 고려한
다면, 보다 포괄적인 의미로 확장될 수 있다. 한용운이 전개했던 일련
의 민족주의운동은 이와 같은 해석을 뒷받침할 수 있다. 이 작품에서
"당신은 오실 째가 되얐어요"라는 표현은 이상적 순간인 민족해방의
날에 대한 암시적 표현으로 이해할 수 있다. 이는 한용운이 가장 절
실히 욕망했던 것이 민족공동체 회복이었다는 점을 통해 알 수 있다.
송욱도 이와 같은 입장에서 한용운이 "無上의 佛道에 다다르는 길과
우리 민족을 일제로부터 해방하여 독립시키고 구제하는 길을 꼭 같
은 것이라고 생각했을 것"215)이라고 말한 바 있다.

　이 시의 화자가 욕망하는 것은 '나'와 '당신'이 하나가 되는 합일의
순간이다. 그 순간이 실현되는 공간은 '꽃밭'이다. 꽃밭은 이상향을
상징하고, 당신을 쫓아오는 사람은 이상향으로 오는 '당신'을 방해하
는 부정적인 존재를 의미한다. '나'는 나비가 되어 쫓아오는 사람으로
부터 '당신'을 지킬 것이기 때문에, 쫓아오는 사람은 '당신'을 찾을
수 없고, 나는 당신과 하나가 될 수 있다. '당신'과 화자가 하나가 될
수 있는 장소는 '나의 꽃밭'이지만 당신이 없는 '나의 꽃밭'은 이상향
이 될 수 없다. 그렇기 때문에 화자는 당신과 만날 순간을 간절히 기

---

215) 송욱, 「唯美的 超越과 革命的 我空」, 신동욱 엮음, 『한용운』, 문학세계사, 1993, 152쪽.

다리고 있는 것이다. 이 작품에서 시인이 지닌 민족의식은 "당신의오실째는 나의기다리는째"와 같다는 표현에서 잘 드러난다. 화자가 당신을 기다리는 것은 현재이기 때문에 당신이 와야 하는 때, 즉 민족해방의 때는 먼 미래가 아닌 바로 지금 이 순간이어야 하기 때문이다.

한용운은 이 시를 통해 "헤어짐과 만남이 하나로 되고, 기다림과 다가옴이 하나로 되고 님과 내가 하나로 되는 순간을 그려낸다. 그렇게 함으로써 그는 암담한 식민지 현실에 있어서 그 현실이 허용하는 한계를 넘어 앞으로 도래할 참된 현실을 노래했다."[216] 이처럼 민족적 이상향을 꿈꾸었던 시인은 나와 님이 함께하는 아름다운 세계를 다음과 같이 그려낸다.

> 당신이 맑은새벽에 나무그늘새이에서 산보할째에 나의꿈은 적은별이되야서 당신의머리위에 지키고잇것습니다
> 당신이 여름날에 더위를못이기여 낫잠을자거든 나의꿈은 맑은바람이되야서 당신의周圍에 써돌것습니다
> 당신이 고요한가을밤에 그윽히안저서 글을볼째에 나의꿈은 귀짜람이가되야서 책상밋헤서 「귀쓸귀쓸」 울것습니다
>
> ―한용운, 「나의 쑴」[217]

이 시의 화자는 자신과 님이 늘 함께 있는 세계를 꿈꾼다. 예술과 철학은 "이상적 창을 통해 새롭게 형성되는 어떤 풍경을 제시하는데, 그 풍경은 아직 이루어지지 않은 것"[218]이지만, 그렇기 때문에 이루어져야 하는 것이기도 하다. 「나의 쑴」에서 화자는 '당신'이 위치한

---

216) 염무웅, 「님이 침묵하는 시대」, 신동욱 엮음, 같은 책, 236-237쪽.
217) 한용운, 같은 책, 129쪽.
218) 손철성, 『유토피아, 희망의 원리』, 철학과 현실사, 2003, 46쪽.

공간을 더욱 완벽하게 하고 '당신'을 편안하게 하려는 소망을 지니고 있다. 화자는 새벽 뜰을 산보하는 '당신'을 위해 작은 별이 되고자 하며, 여름날 더위에 지쳐 평상 위에서 낮잠을 자고 있는 '당신'의 주변에서 맑은 바람이 되어 떠돌겠다고 노래한다. 이 시의 화자가 희망하는 것은 당신과 늘 함께 하는 삶이라고 할 수 있다. "희망은 인간의 마음속에 활동하고 있는 모든 감정들 가운데서 가장 인간적이며, 가장 광활하고 밝은 지평과 관계되고 있으며, 주체가 마음속에 품고 있는 욕망을 담아내고 있는 것"[219]이다. 이 시에 드러난 화자의 희망은 그리운 님과 내가 공존하는 이상적 세계에 대한 지향이다. 이는 '님'이 부재하는 현실을 극복하고 당위의 세계를 회복하려는 한용운의 내면의식을 보여주는 것이라고 하겠다.

2) 김해강의 민족공동체

1920년대에 민족의식을 바탕으로 사회비판적 시를 다수 선보였던 김해강[220]은 백철로부터 "현시단인 중에 가장 정력적인 작가의 한 사람"[221]으로 평가받을 만큼 주목받는 시인이었지만 현대시사에서

---

219) Ernst Bloch(박설호 옮김), 『희망의 원리 1권』, 솔, 1995, 139-140쪽.

220) 김해강은 1903년 전라북도 전주에서 태어났다. 소학교를 마치고 서울의 보성학교로 진학했으나 3·1운동으로 낙향하여 전주사범학교를 졸업하고 전라북도에서 교원으로 평생을 보낸다. 김해강은 1925년 7월 『조선일보』에 「천국의 종소리」를 발표하고 1926년 『동아일보』 신춘문예에 「새날의 기원」이 당선되면서 작품 활동을 시작했고 해방 전까지 200여 편의 시를 창작하는 왕성한 활동을 했다. 김해강이 남긴 작품은 500여 편이 넘지만, 지상에 발표된 작품은 250편 정도이다. 이것은 김창술과 공저로 발간하려 했던 『기관차』(1928)가 총독부 검열로 무산되고, 『동방서곡』(1942)과 『아름다운 태양』(1942)의 발간이 실패했던 것과 관련이 있다. 김해강이 남긴 시집으로는 김익부(김남인)와의 2인 시집 『청색마』(1940)와 해방 후에 발간된 『동방서곡』(1968), 『축복하는 마음으로』(1984)가 있다. 김해강의 작품 발표 내역은 김미영, 「김해강 시 연구」, 서강대 석사논문, 1991, 106-113쪽에 정리되어 있다.

221) 백철, 「신춘문예평」, 『신동아』, 1933, 3월. 여기서는 김미영, 같은 논문, 2쪽에서 재인용.

실종 상태로 남아 있다. 카프의 동반자적 경향시인으로 분류한 김팔봉의 견해를 참고해 김해강을 프로시인으로 보는 입장도 있지만[222] 김해강은 카프의 문학노선에 적극 참가하지 않은 것으로 보인다. 그의 시에서 계급적 요소가 흔히 발견되는 것은 사실이지만 민족주의적 경향이 계급적인 내용을 압도하고 있다.

일제강점기에 창작된 김해강의 시에는 당대 현실을 불모의 상황으로 파악하는 부정적 현실인식이 짙게 깔려 있는 것이 특징이다.[223] 특히 일본 제국주의가 지배하는 현실을 가축을 도살하는 곳으로 형상화한 「屠獸場」, 제국주의의 억압과 수탈을 거미와 거미줄의 알레고리로 표현한 「蜘蛛網」 같은 작품에 이와 같은 인식이 잘 나타난다. 「蜘蛛網」에서 일본 제국주의는 "弱한벌레의生命"을 빼앗아 자신의 생명을 이으려는 '독충'과 '악마'로 비유된다. 김해강은 1930년대에 자연친화적인 내용을 담은 시를 발표하기 전까지 제국주의 현실을 비판하는 시를 주로 보여주었다. 그 가운데에는 민족공동체 이상향에 대한 이데올로기적 지향을 보이는 것들이 적지 않다. 하지만 그의 초기작에 나타나는 이상향은 아래에서 볼 수 있는 것처럼 다분히 비현실적인 공간으로 그려낸다.

西天에 붉게 물듸려졌던 노-ㄹ 도 사라지고 마럿서라
검푸른 엷은 옷에 오즉 黃昏만이 소리업시 고요히
　　삶의 압흠! 삶의 부르지즘!
　　삶의 싸흠! 凶獰한 소리! 殘虐한 殺代……
　　이런 것들이 서로 얼히고 석긴……

---

222) 김재홍, 『카프시인비평』, 서울대학교출판부, 1990, 105쪽.
223) 김재홍, 같은 책, 110쪽.

修羅場의 大地우로 삽분삽분 거러 들러온다
大地는 죽은 듯이 沈默에 싸혀 들었다.
아-들리나니 멀리서 부러오는
天國의 福音을 전하는 神嚴한 鍾소리 쑌이어라!
동무여! 오 쏯기여가는 者여!
듣느냐? 天國의 鍾소리를?
그대의 憧憬의 나라! 사랑의 나라! 自由의 나라! 平和의 나라!
幸福의 樂園인 天國의 거룩한 鍾소리를 듯느냐?
오-그대여 쏯기여가는 者여!
한거름 두거럼 그대의 向하는 길이 鍾소리나는 天國을 차짐이 아닌가?
天國의 鍾소리가 들리는 아-憧憬의 나라!

-김해강, 「天國의 鍾소리」224)

차저갈거나 달나라를
아름다운 꽃웃음 사랑 가득한
仙女들 사는 저 달나라를
차저갈거나

-김해강, 「달나라」225) 부분

「天國의 鍾소리」는 1925년 7월 『조선일보』에 발표된 김해강의 처녀작이고 「달나라」는 같은 해,『조선문단』 11월호에 발표된 작품이다. 시의 전후맥락을 살피면 '천국'과 '행복의 낙원', '동경의 나라', '선녀들이 사는 달나라'는 시적 화자가 생각하는 이상향에 해당하는 것을 알 수 있다.

김미영은 「天國의 鍾소리」에서 화자가 노래하는 '천국'을 이상향으로 보고는 있으나, 그곳을 "죽음 뒤의 미래 공간"226)으로 해석하고

---

224) 『조선일보』, 1925. 7. 24.

225) 『조선문단』, 1925. 11.

226) 김미영, 같은 논문, 15쪽.

있다. 그러나 이와 같은 해석은 시의 전후맥락을 충분히 검토하지 않았기 때문에, 그리고 한 편의 작품을 통해서만 파악하고 있기 때문에 있을 수 있는 오해라고 생각된다.

「天國의 鍾소리」는 "天國의 鍾소리가 들리는 아―憧憬의 나라!"로 마무리된다. 동서양을 막론하고 천국은 지상의 삶의 조건을 초월하는 공간이다. 그러니까 천국은 시에 나타나 있는 것처럼 지상 공간의 비유적 표현인 "수라장의 대지"와는 다른 "憧憬의 나라! 사랑의 나라! 自由의 나라! 平和의 나라!"가 된다. 지상의 세계와는 다른 이상향인 '천국'은 공간구조로 볼 때 지상의 상부에 위치한다. 천국은 현실의 공간인 땅 위에 위치하고 있기 때문에, 공간적으로 땅과 하늘이라는 수직의 위계에서 상층에 위치한다. 그렇다면 천국은 비록 그것이 상상의 공간이라고 해도 미래의 공간이 아니라 현재의 공간으로 이해하는 것이 바람직하다. 게다가 시적 화자가 죽음 뒤의 미래 공간을 "동경의 나라"라고 생각했을 리는 없다. '천국'은 현실적으로 도달할 수는 없는 곳이지만, 화자는 쫓기는 동무가 반드시 그곳에 도착하기를 바란다. 따라서 쫓기는 자는 죽음을 향해 가는 것이 아니고, 그가 동경하는 나라를 찾고 있는 것으로 보아야 할 것이다.

「天國의 鍾소리」에 나타나는 '천국'은 기독교적 이상향으로 해석할 수 있는 여지가 있다. '복음'과 '종소리' 같은 시어 때문이다. 그런데, 이와 같은 시어가 있다고 해서 반드시 '천국'을 기독교의 이상향으로 볼 수 있는 것만은 아니다. 이 시에서 '복음'은 종소리의 비유적 표현으로 파악할 수 있기 때문이다. '천국'이 기독교적인 이상향이라는 해석도 불가능한 것은 아니지만, 시인의 성장환경을 고래해 본다면 다소 납득하기 어려운 부분이 있다.

김해강은 천도교 집안에서 태어났다. 천도교는 유·불·선 삼교의 특성을 담고 있지만 그 가운데서도 도교적 색체가 짙은 종교다. 도교의 이상향은 다양하지만 고전소설에는 주로 천계로 나타난다. 이는 도교사상과 신선사상의 영향을 받았던 조선후기의 적강소설에 천계와 지상계의 이분법적 공간 구도가 흔하게 나타나는 데서도 확인할 수 있다. 그렇다면 이 시에서 화자가 꿈꾸는 이상향 '천국'은 천신이 거주하는 천계(天界)에 가깝다고 볼 수 있다. 「달나라」의 "선녀들 사는 저 달나라"라는 표현에 나타난 '선녀'라는 시어와 연결 지어 생각해보아도 '천국'이 도교적 상상력과 모종의 관련성을 지니고 있음을 알 수 있다. 시인이 시를 통해 기독교적 이상을 표현하고자 했다면 '선녀'가 아닌 '천사'라는 시어를 사용했을 것이다.

시인이 천도교로부터 받은 사상적 영향은 문학적 자서전에서도 확인할 수 있다.227) 김해강은 유년에 서당에서 한학을 배우다가 천도교에서 설립한 4년제 창동학교에 입학하게 된다. 당시 시인의 아버지는 이 학교의 학감이었다. 창동학교의 교사들은 모두 천도교인이었는데, 한일합방이 된 지 얼마 되지 않아 일제의 총칼이 무서웠던 때였음에도 불구하고 한국의 역사와 애국사상을 고취시키는 교육을 실시했다. 김해강은 창동학교를 졸업하고 고모부 최린(崔麟)228)이 교장으로 있는 서울 보성학교에 입학하게 된다. 당시 보성학교의 경영권은 천도교의 3대 교주 손병희가 가지고 있었다. 시인의 회고에 따르면 독립선언문은 최린의 집에서 작성되었고, 3·1운동이 일어나자 최린은 일

---

227) 김해강, 「나의 문학 60년」, 이운룡 엮음, 『太陽의 詩, 鶴의 詩人 金海剛』, 대흥출판사, 1992, 225-230쪽.
228) 최린은 3·1운동 때 민족대표 33인 가운데 한 명인데 천도교의 대표인사로 3·1운동을 실질적으로 주도했던 인물이다. 당시 김해강은 고모부 최린의 집에서 살았는데, 시인의 회고에 의하면 최남선에 의해 초가 잡힌 독립선언문은 김해강이 쓰던 방에서 작성되었다고 한다. 김해강, 같은 글, 226-228쪽.

경에 체포되었다. 이 사건 때문에 시인은 일경의 눈을 피해 고향으로 내려오게 된다. 이와 같은 김해강의 삶을 고려한다면, 천도교가 그의 성장에 미친 영향을 확인할 수 있다. 그렇다면 「달나라」에서 화자가 그리워하고 있는 이상향인 "선녀들이 사는 저 달나라"는 도교적 상상력의 산물로 볼 수 있다.

초기작에 해당하는 두 편의 시에서 시인은 도교적 상상력을 통해 자신이 꿈꾸는 이상향을 제시하고 있지만 그곳은 현실공간에서 도달할 수 없는 먼 곳에 위치하고 있다. 시에 나타난 이상향과 현실세계와의 거리는 시인의 의식과 관련이 있다. 그렇다면 김해강은 자신이 꿈꾸는 이상향을 암울한 현실 공간에서는 도저히 찾을 수 없다고 생각했던 것일 수도 있다.

시작의 연륜이 쌓이면서 김해강은 보다 구체적인 이상향을 찾는다. 이와 같은 지향은 1925년에서 1929년 사이에 『조선일보』를 통해 주로 발표된 시에서 잘 나타난다. 이 지면을 통해 발표되는 작품의 양은 무척 많지만, 대부분이 부정적 현실인식과 이상향을 추구하는 주제의식을 담고 있다. 「님이오기를」, 「봄비」, 「첫녀름의들빗」 등이 그 대표적인 작품이다.

님이여! 나는당신이오기를
당신이가실 때約束하기는
이듬해짜쏫한봄이되면은
반가히도라와이몸을안어주신다더니
벌서스무해가갓가워도
온다는소식영영업스니
아·해가너무길어니저습닛가?

님이여!나는당신이오기를
밤으로낫으로기달리기에
피는마르고창자는쪼들려
이제는 니러슬긔운조차업구려!
당신은엇지면그리도無情하오
온다든당신이안오기째문에
헐버슨이몸은無慘하게도
필경은쫏겨날 新勢가되엿구려
님이여! 그러나 지금이라도
꼭! 당신이 오기만한다면
넘어지고 잡바저 코쌔져도
두활개 크게벌려 소리치며
반갑게 당신을 맛겟소이다
님이여! 그리운나의님이여
힘업서 굼주려쫏겨나는 나의身勢를
엇더캐가만히보고잇단말이요?
더욱이갓난것들불상치안소?

—김해강,「님이오기를」229)

   이 시에서 화자는 님이 가신 지 스무 해가 가깝다고 이야기한다. 시가 발표된 것이 1926년이니, 20년 전에 님이 떠났다는 화자의 발화는 1905년에 있었던 을사조약을 염두에 두고 있는 것이라 하겠다. 을사조약은 조선의 외교권과 행정권의 일부를 일본에 넘겨주는 불평등조약이었다. 그러니까 님이 떠나갔다는 화자의 발화는 국권을 잃었다는 의미로 해석된다. 님이 떠난 20년 동안 화자는 헐벗은 몸이 되어 "쫓겨날 신세"로 전락하고 만다. 그렇기 때문에 시의 후반부에서 화자는 "당신이 오기만 한다면 두활개 크게 벌려 소리치며 당신을 맞겠

---

229) 김성윤 엮음,『카프시전집 Ⅰ』, 시대평론사, 1988, 136쪽.

소이다"라고 노래한다. 따라서 이 시는 국권회복의 염원이라는 주제로 귀결된다고 할 수 있다. 이와 같은 염원은 민족공동체라는 이데올로기적 공간에 대한 지향을 드러내기도 하는데, 다음의 시는 그러한 점을 잘 보여준다.

오! 萬有의『숲』을다시살리는봄비여!
이나라숲土에도봄비가나린다
우리의녁들우에도봄비가나린다
오!나는노래하노라
이나라숲土!골작이골작이에
빈틈업시봄비가나리나니!
쏘봄비나리는이짱에서사는
시들은우리의녁들우에도
『生』의希望을주고
『生』의氣運을 길러내랴는
봄비가나리고잇나니!

期必코멀지안흔이압날에
이나라들과동산에는
푸른빗새로히빗날것이며
아름다운꼿들이滿發한우에
새노래하고나뷔춤출째
金빗燦爛한햇님은
둥실둥실가득한웃음을보낼지니
大生命의힘을주어
우리의『生』을새롭게빗내여줄이봄비를
내엇지아니노래하랴!

봄비나리는우리의동산에
꼿피고새노래할째

맘껏즐기자
그째가? 우리의靈魂이
춤추며다시
살어나는날일것이다.

—김해강, 「봄비」230)

이 시는 1926년『조선일보』3월 28일자에 수록된 작품이다. 이 시의 제목이자 중심 소재인 '봄비'는 따뜻한 어머니의 젖처럼 "山에도들에도거리에도" 부슬부슬 내린다. 봄비는 얼어붙은 대지를 녹이고 "말렀던나무가지와풀샐리에/생명의단젖"을 내려준다. 이처럼 봄비는 생명을 간직한 모든 것을 살려내는 역할을 한다. 봄비는 풀뿌리에 새움을 돋게 하거나, 새, 벌레와 같은 동물만 살려내는 것이 아니라 "시들은우리의넉들우에도" 내려 우리에게 "생의희망"을 주고 "생의기운"을 길러내는 고마운 손님인 것이다.

일제강점기에 발표된 작품 가운데 봄을 노래하는 것은 적지 않다. 이 가운데 상당수는 이 시에 나타나고 있는 것처럼 '희망'의 의미를 담고 있다. 봄비는 머지않아 "이나라들과동산에/푸른빗새로히빗"나게 할 희망의 상징이다. 이와 같은 희망은 김해강뿐만 아니라 일제강점기를 살아가던 대다수의 조선 사람들이 지니고 있었던 것이라 할 수 있다. 이렇게 본다면 이 시는 시인의 개인적 희망만을 담고 있는 것이 아니라 동일한 이데올로기를 지닌 의식집단의 초개인적 이상을 담고 있다고 할 수 있다. 일제강점기를 살았던 사람들의 삶은 "겨울이란치위"를 견디는 것과 같은 것이었기에, 그들은 빨리 겨울이 가고 봄이 오기를 기다렸을 것이다. 시적 화자의 발화에서 나타나고 있는

---

230) 김성윤 엮음, 같은 책, 144-146쪽.

것처럼 봄이 오면 이 땅은 "아름다운꼿들이만발"할 것이고, "새노래 고나뷔춤출" 것이다. "금빛찬란한햇님은/둥실둥실가득한웃음"을 보내주어 이 땅은 '대생명'이 새롭게 빛나는 이상향이 되는 것이다. 그와 같은 희망의 날이 "기필코멀지안흔" 것이라는 발화는 민족공동체 이상향을 지향하는 이데올로기를 담고 있는 것이다.

김해강이 지닌 민족의식은 조선의 현실을 그려내는 다른 시에서도 찾아볼 수 있다. 그가 파악하는 조선의 현실은 "찬바람나무가지를울리는/깊흔겨울밤"(「쪼각달」)이거나 "옷도집도밥도좌-/무참한화마의삼킨바"(「불타버린村落」)와 같다. 김해강 시의 화자는 민족이 당면한 현실을 부정적으로 인식하고 있기는 하지만, 조선은 "미약하게나마염통에피는쒸고" 있다는 것을 알기 때문에 "분명히네몸뚱이가다시살어/광명한날빗이네얼골에빗날쌔/깃분우슴이넘침을볼지니"(「조선의거리」)라는 희망의 노래를 부르며 낙관적인 민족의 미래상을 꿈꾼다. 이러한 김해강의 시는 다분히 미래지향적인 의지를 담고 있으며 일제강점이라는 고난의 현장을 살아가면서 반드시 있어야 할 당위의 세계를 노래한다.

김해강 시에 나타나는 민족의식의 바탕이 되는 것은 천도교 사상의 영향과 3·1운동 체험에서 비롯된 바가 크다고 할 수 있다. 반외세 자주를 강조하는 동학을 계승한 천도교는 일제강점기의 여러 종교 가운데 민족주의적 성향을 뚜렷하게 보여주었다. 일제 말에 변절을 하기는 했지만 김해강의 고모부 최린은 한용운과 함께 3·1운동을 주도했던 천도교의 대표인물이다. 김해강은 고모부 최린의 집에 살면서 그가 교장으로 있는 창동학교에 다녔고 3·1운동에 직접 참여하기도 했다. 최린이 구속되자 김해강은 경찰의 눈을 피해 다니다

가 낙향하게 된다. 이런 체험은 김해강의 시에서 민족의식으로 변용
되었다고 할 수 있다. 이와 같은 의식은 김해강의 시에서 흔히 민족
공동체 이상향이라는 이데올로기적 공간으로 나타난다. 그가 꿈꾸는
이상향은 「첫녀름의들빗」에서 푸른 하늘을 오르락내리락 하며 노래
하는 종달새의 이미지, 보리밭 푸른 언덕에 누워 풀을 뜯는 배부른
송아지의 이미지, 고운 목청으로 노래 부르는 꾀꼬리의 이미지, 소를
탄 목동이 부르고 가는 노래의 이미지 등이 복합적으로 뒤섞인 공간
으로 제시된다.

한편, 김해강 시에는 사물이 지닌 생명력을 노래하는 것들이 다수
있는데, 이 가운데 희망의 메시지를 담고 있는 「무서운힘」은 시대 현
실에 굴복하지 않는 강한 의지를 형상화하고 있다.

    —

나는본다
부드럽고弱한풀쌕리가
큰바위미테눌려잇스면서도
슨어지거나익개여지지도안코
도러혀큰바위를
쩌바처넘겨트리고
쌍우의大氣中에
싹을터내려고
이리저리긔운차게쎄더나감을!
그리하야엇더한큰作用을니르키려는
偉大한「힘」이움즉이고잇슴을!
오-나는보노라

二

쏘나는보노라
집채덩이가튼큰바위를!
누가그쌱리를弱하다할가?
마츰내바위는짜개지고부서지고만다
굿세고큰바위거늘!
한갓軟弱한쌱리거늘……
아-그무슨까닭일거나!

－김해강, 「무서운힘」231) 부분

이 시는 네 개의 연으로 구성되어 있는데, 각 연에 一부터 四까지 번호가 붙어 있다. 인용한 부분은 그 가운데 一과 二이다. 이 시에 나타나는 소재들은 바위, 풀, 소나무의 세 가지인데, 모두 알레고리의 기법으로 제시된다. '바위'는 조선 사람들을 억누르는 제국주의의 지배를, "긔운차게뿌쌔더나가"는 "부드럽고 弱한 풀뿌리"와 "큰바위에/쌱리를 박은소나무"는 조선 사람과 그들의 강인한 생명력을 의미한다. 화자는 자신의 시선에 포착된 대상들을 통해 마땅히 있어야 할 당위의 현실을 노래하고 있다. 三과 四에서 풀뿌리와 소나무뿌리는 "血管에피가뛰는生命의힘"으로, 마침내 "누르는魔障을터써리고/튀여소슬/무서운 「생」의 힘"으로 전이된다. 이 시를 쓸 무렵 김해강은 풀뿌리와 소나무뿌리로 인해 "바위는짜개지고부서지"게 되는 것처럼 일본 제국주의의 지배 역시 해소될 것이라는 신념을 지니고 있었던 것이다.

이상에서 살펴본 작품 외에도 김해강의 시에는 이상향 추구를 주제화하는 것들이 많다. 특히 노동하는 사람의 삶을 형상화한 「물방아」와 「아츰날의 讚美者」, 이촌향도 현상을 비판하고 농촌에서의 건강한

---

231) 김성윤 엮음, 같은 책, 161-162쪽.

삶을 제시하는 「農村으로」같은 작품이 대표적이다. 뿐만 아니라 김해강의 시에는 태양과 빛의 이미지를 통해 '광명'이 있는 이상적 공간을 제시하는 작품도 상당수 발견된다.232)

한용운의 시는 불교사상을 근간으로 하여 이상향에 대한 지향을 보여준다. 그의 시에 나타나는 이상향은 민족주의공동체로 요약할 수 있다. 이는 민족운동을 벌였던 그의 삶과 그의 대승불교사상, 그리고 시에 나타난 암시적 표현과 이미지의 분석을 통해 확인할 수 있다. 한용운의 시에서 '님'과 '당신'은 다양하게 해석될 수 있지만, 한용운이 가장 간절하게 소망했던 것을 고려해보면 해방된 민족공동체라는 것을 알 수 있다. 김해강의 시는 천도교적 상상력을 바탕으로 하지만 사회주의사상, 아나키즘 사상도 나타난다. 이러한 사상들은 그의 시에서 민족공동체라는 이데올로기적 공간에 대한 지향으로 변용된다.233) 1920년대에 발표된 김해강의 시는 일본 제국주의에 대한 강열한 저항 의식을 축으로 하고 있다. 김재홍의 말처럼 1920년대 프로시에 국한해서 본다면 김해강의 시만큼 상징성과 표현미학에 관심을 기울임으로써 시다운 시로 자리한 시는 그리 많지 않다. 김해강의 시는 생경하고 전투적인 구호에 가깝던 당대의 많은 프로시들과 달리, 현실적인 응전력을 강하게 지니면서도 예술적인 형상성을 어느 정도 확보하고 있다.234) 김해강의 시에는 계급문제와 민족문제가 동시에

---

232) 이는 박두진의 시를 논하면서 언급했던 태양숭배 사상과 연결 지어 생각해볼 수 있다. 김미영은 태양의 이미지가 강하게 나타나는 김해강의 몇몇 작품을 예로 들면서, 이를 '태양 理想'이라는 용어로 설명하고 있다. 김미영, 같은 논문, 57-63쪽.

233) 김해강은 시적 성향이 변모하면서 일제말에 친일시를 남기기도 한다. 이와 같은 시적 변화의 원인은 개인의 삶을 통해 부분적으로 추적할 수는 있지만 그의 사상적 토대에 대한 검토와 함께 보다 심층적인 고찰을 요한다.

나타나지만 후자가 압도적으로 강조되고 있다. 그가 1920년대에 선보였던 시에 나타난 건강한 주제의식과 그 주제를 형상화해내는 미적인 측면을 고려한다면 김해강은 1920년대에 활동한 중요한 민족주의 시인의 한 사람으로 자리매김할 수 있을 것이다.

---

234) 김재홍, 같은 책, 136쪽.

2. 국권회복과 국가공동체

1) 이상화의 국가공동체

　국권회복의 염원을 시적으로 형상화했던 이상화의 작품은 다양한 사상적 바탕을 지니고 있지만, 시에 나타나는 핵심적인 주제의식은 민족주의로 귀결된다. 이는 그의 성장환경과 깊은 관련을 지니고 있다. 이상화는 1901년 경상북도 대구의 부유한 가정에서 태어났다. 이상화의 조부는 을사조약이 체결된 이후 <우현서루>를 경영하여 전국에서 모여든 우국지사에게 숙식과 면학을 위한 편의를 제공했고, 이상화의 백부는 학교를 세워 독립의식을 고취시키는 데 앞장섰다. 이상화의 형 이상정은 한때 만주로 망명하여 항일운동을 한 인물이었다. 이런 집안 환경에서 자란 이상화가 투철한 민족의식을 지닌 인물로 성장한 것은 당연한 일이라 할 수 있다. 3·1운동이 일어나자 이상화는 백기만과 함께 대구에서 시위를 계획했는데, 주동자들이 사전에 검거되자 각 곳에 선전문을 뿌리고 운동자금을 조달하는 등의 항

일 활동을 전개하다가 서울로 탈출했다.235)

이상화는 1922년,『백조』창간호에 시를 발표하면서 문단에 등장한 이후 1941년까지 60편 내외의 시를 발표한다. 이상화의 시에는 시풍의 변화에도 불구하고 변하지 않는 것이 있다. 그것은 당대의 현실을 부정적인 것으로 인식하고 보다 나은 미래를 꿈꾸는 이상적 태도이다. 이상화는 작품 활동 초기에 세기말적 분위기를 풍기는 프랑스 상징주의 시의 영향을 받았다. 이는 그의 초기작「末世의 欷嘆」,「나의 寢室로」,「斷章 五篇」등 여러 편의 시에서 확인할 수 있다. 그런데 이 작품들에 나타난 세기말적 분위기는 '퇴폐적인 성향'으로 알려진 일반적인 평가와 달리 현실을 부정적으로 파악하고 있는 시인의 인식을 담고 있는 것으로 보인다. 이런 인식은 현실비판 정신을 내포하고 있으며, 지금보다 나은 삶에 대한 지향을 담고 있다. 현실비판 정신은 기본적으로 이상적 사회사상을 지탱하는 하나의 축이라고 할 수 있는데, 그것은「金剛頌歌」를 통해서도 확인할 수 있다.

金剛! 벌거벗은朝鮮-물이마른朝鮮에도 自然의恩寵이 별달리있음을보고 애틋한생각-보바롭은생각으로 입술이달거라-노래부르노라.

金剛! 오늘의 歷史가보인바와같이 朝鮮이죽었고釋迦가죽었고 地藏 彌勒모든 菩薩이 죽었다. 그러나 宇宙生成의 路程을 밟노라-때로變化되는 이 過渡現象을 보고 묵은그 時節의朝鮮얼굴을찾을수없어 朝鮮이란그 生成全體가 죽고말았다- 어리석은말을못하리라. 없어진것이란다맛 묵은朝鮮이죽었고 묵은朝鮮의사람 이죽었고 묵은네목숨에서 겟방사리하턴印度의모든神像이죽었을 다름이다,

---

235) 정진규 엮음, 「이상화 연보」, 『이상화』, 문학세계사, 1993, 275-278쪽.

恒久한靑春-無限의自由-朝鮮의生命이 綜合된너의存在는 永遠한自然과 未來의朝
鮮과 함께기리누릴것이다.

─이상화, 「金剛頌歌」236) 부분

이 시는 1925년 『여명』에 발표된 것이지만 시인 자신이 1920년에
쓴 것이라고 밝히고 있으며, 시의 말미에 "지난해 어느 신문에 한번
내었던 것"이라는 말이 붙어 있어 1924년에 지면을 통해 발표되었다
는 것을 알 수 있다. 이 시에서 "조선이 죽었고, 석가와 보살도 죽었
다"는 발화는 식민지 치하의 부정적 현실을 잘 드러내고 있다. 그러
나 화자의 발화를 따라가다 보면 조선의 죽음은, "우주생성의 노정을
밟"는 과정 안에 있는 것이다. 그렇기 때문에 죽은 것은 단지 묵은 것
일 뿐이다. 시적 화자의 발화에서 드러나는 이와 같은 인식은 미래의
조선이 "항구한 청춘과 무한한 자유가 있는 곳"이 될 것이라는 생각
으로 나아간다. 이와 같은 인식은 "자연의 은총", 즉 자연의 항구성에
대한 믿음을 바탕으로 하고 있다. 따라서 미래에 새롭게 태어날 조선
은 외세의 억압과 핍박받는 사람이 없는 상태, 혼란과 무질서가 줄어
든 상태가 될 것이라는 인식이 이 시에 내포된 의미가 된다. 시인은
이 같은 현실 인식 태도를 송가(頌歌) 형식으로 제시한다.

이상화는 유년과 청년기에 한학을 공부했다. 이 사실을 고려한다
면 위의 시에 나타난 사유가 성리학의 세계관과 관련이 있음을 짐작
할 수 있다. 성리학의 우주관을 잘 요약하고 있는 「太極圖說」에서는
우주의 최후근원은 '無極而太極'이며 陰陽, 動靜, 五行은 태극에서부터
나오는 것으로 본다. 성리학에서는 태극을 우주만물의 생성과 변화의

---

236) 이상화, 「이상화시전집」, 정진규 엮음, 『이상화』, 문학세계사, 1993, 44쪽.

근원이며 운행의 요체라고 보고 있는 것이다.237) 이와 같은 입장에 따르면 우주 만물은 현동(現動)과 잠재(潛在), 즉 가시와 비가시의 교대로 이루어진다. 이 교대로 말미암아 세계의 흐름은 멈추지 않으며, 현동과 잠재는 왕래만 있을 뿐, 生死는 없다.238)

이 시의 화자는 조선과 조선의 사람이 죽었다고 노래한다. 그런데 문맥에 따르면 죽은 것은 조선 그 자체가 아니라 "묵은 조선"과 "묵은 조선의 사람"이다. 묵은 조선과 조선의 사람은 죽은 것들이지만, 그들은 죽음을 통해 새롭게 태어날 과도적 순간에 위치하고 있는 것이다. 인용한 부분의 말미에 나타나는 "영원한 자연"이라는 표현은 이와 같은 철학적 토대를 잘 보여준다. 그렇기 때문에 이 시에서 화자는 금강이 "영원한 자연과 미래의 조선과 함께" 오랫동안 그 생명을 누릴 것이라고 노래하는 것이다. 시인은 화자의 목소리를 빌어 그와 같은 자신의 신념을 드러내고 있으며 조선이 당면한 고난의 현실은 보다 더 이상적 상태로 나아가기 위한 과정이라는 사유를 보여준다.

위의 시에서 살펴본 것처럼 이상화의 시는 부정적 현실과 그것을 초극하려는 이상적 사유를 바탕으로 하고 있다. 이러한 사유는 종교성을 띠기도 한다. 그의 시에는 '혼령', '신령', '한우님' 같은 시어들이 흔히 나타난다. 이 가운데 특히 자주 나타나는 시어 '한우님'에 주목해 볼 필요가 있다. 이상화의 시에서 이 시어가 나오는 것으로는 「緋音」, 「바다의 노래」, 「거러지」, 「저무는 놀 안에서」 등이 있다. 아래의 시 「이해를 보내는 노래」는 화자가 '한우님'에게 이야기하는 형식으로 되어 있다.

---

237) 이상은, 『퇴계의 생애와 학문』, 서문당, 1973, 184-188쪽.

238) Francois Jullien(유병태 옮김), 『운행과 창조』, 도서출판 케이시, 2003, 76-77쪽.

『감음이 들고 큰물이 지고 불이 나고 목숨이 만히 죽은 올해이다. 朝鮮사람
아 金剛山에풀이낫단이한말이 얼마나깁흔黙示인가. 몸서리치이는말이아니냐.
오 한우님-사람의弱한마음이만든독갑이가아니라 누리에게힘을주는 自然의靈情
인 한아씬인사람의叡智-를불러말하노니잘못짐작을갓지말고 바로보아라 이해
가 다가기전에-. 朝鮮사람의가슴마다에 숨어사는모든한우님들아!』

한우님! 나는 당신께 돌려보냅니다

속석은한숨과 피저즌눈물로 이해를쌋서

웃고바들지 울고바들지모르는 당신께돌려보냅니다.

당신이보낸이해는 목마르든나를 물에짜저죽이려다가

누더기로 겨오가린 헐버슨몸을 태우려고도하엿고

주리고주려서 사람끼리원망타가 굶어죽고만 이해를 돌려보냅니다.

한우님! 나는 당신께 뭇조려합니다.

쌍에업대여 한울을우럴어 창자비-ㄴ소리로

밉게드를지 섧게드를지모르는 당신께뭇조려합니다.

당신보낸이해는 우리에게 「노아의洪水」를 갓고왓다가

그날의 「硫黃불」은 사람도만들수잇다 태워보엿스나

주리고주려도 우리들이못쌔첫다 굶어죽엿든가뭇조려합니다

아 한우님!

이해를바드시고 오는새해아츰부턴 벼락을내려줍쇼

惡도善보담 더착할째잇슴을 아옵든지 모르면죽으리라.
—이상화, 「이해를 보내는 노래」239)

「一九二四」라는 부제가 붙은 이 시는 1926년 『開闢』 3월호에 발표
된 것이다. 시의 제목과 부제를 통해볼 때 이 시는 1924년을 마무리
하며 쓴 것이라는 것을 알 수 있다. 이 시에서 시인이 강조하는 것은,
'노아의 방주'나 '유황불'과 같은 표현을 통해 알 수 있는 묵시적 현
실이다. 묵시적 세계관을 담은 천년왕국사상은 기독교 문화권에서뿐
만 아니라 "정치권력이 있는 곳, 억압받는 자가 존재하는 곳에서는
동서양을 불문하고 나타났으며, 또 나타날 수"240) 있다. 이상화의 시
에 이와 같은 묵시적인 모티프가 나타나는 것은 세기말적 분위기를
담은 프랑스 상징주의 시의 영향, 그리고 기독교에서 받은 영향으로
생각해볼 수도 있다. 이상화는 성경에 나오는 모티프나 표현들을 자
주 사용한다. 「二重의 死亡」에 나타나는 "길일흔 어린羊", 「저무는 놀
안에서」에 나타나는 "거룩하고 감사론", "하늘의 하느님이 쫓아낸 목
숨", "하느님이 무덤 속에서 살아나옴에다 어찌 견주랴", "사람이 세
상의 하느님을 알고 섬기게스리 나는 노래 부른다", 「그날이 그립다」
에 나타나는 "聖女", "聖經속의 생명수" 등이 그것이다. 이 외에도 「虛
無敎徒의 讚頌歌」는 시 전체가 기독교를 연상하게 하는 모티프들로 이
루어져 있다. 그런데 이 표현이나 모티프들은 대체로 수사적 장치로
파악되며, 「虛無敎徒의 讚頌歌」 역시 기독교적 신념을 노래하는 시는

---

239) 이상화, 「이상화시전집」, 정진규 엮음, 같은 책, 62–63쪽.
240) 三石善吉(최진규 옮김), 『중국의 천년왕국』, 고려원, 1993, 12쪽.

아니다.

　이상화의 종교적 성향에 대한 구체적인 자료나 증언, 기록은 찾아볼 수 없다. 그가 남긴 산문에서도 종교적 신념에 대한 기록은 없다. 그러므로 이 시에 기독교적 모티브나 표현들이 나타난다고 해서 그것들이 반드시 기독교적 세계관을 드러내는 것이라고 판단하기는 어렵다. 기독교는 창조와 종말의 직선적 시간관·세계관에 바탕을 두고 있다. 이런 세계관은 앞에서 살펴본「金剛頌歌」에 나타난 순환적 인식과 거리가 있다.

　이 시에서 이상화는 묵시적 현실을 가시(可視)로, 묵시적 현실과 반대되는 이상적 상태를 비가시(非可視)로 파악하고 있다. 이러한 점은 김억이 이상화의 시에 대해 "可見을 통해 非可見의 세계를 볼 수가 있습니다"241)라고 언급했던 점을 통해서도 미루어 짐작해볼 수 있다. 이 시에 흔히 나타난 묵시적 모티프들은 기독교적 신앙의 표현이라기보다는 가뭄과 홍수, 불, 그리고 많은 사람이 죽은 1924년의 참담한 현실을 강조하는 역할을 하는 것으로 보인다. 묵시적 모티프들은 비가시의 세계, 즉 참담한 현실과 반대되는 이상적 미래 시간의 도래에 대한 신념을 강조하기 위한 장치로 볼 수 있는 것이다.

　이 시에서 시인은 한 해 동안 일어났던 자연재해만 이야기하는 것이 아니다. 그는 식민지의 사회적 현실을 말세적 상황으로 파악하고 있다. 말세적 상황을 드러내는 세상은 구제할 수 없을 정도로 악하기 때문에 세상의 종말은 불가피하다. 화자가 '한우님'에게 새해 아침엔 벼락을 내려달라고 이야기하는 것도 이러한 관점에서 이해할 수 있

---

241) 金岸曙, 「詩壇의 一年」, 『開闢』, 1923. 12, 51쪽.

다. 이 시에 나타난 묵시적 모티브들은 성경의 내용과 관련이 있기 때문에 화자가 이야기를 건네는 '한우님'은 기독교의 창조주로 볼 수 있지만, 「虛無敎徒의 讚頌歌」같은 시를 통해 알 수 있는 것처럼 그의 시에는 반기독교적인 내용이 나타나기도 한다. 이렇게 볼 때 이상화가 '한우님'을 신앙의 대상으로 생각했다고 판단하기는 어렵다.

한편 이 시에 나타나는 묵시적 세계는 선천세계를 부정하고 후천개벽을 기원하는 천도교의 사상과도 관련지어 볼 생각해 볼 수 있다. 이는 이 시가 발표된 『開闢』이 천도교에서 발행하는 잡지였다는 사실 때문이다. 천도교는 동학사상을 계승한 종교단체로 우주의 운행을 주재하는 신이자 민족신이기도 한 '한울님'에 대한 신앙을 바탕으로 하고 있다. 이러한 천도교는 유·불·선과 천년왕국사상이 습합된 사상 체계를 지니고 있으며, 일제강점기에는 매우 강한 민족주의적 성격을 보여주기도 했다. 천도교도 다른 신흥종교와 마찬가지로 후천개벽에 대한 믿음을 바탕으로 하고 있다. 이는 지배와 억압이 없고, 자유와 평등의 원리가 지배하는 이상향이 멀지 않은 미래에 찾아올 것이라는 세계관에 바탕을 두고 있다. 이와 같은 인식에 의하면 현실의 고난은 후천세계의 이상향에 도착하기 위한 시련의 과정이 된다.

이 시에서 미래에 대한 전망을 드러내는 소재는 금강산에 돋은 '풀'이다. 풀은 가뭄과 홍수, 많은 사람들이 죽은 해의 겨울에 돋아난다. 새로 돋는 연둣빛 풀은 봄을 대표하는 이미지이며, 순환과 신생을 상징한다. 이렇게 볼 때 풀은 「金剛頌歌」에 나타난 "자연의 은총"이나 "영원한 자연"과 같은 의미를 지니는 소재로 볼 수 있다. 시인은 '풀'의 이미지를 제시한 후, 화자의 목소리를 빌어 "조선 사람의 마음에 숨어사는 모든 한우님"을 향해 "잘못짐작을갖지말고", "바로보아라"

고 이야기한다. 이렇게 볼 때 '풀'은 묵시의 현실 뒤에 도래할 이상적 세계를 암시하는 상징으로 읽혀진다.

이상화가 국권상실의 시대를 살아가는 조선 사람들에게 이야기하고자 한 것은 일본 제국주의가 지배하는 조선의 현실뿐만이 아니라 멀지 않은 미래에 도래할 이상향에 대한 신념이다. 이는 일본 제국주의가 지배했던 당시의 사회적 상황과 분리시켜 논하기 힘들다. 이상화 시에 나타난 국권상실에 대한 부정적 현실 인식 뒤에는 이상향의 도래에 대한 믿음이 있다. 이런 믿음은 「빼앗긴 들에도 봄은 오는가」, 「淸凉世界」 등 다른 시에서도 나타난다.

지금은 남의쌍-쌔앗긴들에도 봄은오는가?

나는 온몸에 해살을 밧고
푸른한울 푸른들이 맛부튼 곳으로
가름아가튼 논길을싸라 쑴속을가듯 거러만간다.

입슐을 다문 한울아 들아
내맘에는 내혼자온것 갓지를 안쿠나.
네가끌었느냐 누가부르드냐 답답워라 말을해다오.

바람은 내귀에 속삭이며
한자욱도 섯지마라 옷자락을 흔들고
종조리는 울타리넘의 아씨가티 구름뒤에서 반갑다웃네.

고맙게 잘자란 보리밧아
간밤 자정이넘어 나리던 곱은비로
너는 삼단가튼머리를 쌈았구나 내머리조차 갑분하다.

혼자라도 갓부게나 가자.
마른논을 안고도는 착한도랑이
젖먹이 달래는 노래를하고 제혼자 엇게춤만 추고가네.

나비 제비야 깝치지마라
맨드램이 들마꽃에도 인사를해야지
아주까리 기름을바른이가 지심매던 그들이라 다보고십다.

내손에 호미를 쥐여다오.
살찐 젖가슴과가튼 부드러운 이흙을
발목이 시리도록 밟어도보고 조흔땀조차 흘리고십다.

강가에 나온 아해와가티
짬도모르고 끝도없이 닷는 내혼아
무엇을찾느냐 어데로가느냐 웃어웁다 답을하려무나.

나는 온몸에 풋내를 씌고
푸른웃슴 푸른설음이 어우러진사이로
다리를절며 하로를것는다 아마도 봄신령이 접혓나보다.
그러나 지금은들을쌔앗겨 봄조차 쌔앗기것네
—이상화, 「빼앗긴 들에도 봄은 오는가」242)

　이 시는 1926년 『개벽』에 발표된 것으로, 국권회복에 대한 소망을 담고 있다. 앞서 살펴본 시를 통해 알 수 있는 것처럼 이상화는 카프에 가입하기 이전에도 민족문제에 대해 비상한 관심을 보였다. 이 시는 그러한 관심이 카프에 가입한 후에도 지속적으로 나타난다는 점을 보여준다.
　이 시는 내용 전개상 세 개의 부분으로 나누어 살펴볼 수 있다. 첫째 부분은 3연까지이다. 이 부분에서 화자는 논길을 따라 봄의 들판

---

242) 이상화, 「이상화시전집」, 정진규 엮음, 같은 책, 66–67쪽.

으로 걸어가는데, 그가 향하는 장소는 온갖 자연물들이 살아 움직이
는 곳이다. 둘째 부분은 4연에서 8연까지이다. 이 부분에서 화자는 봄
이 찾아와 생명력이 넘치는 들판을 목격하고 그 곳에서 땀 흘려 일하
며 살아가고 싶은 자신의 내면의식을 노래한다. 셋째 부분은 9연에서
10연까지이다. 이 부분에서는 빼앗긴 땅에서 살아야하는 화자의 막막
한 심정이 제시되지만, 반대로 봄이 한참인 아름다운 땅을 빼앗길 수
는 없다는 신념도 드러난다. 요컨대 이 시는 시적 화자가, 1) 들판을
향해 출발하고, 2) 아름다운 봄의 들판을 만끽한 후, 3) 복귀하는 구조
를 취한다고 할 수 있다.

이 작품에서 화자가 꿈꾸는 이상향의 모습은 2)부분에서 나타나는
여러 이미지들을 통해 제시되고 있다. 이 부분에 나타나는 바람, 종다
리, 구름, 나비, 제비 등은 공기 이미지에 해당하는 것이다. 상징체계
에서 의하면 공기 이미지는 수직적 상승과 초월적인 세계를 지향하
는 의식과 관련이 있다. 이 부분에서 다채로운 동식물 이미지, 바람과
구름 같은 자연풍광, 부드러운 흙, 맨드라미, 들마꽃, 보리밭, 보리밭
을 씻어주는 비, 비 내린 후 마른 도랑을 적시는 냇물 등의 이미지들
은 국권을 회복한 공동체의 이상적 상태를 꿈꾸는 시인의 의식을 드
러내는 객관적 상관물이 된다. 시적 화자는 3)에서 “그러나 지금은 들
을 빼앗겨 봄조차 빼앗기겠네”라고 노래한다. 이와 같은 화자의 진술
은 ‘들을 빼앗길 수 없다’는 국권회복 의지를 역설적으로 표현한 것
으로 볼 수 있다.

이 시를 통해 시인이 이야기하려는 것은 봄의 들판에서 목격한 생
명력 넘치는 사물에 내재한 신생의 기운이라고 할 수 있다. 이 시에는
앞에서 살펴본 두 편의 시보다 밝고 건강한 이미지들이 나타나고 있

다. 화자가 목격한 봄의 들판은 온갖 자연물에 생명력이 흘러넘치는 아름다운 곳이다. 화자는 그곳에서 현실로 돌아오지만, 그의 내면이 지향하는 장소는 그가 목격한 봄의 들판과 같은 곳이라고 할 수 있다. 앞에서 살펴본 두 편의 시가 다분히 관념적이고 사변적인 발화로 민족의식을 표출하는 데 반해, 이 시는 보다 구체적인 공간 형상화를 통해 시인이 소망하는 이상향의 단면을 드러낸다. 이러한 점들은 이상화 시의 주제의식이 국권 회복의 의지로 귀결된다는 점을 알려준다.

2) 이육사의 국가공동체

과작의 시인으로 유명한 이육사[243)]는 1930년에 「말」을 발표하면서 작품 활동을 시작한다. 이육사는 독립운동 경력과 「광야」, 「절정」같은 작품으로 인해 일제강점기를 대표하는 저항시인으로 알려져 있다. 이육사의 시에 나타난 민족주의적 성향은 성리학에 토대를 둔 전통적 보수주의로 평가되는 것이 보통이다. 그런데 최근에는 이육사 문학의 토대 가운데 하나로 사회주의사상에 대한 논의가 이루어지고 있다.[244)] 이육사의 시에 나타나는 이상향의 면모를 이해하기 위해서

---

243) 이육사는 1904년 경북 안동에서 퇴계의 14대 손이자 이가호의 둘째아들로 태어났다. 그의 고향은 퇴계의 후손이 모여 사는 동네였다. 고향의 문화적 풍토 때문에 시인은 어릴 적부터 한시와 명문장을 읽었고, 『중용』, 『대학』 등의 경서를 공부했다. 이육사는 1925년에는 항일독립운동 단체인 정의부, 군정서, 의열단 같은 조직에서 활동한다. 1927년에는 조선은행 대구지점 폭파사건의 피의자로 검거되어 옥고를 치른다. 1933년에는 조선군관학교의 국민정부 군사위원회 간부 훈련반을 졸업하고 귀국한다. 1934년에는 군관학교 출신 일제검거 때 7개월가량의 옥고를 치른다. 이육사는 1944년 북경 감옥에서 숨을 거두기 전까지 독립운동을 하면서 감옥에 드나들기를 17차례나 한 것으로 알려져 있다. 이육사의 삶은 이원록, 「연보」, 『이육사 시문집』, 서문당, 1981, 236-245쪽과 박현수, 『현대시와 전통주의의 수사학』, 서울대학교출판부, 2004, 146-147쪽 참조.

244) 이육사의 작품과 사회주의 사상의 관련성에 대한 논의로는 시인의 전기를 실증적으로 조사하여 작품해석의 근거로 삼은 김경복, 「이육사 시의 사회주의 의식 연구」, 『한국시학연구』 12호, 2005, 73-108쪽과 하상일, 「이육사의 사회주의사상과 비평의식」, 『한국문학과 역사의 그늘』, 소명출판, 2008, 36-58쪽 등이 있다. 이육사가 사회주의 운동에 참여하게 된 과정은 이 글들에서 상세하게 논의하고 있으므로 본

는 그가 시와 산문을 본격적으로 쓰기 시작할 무렵 사회주의사상에 경도되었던 점에도 주목해보아야 하겠으나, 그의 산문에 비해 시에서는 계급적 세계관이 선명하게 나타나지는 않는 것으로 보인다. 이육사의 시는 그의 대표작 「청포도」에서 알 수 있는 것처럼 낭만적 성향이나 전통주의적 요소가 강하다.

> 내 고장 七月은
> 청포도가 익어가는 시절
>
> 이 마을 전설이 주절이주절이 열리고,
> 먼데 하늘이 꿈 꾸며 알알이 들어와 박혀
>
> 하늘밑 푸른 바다가 가슴을 열고
> 흰 돛 단 배가 곱게 밀려서 오면
>
> 내가 바라는 손님은 고달은 몸으로
> 靑袍를 입고 찾아 온다고 했으니
>
> 내 그를 맞아 이 포도를 따 먹으면
> 두 손은 함뿍 적셔도 좋으련
>
> 아이야 우리 식탁엔 은쟁반에
> 하이얀 모시 수건을 마련해두렴
>
> —이육사, 「청포도」[245]

이육사의 대표작으로 널리 알려진 이 시는 1939년 8월에 『문장』

고에서는 따로 언급하지 않는다.
245) 李陸史, 『陸史詩集』, 서울출판사, 1946, 15-16쪽.

7호를 통해 발표되었다. 이 시에는 '청포도', '푸른 바다', '흰 돛단배', '청포', '모시 수건' 등 파란색과 흰색의 시각적 이미지가 돋보이는데, 이 이미지들은 "감각을 자극하거나 관능에 호소하는 시어와 거리가 먼 청초하고 건강한 정신적 의미를 지니며, 현실의 구체성보다는 이상적 상태를 지향하는 정신적 경향을 반영하는"246) 것들이라고 할 수 있다. 이육사의 시는 낭만주의적 성향도 띠고 있지만, 그가 유년기와 청년기에 공부했던 한시와 유교경전도 시작에 영향을 미쳤던 것으로 보인다. 이육사는 한시에서 자주 사용되는 수사적 장치 가운데 하나인 인유를 종종 사용한다. 「청포도」에서도 이와 같은 인유가 발견되는데, 이 장치는 상당 부분은 김동명의 시에서 빌려온 것으로 보인다. 전원생활을 소재로 한 김동명의 시 「나의 뜰」과 「손님」에는 「청포도」에 나타나는 주요 소재들과 표현들이 나타난다. 이육사는 김동명의 시 「나의 뜰」에서 푸른 하늘, 흰 구름, 식탁, 포도송이 등의 시어를, 「손님」에서는 '손님', '아이야, ~하거라'같은 시어와 표현을 빌려온 듯하다.247) 시에 담긴 주제의식의 측면에서도 유사한 면이 발견된다. 김동명의 「나의 뜰」과 「손님」이 전원 이상향을 노래한다면, 「청포도」는 국권이 회복된 민족적 이상향을 노래하고 있다.

「청포도」에 나타난 이상향에 대한 지향은 홍신선에 의해 지적된 바 있다. 홍신선은 「청포도」가 이육사의 회복된 고향이자, 자연 질서

---

246) 박현수, 같은 책. 170쪽.

247) '아이야, ~하거라'의 표현은 시조의 종장 첫 구에서도 흔히 나타난다. 그런데 「청포도」의 중요한 소재는 '손님'이고, 김동명의 시 역시 '손님'을 제재로 하고 있다. 이 점에서 「청포도」의 마지막 연은 김동명의 「손님」으로부터 영향을 받은 듯하다. 이육사가 김동명의 시에서 받은 영향은 이육사 시의 제목을 통해서도 확인할 수 있다. 이육사의 시 「호수」, 「파초」와 같은 작품들은 김동명의 대표작으로 널리 알려져 있다. 한편, 이육사와 절친했고 '자오선' 동인으로 같이 활동했던 신석초의 시에서도 김동명 시의 영향은 상당히 넓게 발견된다. 이들의 영향관계에 대해서는 보다 실증적인 검토가 필요하다고 생각된다.

의 정상적인 상황을 묘사한 것이라고 보고 있다. 그의 입장에 따르면 '칠월'은 여름의 절정이자, 승리의 상(像), 더 나아가 낙원으로의 진입을 의미한다. 요컨대 「청포도」는 낙원에서의 조화와 화평의 완미한 모습, 즉 자연 질서의 완전한 순환을 보여준다는 것이다.[248]

「청포도」는 조국광복이라는 시인의 염원을 형상화[249]하고 있지만, 시인이 내세우고 있는 화자는 일견 시인 자신과는 다른 인물처럼 보인다. 우선, 시인의 고향인 경북 안동에서 "청포도가 익어가는" 것은 가능하지만, 안동은 바다와 인접한 곳이 아니기 때문이다. 따라서 시인이 생활했던 고향은 '푸른 바다'나 '흰 돛 단 배'와는 무관한 곳이라고 할 수 있다. 하지만 화자는 7월이면 청포도가 익는 곳이 '내 고향'이 아닌 '내 고장'이라고 노래한다. 시의 문맥으로 볼 때, 고장은 고향과 유사한 의미를 지니는 것으로 읽혀지지만, 고향보다는 넓은 공간으로 이해하는 것이 바람직하다. 그렇다면 이 시의 공간적 배경이 되는 곳이 안동이 아닌 다른 곳이라고 추측해볼 수 있다. 그렇다면 그곳은 어디인가? 실재하는 공간인가? 아니면 상상속의 공간인가? 라는 질문이 제기될 수 있다. 이와 같은 질문이 중요한 이유는 이 시의 공간적 배경을 이해하는 것이 이 시의 의미를 파악하는 중요한 요소가 되기 때문이다.

이육사는 1937년에 요양 차 포항에 다녀간 이후 여러 차례 포항을 방문한다.[250] 당시 포항의 도구 일대에 일본인이 운영하는 삼륜포도

---

248) 홍신선, 「낙원의 회복과 속죄양 의식」, 『한국 현대작가 · 작품론』, 이우출판사, 1982, 95쪽.

249) 신석초는 '흰 돛단배'와 '청포를 입고 찾아오는 손님'이 '잃어버린 조국'과 '고국을 찾기 위해 투쟁하는 지사'로 보고 있다. 신석초의 견해를 따른다면, 「청포도」는 조국광복의 염원을 형상화한 작품으로 파악할 수 있다. 신석초, 「이육사의 인물」, 『이육사시문집』, 서문당, 1981, 225쪽.

250) 1937년 이후에도 이육사는 포항의 도구 앞바다를 몇 차례 방문한 적이 있다. 1942년에 기계리에 있는 이영우의 집에서 요양할 때와 그해 7월 경주 남산 자락의 옥룡암에 머물 때에도 더러 포항의 바다를 다

농장이 있었다.251) 이 농장은 일제말기 동양 최대의 포도밭으로 알려져 있는데, 1934년에는 농장 면적이 200정보(60만 평)에 달했다. 「청포도」의 공간적 배경이 되는 곳은 바다와 인접한 곳이며 7월이면 포도가 주렁주렁 맺히는 곳이다. 그렇다면 「청포도」의 배경이 되는 곳은 일제강점기에 삼륜포도농장이 있었던 지금의 영일군 일대라고 짐작해볼 수 있다.

이 작품이 발표된 1939년은 태평양전쟁 직전으로 일본의 식민지 통치 방법이 점점 가혹해지던 시기이다. 일본은 조선을 식민지화한 후 거의 모든 자원을 약탈함으로써 일본 자본주의 발전을 뒷받침했고 조선총독부의 예산도 철저히 조선인의 희생을 바탕으로 하여 편성되고 집행되었다. 침략전쟁의 수행에 있어서도 조선인의 희생을 일본인의 그것보다 더 강요했다.252) 이 시의 배경이 삼륜포도농장이었다고 한다면, 청포도가 주렁주렁 열리는 곳은 조선인의 노동력을 착취하고, 자국의 경제적 이익을 취했던 일본의 제국주의 지배를 상징적으로 나타내는 공간이고 할 수 있다.

정치·경제·사회적인 억압이 인간을 억누르는 시대에 인간은 현실과 반대되는 평화롭고 행복한 대안의 공간을 꿈꾸게 마련이다. 풍요롭고 평화스러운 삶을 꿈꾸는 「청포도」의 화자는 7월의 포도농장

녀간 것으로 알려져 있다.

251) 삼륜포도농원은 1914년 제1차 세계대전 발발로 일본이 유럽의 포도주를 수입하기 어려워지자, 조선총독이 삼륜농장 측에 포도재배를 권하게 된 것이 계기가 되어 만들어졌다. 삼륜농장 측은 1917년 10월에 경상북도 동해면 도구동 일대의 국유지를 불하받아 1918년 2월에 포도 생산을 시작했고 점차 포도주 양조에 착수했다. 1934년경 농장면적은 200정보에 달했으며 연간 한국인 인부 32,000명이 동원되어 포도농사를 지었다. 당시 삼륜포도농원에서 생산한 제품으로는 백포도주, 적포도주, 브랜디 등이 있다. 포도농장의 수확은 농민의 생활에 직접 이익을 주는 것이 못되고, 영일군 거주의 일본인 지주와 일부 한국인 지주에게 그 이익의 대부분이 돌아갔다. 영일군사 편찬 위원회, 『영일군사』, 영일군사 편찬위원회, 1990, 356쪽.

252) 강만길, 『한국현대사』, 창작과비평사, 1985, 5판, 112쪽.

에 포도가 가득 열려 있는 풍경을 상상하며 조국광복의 순간을 기다
린다. 이 시에서 푸른색과 흰색 색채어로 제시되는 다채로운 심상들
은 화자가 동경하는 이상향의 분위기를 조성하는 소재가 된다. 시적
화자가 꿈꾸는 것은 풍요롭고 평화로운 삶인데, 이는 조국광복과 분
리해서 생각하기는 어렵다. 시의 화자는 청포를 입은 손님이 찾아와
함께 청포도를 함께 따 먹을 순간을 기대한다. 그런데 그가 기다리는
'손님'은 경사가 있을 때 입는 청포를 입고 온다. 따라서 손님은 화자
가 개인적으로 기다리는 대상253)이면서, 동시에 민족적 염원인 조국
광복의 순간으로 그 의미가 확대될 수 있다.

　　까마득한 날에
　　하늘이 처음 열리고
　　어데 닭 우는 소리 들렸으랴

　　모든 山脈들이
　　바다를 戀慕해 휘달릴때도
　　참아 이곳을 犯하던 못하였으리라

　　끊임 없는 光陰을
　　부즈런한 季節이 피여선 지고
　　큰 江물이 비로소 길을 열었다

　　지금 눈 나리고
　　梅花香氣 홀로 아득하니
　　내 여기 가난한 노래의 씨를 뿌려라

---

253) 김경복은 평화롭고 풍요로운 사회주의가 완성된 곳으로 찾아오는 '고달픈 손님'이 그러한 사회를 일구
　　어 나가기 위해 풍찬노숙을 마다하지 않았던 혁명동지라고 본다. 김경복, 같은 글, 96쪽.

다시 千古의 뒤에
白馬타고 오는 超人이 있어
이 曠野에서 목놓아 부르게 하리라

—이육사, 「광야」254)

「광야」는 이육사의 유고로 이육사의 동생 이원조에 의해 1945년 『자유신문』에 소개된 시다.255) 연대미상의 시지만 1943년 무렵이 창작시기로 추정된다.256) 「청포도」에서도 마찬가지였지만, 이 시에도 관념적인 묘미가 깃든 시어를 발견할 수 있다. 이 작품의 의미를 이해하는 데 중요한 소재인 '매화향기'는 감각적인 시어라기보다는 관념을 전달하는 묘미가 깃든 시어에 해당한다.

'매화'는 고전시가에 자주 나타나며 지절을 상징하는 것으로 잘 알려져 있다. 눈 속의 매화 향기는 널리 알려진 것처럼 선비의 지조와 절개를 상징한다. 매화가 이런 의미를 담고 있는 것은 겨울을 견디고 꽃을 피우는 매화의 속성에서 비롯된다. 따라서 시인이 눈 속에 퍼지는 매화 향기를 표현한 것은 일본의 강압에 굴복하지 않는 민족정신의 발로라고 할 수 있다. 5연에서 "백마를 타고 온 초인"이 목 놓아 부르는 것은 4연에서 화자가 뿌린 '노래의 씨'와 관련이 있다. 초인이 부르는 노래는 화자가 뿌려놓은 '노래의 씨'가 싹을 틔워 완성된 것이다. 4연의 내용으로 볼 때 시적 화자가 부르는 노래는 '매화 향기'가 지닌 지절을 간직한 노래이며, 조국광복이 찾아올 날을 확신했던 이 시와 같은 것이라고 할 수 있다.

---

254) 李陸史, 『陸史詩集』, 서울출판사, 1946, 65-66쪽.

255) 박호영, 「이육사의 「광야」에 대한 실증적 접근」, 『한국시학연구』 5호, 2001, 93쪽.

256) 이동영, 「年譜」, 이원록, 같은 책, 244쪽.

이 작품의 해석에 있어서 가장 중요한 것은 '광야'가 지니는 의미다. '광야'의 표면적 의미는 '넓은 들판'이지만 이 시어는 보다 심층적인 의미를 담고 있다. 그 의미는 '매화 향기'나 '노래의 씨'와 마찬가지로 시에 내포된 시인의 의도를 전달하기 위한 상징이 된다. 산맥들이 바다를 향해 뻗어나갈 때에도 차마 '광야'를 범하지 못하였으니, 광야는 범상한 공간과는 다른 신성한 공간이라고 할 수 있다. 함부로 침범할 수 없는 신성한 땅은 결국 시인이 지켜나가려고 했던 민족적 공간을 암시한다. 그 장소가 지금은 비록 눈 내리는 겨울과 같은 시련의 시기를 맞고 있지만, 태고로부터 이어져 내려온 역사의 현장이자 회복해야 할 민족의 삶의 현장이기 때문에, 시인은 그 공간의 영원함에 의심을 품지 않았던 것이다.

이상화와 이육사의 시에 나타나는 민족의식의 사상적 배경은 단순하지 않다. 이상화의 시는 상징주의와 낭만주의의 영향이 두드러지지만 묵시적 이미지를 사용함으로써 자연과 민족의 항구성을 강조하기도 한다. 이육사의 시는 성리학적 소양에 바탕을 두고 있으며 낭만주의적 성향을 지니기도 한다. 이들은 사회주의에도 관심을 보였으며 특히 이육사는 사회주의운동에 적극 참여한다. 하지만 이상화의 시에는 민족주의적 성향이 사회주의적 요소를 압도하고 있고, 이육사의 시에는 사회주의사상이 명확하게 나타나지 않는다.

이상화와 이육사의 시에 공통적으로 나타나는 것은 일제강점의 불합리한 사회상에 대한 분명한 인식이다. 이들이 지닌 다양한 사상적 토대는 그들이 처한 일제강점의 현실에서 민족주의로 심화된다. 이 점은 작품 내에서 국가와 민족공동체라는 이데올로기적 공간에 대한 지향으로 나타난다. 이들의 시에서 일본 제국주의가 지배하는 폭압적 현실은 선과 악의 이원적 구도에서 악의 축을 담당하며, 비판과 혐오, 극복의 대상이 된다. 이상화와 이육사의 시에 나타난 비판의식과 저항의식은 개항을 기점으로 형성되고 전개되어온 반외세 민족주의의 성향을 잘 보여준다.

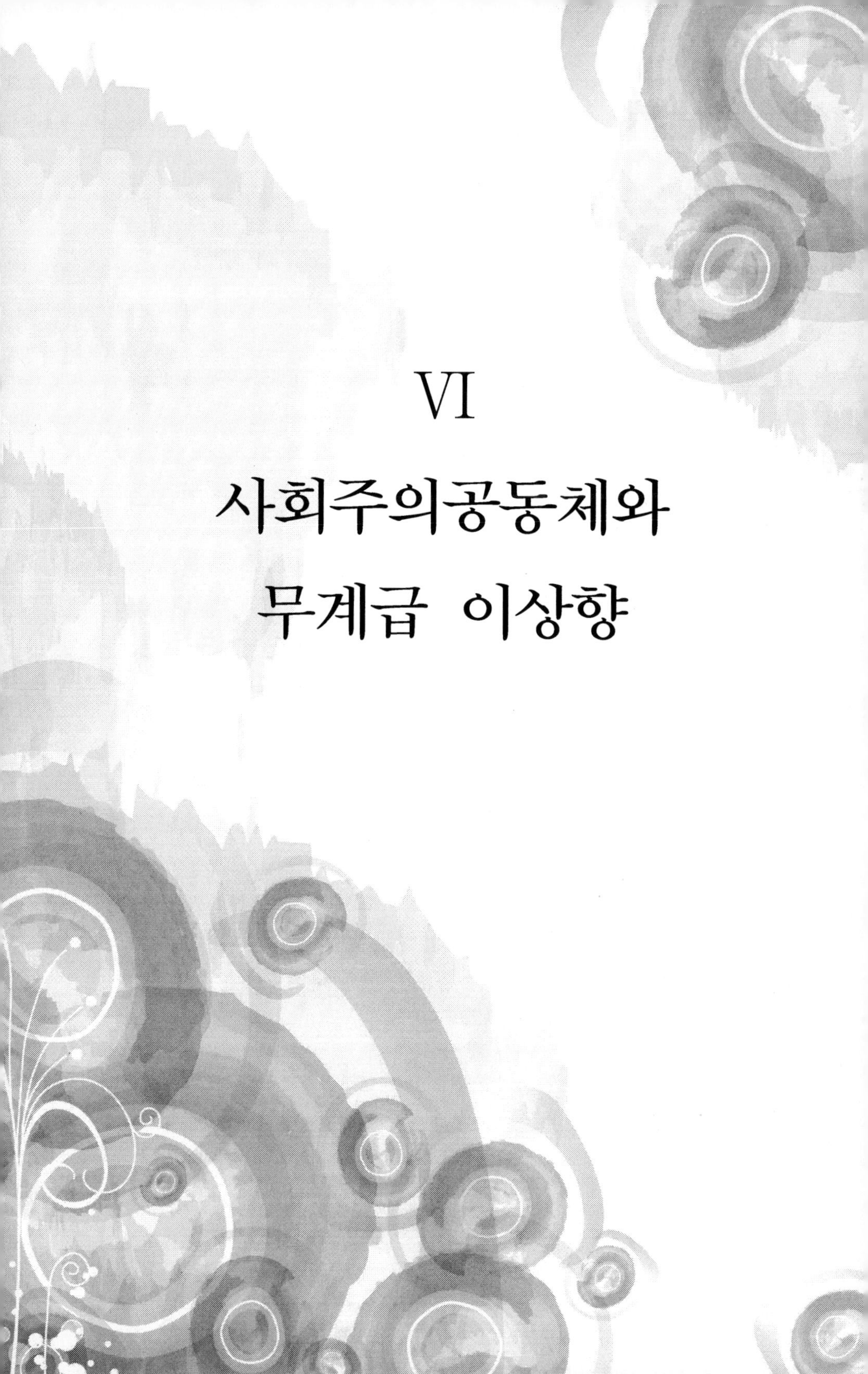

VI

사회주의공동체와 무계급 이상향

　1980년대 후반에 본격화된 프로시에 관한 논의 가운데에는 작품에 나타난 사실주의적 요소를 검토하는 것들이 많다. 이러한 연구는 작품의 미학적 완성도가 떨어지는 점을 지적하여 좌파시인들의 시가 한국현대시사에서 지니는 가치를 평가절하하기도 한다. 일제강점기와 해방기에 활동했던 좌파시인들의 시적 성취와 개별 작품의 가치를 정당하게 평가하기 위해서는 그들이 시를 통해 보여준 핵심적인 주제의식을 올바로 파악해야 할 필요가 있다. 시가 상상력을 바탕으로 형상화된 예술작품인 것은 틀림없는 사실이지만, 인간의 존엄성과 생존권이 위협받는 상황에서 시는 미학적 문제 이상의 것을 추구하기도 하기 때문이다. 따라서 일제강점기와 해방기에 활동했던 좌파시인의 시가 지니는 가치에 대한 평가와 시사적 의미 추출은 미학적 차원을 넘어서 이루어져야 할 필요가 있다고 생각된다.

　일제강점기와 해방기에 활동했던 좌파시인들은 사회주의공동체에 대한 전망을 제시했다. 그들은 기층민중의 생활상과 감정을 적나라하게 보여주며, 근대자본주의 사회에서 발생한 모순점들을 비판하고 고

발하였다. 좌파시인들은 프롤레타리아 혁명을 통해 이상적인 국가를 이룩하려는 변혁사상을 수용하고, 이를 바탕으로 시를 창작했다. 따라서 좌파시인들의 시에 나타난 핵심적 주제는 사회주의 지향으로 귀결된다. 일제강점기에 활동한 김형원과 유완희는 변혁사상을 바탕으로 사회주의공동체에 대한 지향을 보인다. 일제강점기 좌파시인의 시에 나타난 이와 같은 지향은 해방기에 활동한 김상민과 김상훈 등의 신진시인들에게 계승되며, 그들의 시에서 프롤레타리아공동체라는 보다 뚜렷한 이데올로기적 공간으로 나타난다.

1. 변혁의지와 사회주의공동체

1) 김형원의 생장의 공동체

일본 제국주의 지배하에서 무산계급 문제에 관심을 가졌던 염군사와 파스큘라에서 활동하던 심대섭, 박세영, 박영희, 김기진 등의 문학인들은 1924년에 KAPF(조선 프롤레타리아 예술가 동맹, 이하 카프)를 결성했다. 카프의 조직은 한국 문학사에서 계급문학의 본격적인 출범을 알리는 중요한 사건이었다. 카프 결성 후 해산에 이르기까지 김창술, 박아지, 박팔양, 유완희, 임화, 권환, 이찬 등의 시인들이 활동했고, 이들은 1920년대에서 1930년대에 이르기까지 한국시단의 한 축을 이끌어나가는 견인차 역할을 했다. 1935년 카프 해산과 함께 프로시운동은 10년가량의 공백기를 지닐 수밖에 없었지만, 일제강점기에 활동했던 프로시인들은, 해방 후 좌파문학 단체를 결성하는 밑거름이 되고, 해방과 함께 등장한 일군의 젊은 좌파시인들을 후원하는 역할을 한다.

　석송(石松) 김형원은 1920년 『개벽』에 시를 발표하면서 문단활동을 시작했다. 그는 중외일보와 동아일보에서 기자생활을 했고, 중앙일보, 조선일보의 편집국장을 지냈으며, 잡지 『생장』을 주재하기도 했다. 김형원은 파스큘라의 회원으로 경향성을 지닌 시를 다수 남겼다. 그의 작품 활동은 1920년에서 1925년 사이에 주로 『개벽』을 통해 이루어졌으며 100편이 넘는 시를 발표하는 왕성한 활동을 보였지만, 1925년 이후에는 시를 거의 발표하지 않는다.

　김형원의 시에 나타난 사상적 특성에 관해서는 소시민적 자유주의와 이상주의[257], 온건한 현실주의와 반급진주의[258] 아나키즘[259] 등의 몇 가지 견해가 있는데, 이를 종합해보면 김형원의 사상적 성향이 어느 정도 드러난다. 김형원의 시에는 사회주의사상이 나타나지만 이는 마르크스의 사상과는 무관한 것으로 보인다. 이 점은 그의 시에 나타나는 아나키즘적 성격을 통해서도 알 수 있지만 마르크스의 노선을 추구하는 카프에 가담하지 않은 점과 남한 정부 수립 후에 공보처 차장을 지냈다는 점을 통해서도 알 수 있다. 김형원은 자생적 경향시인이며 카프의 노선과는 다른 길을 걸었다. 그는 카프가 결성되기 이전부터 「무산자의 절규」, 「해빗못보는사람들」 등의 시를 발표하며 초창기의 경향시를 주도해 나갔다.

　　이곳은 시골농촌이다.
　　울타리도 업는 초가 몃집이,
　　밝아벗은 산비탈에 여기저기,

257) 김기진, 「朝鮮文學의 現在와 水準」, 『신동아』, 1933, 1월, 64쪽.
258) 김용직, 『한국근대시사 上』, 학연사, 1998, 410-411쪽.
259) 김경복, 「한국 아나키즘 시문학 연구」, 부산대 박사논문, 1998, 12쪽.

보기에도 쓸쓸한 농촌이다.

전가트면, 사내는 밧갈고,
아낙네는 질삼하야, 걱정업시,
단락(團樂)한 살님이 지어지든,
평화(平和)한 우리의 마을이지만.
주인(主人)이 한번 빗을 쓰게된 후로,
거듭하야 닥쳐오는 폭풍(暴風)이,
이 마을을 쪄나기 실혀하야,
지금에 이꼴을 이룬 것이다.

—김형원, 「시골」260)

「시골」은 김형원 자신이 주재했던 잡지 『생장』 1925년 2월호에 발표된 시로 1922년에 발표한 바 있는 「우리 마을」처럼 궁핍한 마을의 풍경을 그려내고 있다. 이 시의 공간적 배경은 초가 몇 채가 산비탈에 흩어져 있는 시골 농촌이다. 하지만 이곳이 처음부터 황폐했던 것은 아니다. 2연에서는 농촌의 과거 모습이 드러난다. 그곳은, 사내는 밭을 갈고 아낙은 길쌈을 하며, 사람들이 걱정 없이 살던 평화로운 마을이었다. 그러나 주인이 빚을 쓰게 된 후로, 마을은 고난이 맞이했고, 마침내 황폐한 곳으로 변하고 만다.

이 시는 일본 제국주의에 의해 식민지적 근대화를 맞게 된 1920년대 한국 농촌의 피폐한 모습을 잘 그려내고 있다. 화자는 과거의 농촌이 행복하고 평화로운 공동체였지만, 현재의 농촌은 울타리도 없는 초가들이 벌거벗은 산비탈 여기저기 흩어져 있는 황폐한 곳이라고 노래한다. 피폐한 농촌의 현재 모습을 먼저 제시하는 시인의 내면에

---

260) 『생장』, 1925, 2월호.

는 일제의 식민지 정책에 대한 비판정신이 깃들어 있다. 그러나 이 시에는 단지 현실사회에 대한 비판만 나타나는 것이 아니다. 이 시에는 과거에 존재했던 소박하고 평화로운 공동체를 제시함으로써 마땅히 있어야 할 이상향을 갈망하는 정신적 지향도 담겨 있다.

김형원이 꿈꾸는 이상향은 위의 시에서 나타나는 것처럼 과거에만 위치하는 것은 아니다. 그는 앞으로 건설해야 할 미래의 이상향을 노래하기도 했다. 「生長讚美」는 김형원이 꿈꾸었던 미래의 이상향이 어떤 곳인지 보여주는 작품이다.

그러나 동무야 나의 동무들아!
오기도 가치오고 놀기도 갓치하고.
가기도 쏘한 가치할 동무들아!
우리의 가는 곳은 果然어듸인가?

歷史의 册張속인가 虛無의 어둔房인가.
아니다, 우리의 도라가는 곳은
언제든지 生命의 곳이 滿開하는
모든 槪念이 한데 뭉처지는,
地上에서는 想像도 못할 樂園이다.

그곳에서야 비로소 우리는 永住할 것이다.
詐欺, 嫉妬, 謀害, 戰爭, 殺戮이 업는,
가장 平和한 社會는 그곳에 비로소,
우리의 손으로 세워질 것이다.

아! 동무야 나의 동무들아!
그대들은 잔을 마시었는가, 生命의 잔을,
이제는 一齊히 이러나서 노래부르자

생의 讚美! 오 生長의 讚美!

―김형원, 「生長讚美」261) 부분

이 시가 발표된 것은 김형원이 주재한 잡지인 『생장』 1925년 1월 호이지만, 시의 마지막 부분에 1924년 1월 15일에 창작한 것이라는 부기가 있다. 인용한 부분에서 분명하게 드러나는 것처럼 시인이 꿈꾸는 이상향은 "언제든지 生命의 곷이 滿開하는, 地上에서는 想像도 못할 樂園"이다. 시인은 화자의 목소리를 빌어 그 낙원이 "사기, 질투, 모해, 전쟁, 살육이 없는, 가장 平和한 社會"이며 "우리의 손"으로 세워질 곳이라고 이야기한다. 그가 꿈꾸는 이상향은 "나의 동무들"과 함께 만드는 것인데, 이 동무들은 그가 「무산자의 절규」에서 노래했던 '무산자'들로 "공산주의자/민주주의자"도 아니며, 오직 "미래에 합리한 생활"을 요구하는 사람들이다. 이와 같은 내용은 "특정 이데올로기를 포함해서 일체의 기성화된 논리를 거부하는"262) 김형원 시의 아나키즘적 성향을 잘 보여주는 것이라 할 수 있다.

시적 화자는 자신의 동무들에게 낙원의 건설을 위해 "생명의 잔"을 마시고, 일제히 일어나 "생장의 찬미"를 노래 부르자고 소리친다. 그러나 시에 표현된 것처럼 낙원은 단순히 잔을 들고 노래를 부르는 것으로 만들어질 수는 없다. 그렇다면 김형원은 어떻게 하면 화자와 그의 동무들이 이상향을 건설할 수 있을 것이라고 생각했을까? 김형원이 꿈꾸는 이상향 건설의 방법은 그의 시에 빈번히 나타나는 시어 '생장'을 통해 짐작해 볼 수 있다. '생장'은 김형원이 즐겨 사용한 시

---

261) 김형원, 『金炯元 詩集』, 삼희사, 1979, 243-244쪽.
262) 유성호, 「석송 김형원론」, 『연세어문학』 33집, 1991, 126쪽.

어였으며, 그가 주재한 잡지의 이름이기도 했다. 따라서 김형원에게 '생장'은 아주 특별한 의미를 지니는 개념이 된다. 그의 시에서 '생장'이라는 말이 지닌 의미를 찾을 수 있는 것은 『개벽』 1923년 11월호에 발표된 「큰물 뒤에」이다.

> 물아 흘러가거라 솔아누어잇거라,
> 언덕아 쉬지말고 문허지라,
> 사람아 두려워할 것은 아니다,
> 革命은 生長의 代名詞이다.
>
> —김형원, 「큰물뒤에」[263] 부분

전체 3연으로 이루어진 이 작품은 소나무, 냇물, 아침 해가 '나'에게 이야기하는 방식으로 전개되고 있다. 소나무는 "급한 물결은 언덕을 문흐고, 문허지는 언덕은 나를 뉘었소"라고 이야기한다. 냇물은 "한결가티, 아래로 아래로 흘러나려가는" 자신의 발은 "사람들이 말하는 혁명"이라고 이야기한다. 생장의 의미는 3연에 나타난 아침 해의 이야기를 통해 분명해진다. 아침 해는 바람을 사자로 보내어 물과 솔, 그리고 언덕에게 "물아 흘러가거라 솔아 누어잇거라,/언덕아 쉬지 말고 문허지라"고 명령을 내린 후, '나'에게 "사람아 두려워할 것은 아니다,/革命은 生長의 대명사이다"라는 말을 건넨다. 아침 해의 이야기를 통해 생장이 '혁명'을 의미한다는 점은 분명해진다.

그렇다면 김형원이 자신의 작품과 잡지의 제호를 통해서 강조했던 것이 무엇인지 밝혀진다. 김형원은 '생장'이라는 시어를 통해 혁명의 필요성을 역설했다. '생장'이 곧 혁명이라는 표현은 시인이 꿈꾸는 사

---

263) 김형원, 같은 책, 1979, 219쪽.

회가 개선이 아닌 변혁을 통해서 이루어질 수 있는 것임을 알려주는 것이다. 그런데 김형원이 꿈꾸는 이상향은 대부분 매우 추상적으로 진술된다. 이러한 점은 그의 문예론에서도 나타난다.

> 이제 '데모크래시'의 意味에 對하여 좀더 具體的으로 말한다면, '데모크래시'는 靈肉合一, 萬有平等이 同時에 彼我가 一體요, 古今이 亦同하여 이곳에는 時間과 空間의 制限도 없고, 個體와 全體의 區別도 없고, 幽顯과 生死의 等分도 업시, 오직 永遠히 써지지 아니하는 거룩한 光明이 반짝일 쑨이다. '데모크레시'는 太陽이다. 宇宙의 구석구석에 그 光明을 고루고루 비추어 줄 뿐이오, 아무 差別的 意味는 가지지 못한다. '데모크래시'는 絶對의 抱擁이다. 美醜도 不計하고 善惡도 不關하고 모두 한결같이 抱擁한다. 마치 어버이의 사랑과같이.264)

인용한 글은 김형원의 문예론인 「民主文藝小論」이다. 이 글에서 그는 '데모크레시'의 의미를 강조하는데, 이는 앞의 시에 나타난 '혁명'과 같은 의미를 담고 있는 것으로 보인다. 데모크레시는 너와 내가 하나가 되는 세계, 개체와 전체의 구분도 없고 영원히 꺼지지 않는 광명이 반짝이는 평등한 세계를 만드는 추진력이 된다. 데모크레시는 태양과 같이 우주의 구석구석에 광명을 차별 없이 골고루 비추어 주는 절대적 포용이며 어버이의 사랑과 같은 것이다. 김형원이 이와 같이 혁명의 필요성을 역설하는 것은 당대의 민중들이 겪는 불평등, 부자유, 양극화 등을 해소해야 한다는 신념에서 비롯된 것으로 볼 수 있다. 하지만 그가 혁명을 통해 건설하려는 이상향은 매우 막연하고 추상적이다. 이는 그가 마르크스주의와 같이 확실한 방향성을 지닌 정치적 이데올로기를 내면화하고 있지 않았기 때문이라고 생각해볼

---

264) 김석송, 「民主文藝小論」, 『生長』5호, 1925, 5월, 59-60쪽.

수 있다. 이와 같은 점 때문에 김형원의 시는 다소 획일적 성향을 보이는 카프 계열의 좌파 시와 변별성을 지니게 된다.

혁명을 암시하는 표현은 「白骨의 亂舞」(『생장』 1925, 1월호)에도 나타난다. 이 시에서 시인은 "밤아-무서운 밤이 아모리 길다 하여도/마츰내 새일 째는 올것이다"라는 신념을 드러낸다. '새일 째'는 국권을 상실한 '밤'이나 '백골의 세상'과 반대되는 시간이다. 여기서 '밤'과 '백골의 세상'은 일제강점기의 시대현실과 기층민중이 착취를 당하는 사회현실을 의미하는 것은 재론의 여지가 없다. '밤'은 「生長讚美」에 표현된 사기, 질투, 모해, 전쟁, 살육을 낳는 시대이며, '새일 째'는 "地上에서는 想像도 못할 樂園"이 펼쳐지는 시대로 이해할 수 있다. 하지만 김형원이 꿈꾸는, 혁명을 통해 이룩되는 사회의 구체적인 면모를 떠올리기는 쉽지 않다. 이는 그의 시가 아나키즘의 혁명사상에 토대를 두고 있기는 하지만 그것을 매우 추상적으로 이해하고 있었다는 점을 보여주는 것이라고 할 수 있다.

김형원이 꿈꾸는 이상향은 일제강점하의 민족문제와 무관하지는 않지만 계급의 문제가 더욱 강조된다. 이는 김형원의 시에 나타나는 평등의 지향, 기득권층에 대한 반발심과 혐오감, 그리고 혁명의 필요성에 대한 역설을 통해 짐작해볼 수 있다. 하지만 김형원은 자신이 꿈꾸는 미래의 이상향인 '생명의 잔이 넘치는 생장의 사회'를 작품 내에서 구체적인 공간으로 형상화하지는 못했다. 김형원이 꿈꾸는 이상향은 무산계층이 행복한 삶을 누릴 수 있는 사회주의공동체라고 할 수 있지만, 그는 유토피아적 의식을 표출하는 데 그치고 있을 뿐 이상향 건설을 위한 구체적인 방향을 제시하지는 못한다. 이 점은 김형원 시의 한계로 지적할 수 있을 것이다. 김형원은 1920년대의 식민

지 상황에서 그가 꿈꾸었던 대안 사회의 모습을 상세하게 형상화해
낼 여력이 없었던 것으로 보인다.265)

2) 유완희의 신생의 공동체

김형원이 사회주의 공동체 이상향을 막연하게 제시한 데 그쳤다면,
유완희는 사회주의 건설을 위한 투쟁을 형상화했다. 유완희266)는 카
프가 설립되자 카프와 긴밀한 관계를 유지하며, 계급적 성격이 뚜렷한
작품을 본격적으로 창작하기 시작했다. 1934년 카프 2차 검거 무렵까
지 주로 『개벽』, 『조선지광』, 『조선일보』 등의 매체에 적구(赤駒)라는
필명으로 시, 소설, 평론, 수필 등을 발표하는 한편 세계 각국의 프로
시를 번역·소개하였다. 유완희는 1920년대에 이상화, 박팔양, 김창술
등과 함께 대표적인 프롤레타리아 시인으로 평가받았다. 북한의 1920
년대의 시문학사에서도 유완희는 무척 높이 평가되고 있다. 그의 시는

---

265) 마르크스에 따르면 프롤레타리아 독재 이전의 사회에는 근대적 자본주의체제가 존재해야 하는데,
1920–1930년대의 조선사회는 봉건국가 체제에서 제국주의 지배에 의해 파행적 근대를 맞이하는 단계
에 해당했다. 일본의 식민지배라는 특수성을 고려한다면, 비록 부분적으로 당대의 사회가 시장경제 체
제를 지향한다고 해도 그것은 결국 일본 제국주의 지배라는 또 다른 봉건적 체제 안에서 이루어진 것이
라고 할 수 있다. 일본 제국주의의 식민지배는 가진 것 없는 기층 민중들의 삶을 억누르는 구한말의 봉
건적 왕정보다 더했으면 더했지 나을 바가 없었던 것이었다. 이렇게 볼 때 당대의 민중들은 진정한 의
미에서 근대적 자본주의를 경험해보지 못했다고 할 수 있다. 이 점은 김형원이 이상적 사회의 모습을
작품 내에서 구체적으로 형상화 해내지 못했던 이유라고 할 수 있다.

266) 유완희는 1901년에 경기도 용인군 내사면에서 태어났다. 1920년에 경성고보를 졸업하고 1923년 경성
법학전문학교 본과를 졸업했다. 같은 해 『현대조선시인선집』에 시를 발표하면서 창작 활동을 시작했다.
유완희는 1923년부터 1936년까지 경성일보, 동아일보, 중외일보, 조선일보, 조선중앙일보 등에서 기자
생활을 했고, 해방 이후에는 고향으로 내려가 교편을 잡았다. 1955년부터 이듬해까지 서울신문사 편집
국장과 세계일보 논설위원으로 잠시 일한 바 있다. 1937년에 시집을 출간한 것으로 추정되지만 오늘날
전해지지 않는다. 유완희는 태동기 프로시단의 선구적 시인 가운데 한 명이지만 1930년대에 긴장이 다
소 떨어지는 작품을 선보이다가 한국 시사에서 잊힌 인물이다. 그의 시에 나타난 계급적 성향 때문에 한
국전쟁 때 월북한 것으로 오해받기도 했지만, 사실은 1964년 2월 고향인 경기도 용인에서 사망했다. 유
완희는 1988년에 이루어진 납·월북 문인해금조치 이후에도 다른 시인들에 비해 상대적으로 조명을 받
지 못했다. 정우택, 「적구 유완희의 생애와 시세계」, 『반교어문연구』 3호, 1991, 263–264쪽.

"1920년대의 노동운동, 농민운동의 투쟁현실을 일정하게 반영하였으며, 이 시기 프롤레타리아 시문학의 그 어느 작품들과도 구별되는 격동적인 서정과 대중을 투쟁으로 불러일으키는 선동성을 가지고 있다"[267]는 평가를 받았다. 하지만 유완희의 일부 시들은 추상적 양식화의 양상을 보이며 관념을 직설적으로 드러낸다. 따라서 수용자에게 전달되는 정서적 참여, 미적 효과가 크지 않다는 결점을 지니고 있기도 하다. 뿐만 아니라 그의 시 가운데는 자신이 잡지를 통해 번역 소개한 외국 시와 내용상 흡사한 것들도 있어 논란의 여지를 남기고 있다.

유완희는 김창술과 함께 "1920년대의 온갖 모순과 부조리에 가득 찼던 일제식민 통치에 대해 가열한 저항을 보여주었을 뿐 아니라, 노동자, 농민 등 기층민중의 비참한 삶을 계급의식의 관점에서 리얼하게 묘파한 선구적 프로시인"[268]이라는 평가를 받고 있다. 김재홍은 유완희 시를 비관적 현실인식과 서정성을 보여주는 시, 기층민중의 참상과 저항의식을 보여주는 시, 민중적 세계관과 혁명적 열정을 보여주는 시 등 세 가지 유형으로 정리[269]하고 있는데, 아래에 인용한 시는 그 가운데 두 번째 유형에 해당하는 것으로 기층민중인 농민의 참상과 그들의 저항의식을 잘 보여준다.

> 저녁볏이 건너ㅅ山을 기여올을 때
> 남편은 忿怒에 질닌 얼굴로
> 동네작인들과함께
> 작대를삿을고 南쪽 마을로달려가드니

---

267) 박종원 외, 『조선문학사 19세기 말~1925』, 평양과학백과사전출판사, 1980, 207쪽.
268) 김재홍, 『카프시인비평』, 서울대학교출판부, 1995, 2쪽.
269) 김재홍, 같은 책, 3-19쪽.

밤은三更이나지나서
달빛조차낡어가는이한밤에
屍體로變하야집으로도라온다

눈도감지못한채 들거지에언처서-
그러면앗가 막설거지를맛치고날째
째아닌총소리가 련겁허뒤ㅅ山을울이더니
그것이내남편의靈魂을모셔가는
애닯은永訣 초혼소래이던가보다

오냐 이놈!
한개의탄자로서 내남편을밧궈간 원수놈-
아모련들 가슴의매듭이풀닐줄아느냐!?
내목숨이 세상(世上)에멈으러잇는동안은

-유완희, 「犧牲者」270)

이 시는 유완희가 적구(赤駒)라는 필명으로 1926년 『개벽』 4월호에 발표한 것으로 소작쟁의가 빈번히 일어나던 1920년대의 시대적 상황을 파악해야 제대로 이해할 수 있는 작품이다. 소작쟁의는 식민지 농업정책에서 그 발단을 찾을 수 있다.

일본은 식민지 경제 체제를 확립하고 식민지배를 공고히 하기 위해 토지조사사업을 실시했다. 이 과정에서 신고주의를 채택함으로써 까다로운 규정대로 신고하지 못한 농민들의 토지는 국유지로 편입되어 총독부의 소유가 되었다. 토지조사사업은 일본의 식민통치를 위해 여러 가지 복합적인 효과를 가져다주었지만, 조선 농민에게는 큰 타격을 주었다. 토지조사사업으로 많은 농민들은 토지소유권을 잃었고,

---

270) 김성윤 엮음, 『카프 시전집 Ⅰ』, 시대평론, 1988, 154-155쪽.

조선에 침입한 일본인의 토지소유가 급격히 증가하게 되었다. 방대한 토지가 총독부와 동양척식회사, 일본인 개인 지주에게 넘어갔다는 사실은 그만큼 조선인이 토지를 상실했음을 뜻하며, 그것도 조선인 지주보다 자작농과 자소작농이 주로 토지약탈의 대상이 되었다는 것을 뜻한다. 토지를 빼앗긴 자작농과 자소작농은 소작농으로 전락하게 되고 높은 소작료 부담으로 인해 경제적 고통을 당하게 된다.271)

일제는 소작을 하는 농민들에게 높은 비율의 소작료를 걷었을 뿐 아니라, 조세, 신용, 농산물 강제수매체계 등의 방법을 통해 농민에 대한 수탈을 강화했다. 특히 일제의 산미증산계획은 농촌의 계급분화를 촉진시켰고, 이에 따라 영세한 소작농의 수가 증가하게 되었다. 1920년대에는 자작농과 자소작농이 감소했고, 지주와 소작농은 현저히 늘어났다.272)

지주에 대한 토지집중이 가속화되자, 몰락한 자작농과 자소작농의 대부분은 소작농으로 전락했다. 「犧牲者」는 소작지에 대한 농민의 경쟁과 소작인들의 소작료 부담이 갈수록 심해지는 현실을 보여준다. 이 시에서 화자의 남편은 지주의 부당한 착취에 분노하여 동네 소작인들과 함께 남쪽마을로 몰려갔지만, 총을 맞고 한밤중에 시체가 되어 돌아온다. 화자는 목숨이 붙어 있는 한 가슴의 매듭을 풀 수 없다고 하며, 남편을 죽음으로 몰아간 원수에 대한 증오의 감정을 토로한다. 이 시에 드러난 소작인들의 저항과 죽음은 "나라를 빼앗기고 생존권마저 약탈당하는 당대 민중들의 참상을 예리하게 반영한 것"273)이라고 하겠다. 이 시에서 화자의 남편이 보여준 행동과 화자의 발화

---

271) 강만길, 『한국현대사』, 창작과비평, 1985, 5판, 90–93쪽.
272) 한국민중사연구회 편, 『한국민중사 Ⅱ』, 풀빛, 1986, 157쪽.
273) 김재홍, 같은 책, 11쪽.

를 통해 드러나는 저항의식은 일본 제국주의와 유산계급의 약탈에 대한 당대 기층민의 분노를 표출한 것이라 할 수 있다.

따라서 이 시는 사회주의공동체를 건설하기 위해 거쳐야 할 단계인 프롤레타리아 혁명의 가능성을 암시하고 있는 것으로 볼 수 있다. 그런데 대부분의 카프시가 그러하듯, 이 시도 단순히 계급 없는 사회에 대한 지향만을 보여주는 것이 아니다. 카프시는 일제가 지배하는 당대의 사회적 모순을 강하게 비판하고, 일제의 지배에 대한 저항적 태도를 분명히 함으로써, 암울한 시대에 문학이 담당해야 할 임무를 충실히 이행하고 있었기 때문이다.

유완희의 시에 드러나는 특징의 하나는 민중지향성 또는 미래지향성을 형상화하는 것이다. 물론 여기에서 민중이란 시민성의 의미보다는 계급성의 의미를 지닌다.274) 「민중의 행렬」에서 "영양에 주리어 창백한 얼굴"을 한 민중은 착취와 수탈에 시달리는 피압박자이지만, 그들은 부당한 사회현실을 개혁하고자 힘차게 전진하는 역사의 주체이다. 유완희 시에 나타나는 무산계급 인물들은 하나같이 부조리한 현실에 굴복하지 않는 인물들이며 강한 열정과 혁명적 의지를 지니고 있다. 따라서 유완희의 시에 등장하는 민중들은 공산주의적 인간이라고 할 수 있다. 공산주의적 인간은 "자기실현에 적극적이며, 공장의 획일적 규율에 복종하는 인간이 아니라 프롤레타리아트 전체의 공통된 이해관계를 내세우고 고수하는 반항적 존재들"275)이다.

---

274) 김재홍, 같은 책, 16쪽.

275) 박정호, 「유토피아로서의 마르크스주의」, 『시대와 철학』, 2002, 124쪽.

행렬! 프로레타리아의 행렬!
가정에서 전원에서 공장에서 또 학교에서
街頭로 가두로 흘러져 나온다
영양에 주리어 창백한 얼굴-그러나 열에 띠인 걸음걸이
그들은 그들의 뛰노는 심장의 고동을 듣는 듯하다

비웃느냐? ××× 무리들
-그늘에 자라날 享樂의 날이 아직도 멀었다고
그러나 그 걸음걸이를 보라! 대지를 울리고 新生으로 신생으로 달음질하
는 그 걸음걸이를

그들은 이제는 너에의 覺醒을 더 바라지도 않는다
-赤道가 북으로 기울어지기를-사실 이외에 더 큰 힘이 있기를-바라지 않는다
다만 힘으로써 힘을 이기고 힘으로써 힘을 얻으려 할 따름이다
그곳에 새롭은 世紀가 창조 되고 ××××××를 맛볼 수 있으리니-

비켜라! ××들!
그들의 행렬을 더럽히지 말라! 굳세게 전진하는 그들의 앞길을

행렬! 프로레타리아의 행렬!
가정에서 전원에서 공장에서 또 학교에서
가두로 가두로 흘러져 나온다
하늘에는 눈보라 감돌아오르고 땅에는 모진바람 휩쓸어드는데
-돼지 무리가 살가지 웃음웃고……
-유완희, 「민중의 행렬」²⁷⁶⁾ 부분

제목에서 알 수 있는 것처럼 이 시는 민중의 시위행렬을 형상화하
고 있다. 박팔양의 회상에 따르면 학창시절에 "문학에 대한 지향과

---

276) 김성윤 엮음, 같은 책, 264-265쪽.

가난하고 학대받는 사람들에 대한 뜨거운 옹호의 정신이 자신과 유완희를 밀접하게 접근시켜 주었다"[277]고 한다. 이 진술은 유완희가 카프에 가담하기 전부터 가난하고 무력한 사람들에게 관심을 지니고 있었다는 점을 보여준다. 유완희가 법학전문학교에 들어간 것도 그의 관심이 어디에 있었는지를 보여준다고 하겠다.

가정과 전원, 공장과 학교에서 거리로 쏟아져 나오는 인물들은 프롤레타리아들이다. 그들이 거리로 쏟아져 나온 이유는 힘으로 자신들이 당면한 부당한 현실을 뜯어고치기 위해서다. 그들은 목표를 이루기 위해 "영양에 주려 창백한 얼굴"을 한 채 가두(街頭)로 쏟아져 나온다. 그런데, 이 시에서 한 가지 짚고 넘어가야 할 점은 공장에서 쏟아져 나온 군중들이 도대체 무슨 이유로 시위 행렬에 참가한 것이고 그들의 시위는 누구를 들으라고 하는 것인가?라는 점이다. 공장에서 가두로 흘러나온 무산계급 대중들은 자본가들의 착취에 분노하여 시위행렬에 참가한 것으로 보인다. 그런데 1920년대 조선의 공업은 상당부분 일본자본의 주도하에 이루어지고 있었다.[278] 그렇다면 이 시에 형상화된 공장노동자들의 시위는 계급적인 성격뿐만 아니라, 민족주의적인 성격도 지니고 있었던 것으로 볼 수 있다.

이 시에서 적도(赤道)의 의미를 파악하는 것은 그리 어렵지 않다.

---

277) 박팔양, 「시인 유완희에 대한 회상」, 『청년문학』, 1958. 4. 64쪽.

278) 식민지 시대 초기에 조선에서의 일본인의 공업 경영은 영세한 편이었지만, 제1차 세계대전의 전쟁경기를 통해 일본의 독점자본은 급성장했고 조선에 침입할 만한 조건들도 갖추어져 갔다. 1920년 조선총독부의 회사령 철폐 이후 조선의 공업계에 일본 재벌의 침입이 본격화되어 일본 자본은 화학공업, 전기공업, 섬유공업, 광업, 철도업 등에 광범위하게 침투한다. 따라서 1920년대 조선인 공업회사와 일본인 공업회사 사이의 격차는 더욱 벌어지게 된다. 1920년대에 들어 조선인 경영의 공업이 성장하지 못한 이유는 일본의 정책적 억압에 있었지만 이 밖에도 조선에서의 대외무역을 일본인이 독점하고 있었던 점, 국내 유통과정에서도 일본자본이 결정적으로 우세한 위치에 있었던 점, 공업 발전의 기초적 시설 역시 일본의 지배당국이 독점하고 있었던 점을 들 수 있다. 강만길, 같은 책, 114~119쪽.

우리 나라 우리 손에 달라고
독립만세 악쓰든 소리 소리
지진이 일어 고막이 찢어진다

총알 불뿜는 비린 마당에
꽃밭보다 찬란한 투쟁의 동산에
학생들 비라 나르고
농민과 노동자와 지식청년과
오오 나라를 사랑하는 인민의 아우성
義에 맺힌 마음들 벌떼보다 독했다

悲壯히 넘어저 흙에 묻힌 先輩
자랑스럽다 그데들의 위대 함이어
그날의 보람 있었으니 스물여덟해 뒤에
끼친 흔적이 행여
뒷 사람의 골수에서 지워지랴

해방과 함께 처음 맞는 오늘
원통히 간 혼을 생각하며
그데들의 모자란 무적과 의식과
강한 조직 굳센 힘으로 하여금
평화와 자유의 나라를 이룩 하리니
인민의 피로 젖은 이터
오로지 인민의 것이려니

－김상민, 「3・1」[284] 부분

　이 시는 김상민이 해방 후 처음 맞는 3・1절에 쓴 것이다. 작품의
앞부분은 1919년의 민중운동을 형상화하고 있는데, 시에 나타난 민중
운동의 주체는 학생, 농민, 노동자, 인민들이다. 화자는 "비장히 넘어

---

284) 상민, 『獄門이 열리든 날』, 新學社, 1948, 50−52쪽.

져 흙에 묻힌 선배"를 자랑스럽게 생각한다. 화자가 3·1운동에 참가한 사람들을 선배로 생각한다는 것은 그들의 정신을 계승하고 있다는 것을 의미한다. 이와 같은 생각은 해방 후의 상황이 3·1운동이 일어나던 때와 마찬가지라는 인식에서 비롯된 것이다. "뒷사람의 골수에서 지워지지 않는" 그들의 흔적은 화자로 하여금 작품의 마지막 부분에 나타나는 "평화와 자유의 나라"를 이룩하겠다는 유토피아적 의식을 가지게 한다.

이 시에는 이상적 국가 건설을 꿈꾸는 시인의 염원이 나타난다. 그가 꿈꾸는 "평화와 자유의 나라"가 구체적으로 어떤 곳인지 세부적인 사항은 나타나 있지 않지만, 화자는 그 나라가 "인민의 나라"일 것이라고 이야기한다. 이러한 발화는 시인이 꿈꾸는 나라 역시 피억압 계층이 주인이 되는 프롤레타리아 국가라는 것을 알려준다. 노동자가 국가의 주인이 되어야 한다는 생각은 그의 다른 시에서도 나타난다.

근로자의 캄캄한 길우에
횃불을 우려주는 초하룻날
상기한 눈동자들을 향한
갤을 국여든 손짓과 손짓이
다시 고단한 心臟을 불러 이르킨다

(중략)

自由여
영원히 傳說 속에서만
활개 치며 나르느냐
凍結된 地下室을 벗어나와
초라한 집웅마다 기폭을 달자

薰風 펄펄 나부끼게

멀리 딴 나라에도
유린당한 兄弟가 있어
山脈과 바다를 넘어
都市와 田園에 구비치는
우렁찬 喊聲이 들려온다

—김상민, 「오월」[285] 부분

이 시는 1947년 6월『협동』5호에 발표된 것으로, 노동자의 날을 배경으로 하고 있다. 5월 초하룻날은 "근로자의 캄캄한 길 위에/햇불을 올려주는" 날이다. 해방기에 남쪽에서 발표된 좌파 계열의 시에는 노동자들이 오랜 시간 힘든 노동에 시달린다는 표현이 적지 않게 나타난다. 노동은 노동자의 생계를 지탱하는 수단이지만, 오랜 시간을 일하지 않으면 그들의 생계는 보장받기 어렵다. 그들은 더 적은 시간을 일하고 현재 만큼의 임금을 받기를 원했겠지만, 노사관계에서 사측의 입장은 노동자와 다르다. 사용자들은 더 많은 이윤을 얻기 위해 노동자에게 가능한 적은 임금을 주려고 할 것이다. 이것은 노동 시간의 경우에도 마찬가지라고 할 수 있다.

열악한 근로조건을 개선하는 것은 해방기의 노동자들이 지녔던 보편적인 희망이었을 것이다. 이 시에서 노동자가 원하는 것은 합리적인 근로조건이라고 할 수 있다. 하지만 작품 내에 등장하는 노동자들은 정해진 노동시간에서 자유롭지 못할 뿐 아니라, 그들이 지닌 개개인의 힘으로는 근로환경을 개선하기 어려웠다. 그들이 자유를 쟁취하

---

285) 상민, 같은 책, 134-136쪽.

기 위해서는 단결된 힘이 필요했다. 이 시에서 그 힘은 "초라한 지붕마다" 달자고 하는 기폭으로 형상화되고 있다. 여기서 기폭은 해방기의 좌파 시에서 흔히 찾아볼 수 있는 붉은 깃발, 즉 프롤레타리아 국가의 표상이라는 사실을 알 수 있다.

그런데 이 작품에서 알 수 있는 것은 열악한 노동환경에 시달리는 노동자들이 "멀리 딴 나라"에도 있으며, 고용주에게 유린당한 그들의 목소리는 "산맥과 바다를 넘어/도시와 전원에 굽이치는 우렁찬 함성"으로 들려온다는 것이다. 이와 같은 시상의 전개과정을 고려해볼 때 이 시에 나타는 프롤레타리아 국가건설에 대한 화자의 염원은 전 세계적인 것으로 확대된다고 볼 수 있다.

해방기에 북쪽에서 창작된 좌파시인들의 시와 남쪽에서 창작된 좌파시인들의 시는 확연한 차이점을 보여준다. 북쪽에서 활동한 시인들의 작품이 토지개혁에 성공한 북쪽의 사회를 행복하고 기쁨이 가득한 공간으로 그리고 있다면, 남로당의 일원으로 남쪽에서 활동한 시인들은 자유와 평등, 풍요에 대한 지향, 그리고 여전히 개혁해야할 사회문제들을 시의 주제로 삼고 있다. 김상민의 작품들은 남쪽에서 활동한 좌파시인들의 이 같은 현실인식 태도를 잘 보여주고 있다고 하겠다. 같은 좌파 계열의 시라고 해도 남쪽과 북쪽에서 창작된 시가 상반된 내용을 지니는 것은, 이상향에 대한 지향을 보이는 시가 그 사회의 환경에 따라 얼마나 달라질 수 있는가를 잘 보여주는 예가 된다.

2) 김상훈의 프롤레타리아 국가

해방기에 두 권의 개인시집과 한 권의 공동 시집을 남기며 두각을

나타내었던 김상훈[286]은 프롤레타리아 국가 건설에 대한 강한 지향
을 보였던 시인이다. 김상훈은 중동학교 재학 중이던 1939년에 조선
일보에 처녀작 「석별」을 발표하면서 작품 활동을 시작한다. 1943년
말에는 징용으로 원산 철도공장에 끌려가 견습선반공으로 일하는데,
이때의 체험은 김상훈의 사상과 시작에 일대 분수령이 된다.[287] 그는
철도공장에서 노예처럼 일하는 노동자들의 비참한 현실에 통분을 느
낀다. "감독의 눈이 닿지 않는 곳에서 도둑잠을 자는 4월의 중식시간
은 밀감보다 달더라"고 노래한 「징용터에서」는 이 무렵 시인의 고뇌
를 담고 있다.

　1944년 징용터를 벗어난 김상훈은 김상민과 함께 발군산의 협동당
별동대로 들어가 항일무장투쟁에 참가한다. 이때 김상민이 항일시를
써서 대원들에게 낭독하는 것을 보고 감동을 받아 해방 후 항쟁시를
쓰게 된다. 1945년 발군산의 본거지가 발각되어 검거되지만 얼마 후
찾아온 해방으로 출옥한다. 김상훈은 학병동맹과 조선문학가동맹에
가입하여 활발한 활동을 벌이는 한편 유물사관에 바탕을 둔 잡지 『민
중조선』을 창간하고 이 잡지에 시를 발표하며 본격적인 창작활동을
시작한다. 1946년 10월 김상훈은 김광현, 유진오 등과 『전위시인집』

---

286) 김상훈은 1919년 경남 거창에서 태어나 백부에게 입양된다. 입양 사실을 알게 된 후 양자 콤플렉스에 젖
　　어 상당한 갈등을 겪으며 성장한다. 백부는 면내에서 알아주는 대농이었고, 생가는 가난한 소농이었는데
　　양부로부터 곧잘 생계 지원을 받아야 하는 생가의 허덕이는 살림이 김상훈의 마음에 걸렸던 것 같다. 보
　　통학교 졸업 후 서울 중동학교에 입학한 김상훈은 교사로 재직하던 시인 김광섭의 영향으로 시작을 시작
　　한다. 김상훈의 삶은 박태일 편, 『김상훈 시 전집』, 세종출판사, 2003의 연보를 주로 참고하였다. 이 외에
　　도 정영진, 「김상훈, 변신의 일생과 갈등의 시」, 한정호 엮음, 『김상훈 시 연구』, 세종출판사, 2003. 김신
　　정, 「김상훈 시의 시적 주체와 시인의 주관성에 관한 연구」, 『1930년대 문학 연구』, 평민사, 1993의 도
　　움을 받았다. 이하에서도 김상훈의 삶은 박태일이 작성한 연보와 정영진, 김신정의 글을 참고로 한다.
287) 1943년 3월말이 되자 조선총독부는 전쟁수행에 따른 근로동원과 학병징집정책을 밀고가기 위해 종전의
　　4학년 졸업제를 없애고 3학년 단축졸업제를 시행한다. 이 단축졸업제에 따라 연희전문학교 학생이던 김
　　상훈은 강제로 징집된다.

을 발간하면서 현실을 비판하는 '전위시인'으로 활약한다. 1947년 5월에 항쟁시가 수록된 『대열』을 발간하고 이 해 7월에는 '문화공작대'의 일원으로 강원도 지역을 순회한다. 1948년 10월에는 시집 『가족』을 발간한다.[288]

해방기에 발표된 김상훈의 항쟁시는 "유진오나 김상민에게는 찾아볼 수 없는 조용한 설득력"[289]을 지니고 있으며 어휘의 구사나 시적 형상화에 있어서 정교하게 다듬어져 있다. 이와 같은 점은 그의 한학 공부, 특히 『시경』공부와 관련이 있는 듯하다. 김상훈이 『시경』에서 받은 영향은 그가 발표한 시에도 나타나지만, 1947년 4월에 발표한 평론 「시경에서 보는 계급의식」에서도 확인할 수 있다. 시경에 반영되어 있는 노예제 사회와 봉건제 사회 속에 나타난 노예와 농노들의 불안, 고통, 울분, 반항 등을 고찰한 이 평론은 김상훈 시를 이해하는 데 큰 도움을 준다. 『시경』에서 받은 영향으로 인해 김상훈의 시는 계급적 성향과 함께 강한 설화성을 지닌다. 시에 나타난 설화적 요소는 독자에게 비교적 쉽게 전달되는 장점이 있다. 김상훈이 시를 통해 그려내고 있는 피지배 계급의 수난상 역시 이야기의 형식으로 제시되고 있기 때문에 큰 공감을 준다.

---

288) 한국전쟁기에 월북한 김상훈은 임화의 그늘 아래 『문학전선』편집인으로 근무하다가 1953년 8월 남로당 계열 문인 숙청 때 협동농장으로 추방된다. 1958년에 '문예총' 기관지 『조선문학』에 「전원시초」를 발표하면서 문단에 복귀한다. 1962년에 '고전문학편찬위원회'에 소속되어 『풍요선집』, 『력대시선집』의 고전을 한글로 번역하는 일을 한다. 1964년부터 10년간 김상훈의 행적은 알 수 없다. 그러다가 1973년 『조선문학』에 「흙」 등의 시를 발표하며 재기한다. 1980년 이후 시작은 멀리한 채 고전 번역사업에 종사하여 1983년에 『가요집』, 『한시집』, 『이규보작품집』을 발간하고, 1985년에는 편저 『한시집(1・2・3)』을 간행한다. 1987년 8월에 67세의 나이로 사망한다.

289) 정영진, 같은 글, 23쪽.

복사꽃이 필 무렵이면
오랑캐 진달래 개나리가 필 때면
부황난 할머니의 얼굴이
황토 벼랑에 파묻히고 만다.
솜털 같은 보리가 알들어 익을 때까지
몇 사람의 운명이 할머니를 따를지 모른다

집집마다 원망스런 하늘을 이고
원수가 복받는 땅이 꺼지기를 기다리는데
누구를 위하여 복사꽃은 피는 것일까
바람에 날리는 고운 잎잎이
굶주린 어린 것을 달래지 못할 바에야
무덤같이 황막한 마을에
무엇 때문에 철철이 봄은 닥쳐오는 것일까

이렇게 시들어가는 목숨들이
이렇게 허물어지는 마음이
복사꽃만 날리며 몸부림치는 봄철
어디서 야수는 이를 갈고
오늘도 채찍이 내리치는 소리
울음마저 가로막는 무서운 손들
뾯한 국토에 다시 피가 흐르는데
복사꽃만 날려 허트러지는
이 마을 사람들은 언제나 이길 것인가
미더운 깃발 아래 싸움을 배워
이 마을 사람들은 언제나 이길 것인가
—김상훈, 「복사꽃 피는 마을」[290]

---

290) 박태일 엮음, 『김상훈 시 전집』, 세종출판사, 2003, 42쪽. 시집에 수록되지 않은 시는 박태일이 엮은 『김상훈 시 전집』의 표기를 따른다.

실안개 걷히자
온 마을을
봄 해가 감싸고

울타리마다 노란 꽃이 피면
꿀벌들이 사납게
꽃심지를 무는데
구구구 비들기 울던 숲 밑에
석이와 분이는 나란히 앉아서
무언지 서로 속삭이고 싶어도
첫마디를 못 찾아
안타까워한다

금실은실
아지랑이 올라

뻐꾹새도 문득 울음 그치고
물오른 나무도 수렷이 머리 숙여
누구 입에서 첫말이 먼저 나오나
고요히 엿들으며 마음 조인다

지붕마다 복숭아꽃
허옇게 날아 앉는
조상 대대로 살아온 이 마을

아아 마을 어귀에
고리대 최지주만 살지 않는다면
마을 앞 신작로로
총 쥔 군용트럭만 안 온다면

꿈많은 젊은이의 사랑에 쌓여

이대로 고즈넉이 마을은 낙원이 되리

―김상훈, 「짓밟힌 고향아」291)

김상훈의 시 가운데에는 해방기의 사회 문제들을 형상화하는 것들이 많다. 1947년 10월 『민성』에 발표된 「복사꽃 피는 마을」은 열악한 농촌의 현실을 그려낸 작품이다. 작품의 시간적 배경은 복사꽃 피는 봄이지만 부황난 할머니는 굶주려 죽어서 황토벼랑에 파묻힌다. 보리가 익을 때까지 할머니와 같이 굶주려 죽을 사람이 얼마나 되는지 알 수 없기 때문에 봄이 와도 마을 사람들은 즐겁지 않다. 봄이 와도 "굶주린 어린 것을 달래지 못"하기 때문에 마을은 무덤과 같은 황막한 곳으로 그려진다. 농민들은 하늘을 원망하며 "원수가 복받는 땅"이 꺼지기를 기다리지만, 권력을 지닌 자의 "무서운 손"은 울음마저 가로막는다. 일제의 지배를 벗어나 행복한 낙원이 되어야 마땅한 "성(聖)한 국토"엔 일제강점기처럼 피가 흐른다. 가진 것 없는 사람들은 소수의 유산계급에게 언제나 당하기만 하는 것이다. 하지만 "이 마을 사람들은 언제나 이길 것인가"라는 표현에는 계급투쟁의식이 내포되어 있는 것으로 볼 수 있다. '미더운 깃발'과 '싸움'도 그와 같은 의식을 드러내는 것으로 볼 수 있다. '싸움'은 소수의 착취계급인 지주와 자본가에 대항하여 집단적인 힘을 보여주는 행위라고 할 수 있으며, 유산계급에 대한 시위나 투쟁, 더 나아가서는 사회주의 혁명을 의미한다고 볼 수도 있다.

「짓밟힌 고향아」에서 시인은 해방기의 양극화 문제와 미군정으로 인한 사회문제를 주제화하고 있다. 이 시에서 봄이 찾아온 마을은 낙

---

291) 박태일 엮음, 같은 책, 50-51쪽.

원과 같은 곳이지만 마을 사람들의 행복한 삶을 방해하는 요인이 있다. 고리대 최 지주와 마을 앞 신작로에 찾아오는 군용트럭이 그것이다. 최 지주는 소작인들 위에 군림하며 높은 소작료를 부과하여 마을 사람들을 착취하는 인물이며, 마을 앞 신작로에 찾아오는 군용트럭은 미군정과 새로운 제국주의적 질서를 상징하는 도구다. 이와 같은 상황에서 봄이 찾아와도 마을 구성원은 마냥 즐거워할 수 없다. 그래서 화자는 최 지주와 군용트럭만 없다면 석이와 분이의 사랑도 무르익을 것이고 "마을은 낙원"이 될 것이라고 노래한다.

> 小作爭議가 끝나지 않어
> 散髮한 볏단이 밭고랑에 누어있는 들길을
> 지처 쓰러진 이야기를 담고, 牛車바퀴가 게을리 굴러가고,
> 荒凉하다. 賤한 촌百姓이 사는 이 마을엔
> 어미가 子息을 헐벗겨 떨리고
> 삽살개 사람을 물어흔들고
> 金錢과 바꾸워진 딸자식을 잊으랴 애썼다.
> 日章旗가 太極旗로 變했어도
> 그것은 지친 그들에게 「萬歲」소리로 높이낼 負擔밖에
> 설익은 빵덩이 하나 던지주지 못했다.
>
> 北滿에서 떨다온 三돌아
> 어미 죽고, 기여들 집한間 없고
> 잊지못한 계집 가버리고
> 말해라 포근이 안아줄 어느것이 너의 祖國이냐?
> 싸늘하고 모진돌맹이, 주저앉을 땅마저 地熱이 식었구나
> 칼든 화적이 송아지를 몰아가고,
> 여호고개밑에서 殺人났던 이야기가
> 골안에 遑遑히 피묻은 말발굽처럼 도라다닌다.

(중략)

新作路나자 젊은것들 끌어가고
拓殖會社에 마지막 ⅢⅢ傳畓을 팔든날
일만하면 먹여주는 마름집 소八字가 부럽다고
石伊는 밤새워 울드니 이날도 亦是 소가부러운게다.
왜놈이 쫓겨만가면 제것이야 찾을줄 알었드니
한마지기 석섬이 더나는 이넓은들을 또 누가 차지하노!
먹이찾어 뿔뿔이 흐터지든 무리
빈주먹쥐고 거지되여 찾아들며 前生에 지은罪를 뉘우치고,
壬亂때부터 살아온 이마을이 三百年 동안 쉰집이 못찬다고
하라버지는 歎息하야 山禍라 일키르고,
病들어도 藥한첩 못써보고 죽이는 눈알이 까-만 어린것을
惶恐無地하야 산신에게만 빌었다.
朝鮮아 물어보자! 그대의아들 八割이 굶주리누나·
　　　　　　　　　　　　　　　　－김상훈, 「田園哀話」292) 부분

　　1946년 6월 『신천지』에 발표된 이 시는 김상훈의 시에 나타나는
특유의 설화식 전개와 구체적인 현실묘사를 통해 독자를 설득하는
힘을 지니고 있다. 열악한 농촌과 농민의 생활상을 그려내고 있는 이
시에서 소작쟁의가 끝나지 않는 농촌은 황량한 풍경으로 그려지고
있다. 화자는 광복이 되어 일장기가 태극기로 바뀌었지만 달라진 것
은 별로 없어서 민중의 팔 할이 굶주린다고 노래한다. 북만주로 이민
을 떠났던 삼돌이는 고향으로 돌아왔지만 어머니는 죽고, 사랑했던
사람은 가버리고, 들어가 살 집도 없어졌다. 이와 같은 상황에서 화자
는 "어느 것이 너의 조국이냐?"고 묻는다. 김상훈의 정치적 입장을

---

292) 김광현 외, 『前衛詩人集』, 노농사, 1946, 16-19쪽.

고려한다면 화자가 꿈꾸는 조국은 무산계급이 주체가 되는 프롤레타리아 국가를 가리키는 것이라 할 수 있다.

이 작품에서 김상훈이 화자의 목소리를 빌어 사회주의 체제를 옹호하고 남한 사회의 현실을 비판하는 것은 시가 발표되던 1946년에 있었던 북한의 토지개혁과 관련이 있는 듯하다. 북한이 토지개혁을 성공적으로 이루어 낸데 반해, 남한에서의 토지개혁은 지지부진했고, 그 결과 남쪽의 기층민중은 시에서 그려지고 있는 것처럼 심각한 경제적 궁핍을 경험하게 된다.293) 이 작품에 나타난 농촌 현실은 시인의 정치적 이데올로기에 의해 지나치게 열악하게 묘사되었다는 생각도 들지만, 당대 농촌의 궁핍한 생활상을 미루어 짐작하게 해준다.

시에서는 그려지는 농촌은 "칼든 화적이 송아지를 몰아가고", "여우고개 밑에서 살인 사건이 났다"는 이야기가 "피 묻은 말발굽처럼" 마을을 돌아다니는 재앙의 공간이다. 시의 등장인물인 석이 역시 광복이 되어 잃어버렸던 땅을 찾을 줄 알았는데, "한 마지기에 석 섬이 나는 넓은 땅"을 찾을 수 없는 상황에 절망하고 만다. 화자는 해방이 와도 달라진 것은 없는 상황에서 "포근히 안아줄 조국"이 필요하다고 노래하는데, 이 조국은 결국 무산계급의 생존권과 권익을 지켜주는 프롤레타리아 국가를 지시하는 것이라 하겠다.

김상훈 시의 상당수는 가난한 농민이나 노동자가 겪는 비참한 삶을 형상화하고 있는데, 위에서 살펴본 작품 외에도 「호롱불」, 「시민

---

293) 미군정은 1945년 9월과 10월에 군정법령을 통해 동양척식회사가 소유했던 재산과 일본인 법인 재산을 일단 군정청의 소유로 하고 그것을 관리하기 위해 신한공사를 설립한다. 그리고 일제강점기의 반수제가 넘었던 소작료를 3·1제로 바꿈으로써 토지문제에 일정한 변화를 가져왔다. 하지만 군정은 토지에 관해 그 이상의 개혁적 조처를 단행할 계획을 가지고 있지 않았다. 그러나 이미 남한에서는 토지제도의 전면적인 개혁을 단행하지 않으면 안 될 조건들이 성숙해가고 있었다. 이 점은 1945년 말 약 2백만 호의 농가호수 중 자작농가가 13.8퍼센트에 지나지 않는데 반해 자소작 농가가 34.6퍼센트, 소작농가가 48.9퍼센트나 되었던 당시 농촌의 농업 실태를 통해 알 수 있다. 강만길, 같은 책, 222~223쪽.

의 집들」, 「소」, 「노동자」와 같은 작품이 이와 같은 점을 잘 보여준
다.294) 김상훈은 억압받는 기층민의 삶을 보여주는 데 그치지 않고,
계급해방을 위한 실천적 행동을 형상화하는 데도 주력한다.

  우리 共和國을 妨害한
  奸惡한 부르조아야 거기 있거라
  倭賊의개 이제 또 누구에게 忠誠을 盟誓하고
  同族을쏘는 피묻은銃알을 얻느냐
  罪지은놈이 삭은 동아줄에 매달려
  墓穴에 떠러지는것을보면 한량없이 기쁘다

  示威를 하자! 行列에 旗를 세워라
  印刷工 旋盤工 실工場의 少女들
  붉은旗폭에 싸여 동무들 죽어가도
  목이 찢어지라 解放을 웨치면
  나의목숨이 횃불처럼타서 빛난다

—김상훈, 「나의 길」295) 부분

---

294) 「호롱불」에서 시인은 미군정에 빌붙은 이승만에 대한 불만을 토로하고 있다. 이 시는 도둑이 드는 일이
흔하고, 아이를 낳아도 먹여 살릴 자신이 없어 낙태를 하고, 암탉도 먹은 것이 없어서 알을 낳지 못하는
해방기의 세태를 그려낸다. 마을 노인들은 잠들면 악몽을 꿀까 두려워 집신을 팔아서라도 석유를 사와
밤새 호롱불을 밝힌다는 내용을 담고 있는 시다. 「노동자」는 옛날엔 양반이어서 기와집과 밭을 가지고
있었던 인물이 일제강점기와 해방기를 거치며 몰락하여 비참한 삶을 살아가는 모습을 보여준다. 소작을
떼이고 살던 곳을 떠나 공장 노동자가 된 후, 발이 상하고, 폐에 진물이 나고, 염통에 피가 나도 열두 시
간 동안 노동에 시달려야 하는 인물의 처참한 삶을 그려내고 있다. 「소」에서 김상훈은 지주가 들에 가득
한 보리를 앗아간 농가에서 가장 굶주린 가족이 소라고 노래한다. 소는 낡은 것을 박아 넘길 날카로운
뿔을 가졌지만 주인처럼 순하기 때문에 뼈가 부러지도록 일만 한다. 소는 농부의 편이기 때문에 뻔히 알
면서 백 번이라도 속는 농부들처럼 피 흘리며 슬피 울기만 한다. 소는 근로하는 인민이 벌을 받는 땅에
서 그들의 주인처럼 벌을 받는 것으로 형상화되어 있다. 이처럼 이 시에서 시인은 소와 농민의 처지를
동일한 것으로 그려내고 있다. 「시민의 집들」은 해방기 도시의 세태를 잘 보여주는 작품이다. "서울의
집집마다에는 담벼락에 유리쪽이 났다"는 표현은 도둑을 막기 위해 담벼락에 깨진 유리를 올려놓은 풍
경을 그려낸 것이다. 집들이 비좁게 들어섰지만 석류알처럼 아름답지 못한 이유는 "정조를 팔아 국이 끓
고 사람 죽인 쌀이 솥 안에 들어 있기" 때문이며, 굴뚝마다 이는 가느다란 연기가 피와 눈물을 태운 것
이기 때문이다. "테러단의 총소리"와 "테러를 막자"는 삐라는 해방기의 정치적 상황을 보여준다. 김상훈
의 정치적 입장을 고려한다면 테러단은 우익단체에서 조직한 것으로, "테러를 막자"는 삐라는 좌익단체
의 생각을 담고 있는 것이 된다.

295) 김상훈, 『隊列』, 白羽書林, 1947, 23쪽.

눈물 웃음 마구 뒤섞여
36년의 울분이 폭발하던 날
기차 전차 택시-화물차 위에
사람들이 곡식단처럼 열려서
만세 부르며 몰려다니던 날
그날 우리들의 새나라는 세워졌어야 했다
죄 지은 놈 당연히 벌을 받고
사래진 논밭을 얻은 농군들의 웃음 속에
일터와 자유를 얻은 노동자의 환희와
아들 딸의 손길 잡은 어머니의 자랑 속에
버젓이 세워질 우리들의 새나라는
어찌하여 굶주린 인민의 아우성과
인민의 용사들이 피에 젖었느냐
우리들의 8·15로 하여
찬란한 추억 속에서만 있게 하느냐

쓴 침을 삼키면서
안타까운 불평만을 되풀이할 때가 아니다
미쏘공위엔 돌팔매가 들고
민족의 영웅은 쓰러지지 않느냐
젖줄 잃고 피나게 우는 어린 것들을 위하여
학원 없는 동생과 실신한 아주머니와
눈감지 못한 채 죽어간 동무들을 위하여 어깨 맞대이고
우리들의 8·15를 함성에 젖게 하자

－김상훈, 「8·15의 노래」[296)

「나의 길」과 「8·15의 노래」는 혁명적 투지를 드러내거나, 투쟁의
식을 고취하는 작품에 해당한다. 「나의 길」에서 화자는 부르주아, 친
일파, 권력을 가진 자에 대해 야유를 퍼붓는다. 동족을 쏘는 피 묻은

---

296) 박태일 엮음, 같은 책, 39쪽.

총알을 얻은 "왜적의 개"는 "우리 공화국", 즉 프롤레타리아 국가 건설을 방해하는 훼방꾼이다. 그렇기 때문에 화자는 죄지은 자의 죽음이 한없이 기쁘다고 노래한다. 작품 내에서 나타나고 있는 것처럼 깃발을 세우고 시위에 나서는 인물들은 인쇄공, 선반공, 실공장 소녀들과 같은 공장 노동자들이다. 그들이 착취, 탄압에 맞서 목이 찢어지도록 해방을 외치는 부분에는 권력자와 부르주아 계층에 대한 투쟁의식이 잘 드러난다.

「8·15의 노래」는 1947년 8월 15일자 『독립신보』에 발표된 것으로 새나라 건설을 위해 힘을 합치자는 내용을 담고 있다. 시의 앞부분에서 화자는 해방이 되는 날 새나라가 세워졌어야 했다고 노래한다. 화자가 꿈꾸었던 새나라는, 죄지은 사람이 벌을 받고, 논밭을 얻은 농군들이 웃음 지을 수 있으며, 일터와 자유를 얻은 노동자들이 환희하는 나라이지만, 그가 살고 있는 나라는 그가 꿈꾸는 나라와 정반대다. 굶주린 인민은 아우성을 치고, 새나라 건설을 위해 싸우는 용사들은 피에 젖는다. 그렇다고 해서 불평만을 할 수는 없다. 미소공동위원회의 결정은 비판을 받고 '민족의 영웅'박헌영이 감금되었기 때문이다. 이와 같은 상황에서 시인이 필요하다고 생각하는 것은 8·15의 함성을 다시 한 번 울려퍼지게 하는 적극적인 투쟁의지이다.

항쟁의지를 고취하는 김상훈의 시는 이 밖에도 여러 편이 있다. "여덟 시간만 일하고 살고 어미랑 자식을 굶기지 말자"는 노동자의 목소리를 담고 있는 「메-데-의 노래」를 비롯하여, 자식과 며느리, 딸의 목숨을 지키려고 투쟁의 대열에 앞장서 싸우는 어머니의 모습을 형상화한 「어머니에게 드리는 노래」, 계급해방의 노래를 만들어 힘차게 부르겠다는 의지를 담고 있는 「합창」 등이 그러하다. 「합창」에서

시인은 "병든 자식을 지닌 노동자가 부를 노래/팔려가는 촌아가씨 가
슴을 쥐어짜며 듣는 노래/명일엔 헐벗은 군중이 북을 치며 행진하는
노래"를 부르자고 소리친다. 이런 노래는 계급해방의 노래, 즉 사회
주의 국가 건설을 위한 혁명가라고 할 수 있다. 이상에서 살펴본 것
처럼 투쟁의식을 고취하는 김상훈의 시는 당대의 크고 작은 민중시
위를 형상화하여 계급투쟁의 현장을 생생히 그려내고 있다.

  呂宋煙 金테안경 高級코코아가
  오늘도 드높은 石造建物에서 政談을 한다

  거리에는 헐벗은賤民이 긴밤을 떨어새고
  驛頭에는 戰災民의 慘狀이 뼈가저려도
  하늘에 사모치는 民衆의 소리를
  들은체도 않고 政談을한다

  失職者의 어머니는 皮骨이 相接하고
  주먹밥 한덩이에 殺人이 나도
  으젓이 점잔과 體面을지켜
  回轉椅子우에 政客은 天然하다

  死線을 넘어온 이땅의 아들들이
  祖國을爲해선 生이나마 바치겠다
  指導者를 기다려 밤새도록 서있어도
  鐵扉는 닫치고 會議는 끝날줄 몰라

  海外의 그 어룬만 기다리는 무리
  덮어놓고 統一만 하자는양반
  술장수 하든어룬 鑛山 부로-카와
  銀行家 料理장수가 점잔試合만한다

勞動者가 내쫓긴 工場에는
煙氣없는 굴둑에 가마귀만 울고
商人 뱃속에는 凶計가 차서
濫發된 紙貸가 市場을 뒤덮는데

洋酒놓인 테불엔 支離한 政談
民衆은 얼마나 기다려야하노
—김상훈, 「정객」297)

　　1946년 1월에 발표된 이 시는 「한인」298)이나 「엽견기」 등의 작품
과 함께 대상에 대한 풍자적 의도가 드러나는 작품이다. 이 작품에서
풍자의 대상이 되는 인물은 타락한 정치꾼들이다. 그들은 금테안경을
끼고 여송연을 물고, 코코아를 마시며 정치 이야기를 한다. 거리에서
헐벗은 사람들이 떨어도, 하늘에 사무치는 민중의 소리는 들은 체도
않고 "드높은 석조건물에서 정담을" 하는 것이다. "실직자의 어머니
는 피골이 상접하고, 주먹밥 한 덩이에 살인이 나도" 정치꾼들은 점
잔과 체면을 지켜가며 회전의자 위에 점잖게 앉아 정치 이야기만 한
다. 그 정치꾼들 가운데는 해외의 "그 어른만 기다리는 무리"도 있고,
"덮어놓고 통일만 하자"는 자들도 있다. 노동자가 내쫓긴 공장 굴뚝
에서는 연기가 올라오지 않고, 까마귀만 울고 있는데 정치꾼들은 양
주가 놓인 테이블에 앉아 정담만 하고 있다. 굶주리는 민중들에게는
관심이 없고 자기들 앞으로 떨어질 자리에만 관심을 가진 정치꾼들
은 화자에게 혐오와 증오의 대상이 된다.

---

297) 김상훈, 같은 책, 1947, 48-49쪽.

298) 이 시에서 김상훈은 광복 후 국내로 들어온 해외파 정치인들에 대한 풍자를 시도한다. 국가조직이라는
　　　미명하에 권력을 잡고, 민중을 억누르고 자기들의 이익만을 채우는 정치가들은 무산계급의 입장을 대변
　　　하는 시를 쓴 김상훈에게 손쉬운 풍자의 대상이 되었다.

　프롤레타리아 국가를 꿈꾸는 김상훈 시의 이데올로기적 성격은 다른 작품들을 통해서 잘 나타난다. 「위대한 민족의 수령」, 「공위에 보내는 노래」, 「김원봉 장군」같은 시는 미소공동위원회, 모스코바 3상회의 등 정치적 현안을 내용을 하고 있으며 신탁통치를 찬성하던 당시 사회주의 진영의 입장을 대변하고 있다. 특히 「위대한 민족의 수령」에서 화자는 남로당의 지도자 박헌영을 사회주의 국가 건설을 완성할 영도자로 생각하고 있다. 이와 같은 목소리는 김상훈의 정치의식을 대변하는 것이라 할 수 있다. 김상훈의 시는 개인적 신념을 담고 있기도 하지만, 한편으로는 그가 속한 조직의 이데올로기를 선전하고, 조직의 정치적 목표를 완성하기 위한 도구가 되기도 했다.

　김상훈이 보여준 궁핍한 민중에 대한 관심과 부패한 정치인에 대한 풍자, 정치적 현안에 대한 관심은 마땅히 있어야 할 당위의 세계에 대한 탐구로 이어진다. 김상훈은 프롤레타리아 국가 건설을 위해 무산계급이 단결해야 하며, 이를 통해 사회를 변혁해야한다고 생각했다. 이런 점은 그가 남긴 거의 모든 작품에 공통적으로 나타나고 있다. 그런데 아래에서 살펴볼 「산」은 김상훈이 썼던 시 일반과는 성격이 다른 이채로운 작품이다.

　이 땅의 民衆처럼
　헐벗고 떠는 이땅의 山아!
　아람드리 잣나무 엄나무 홰나무
　모조리 아시운 귀여운 복송나무
　木蓮花 피는 골안을
　청성스리 울어새든 솟쪽새 할미새

휘-ㄹ 휠 어데로 날려보내고
시무룩이 돌아만 앉었너냐
山아! 내 그대의 품속에서 자라났거니
이마 벗어지고 가슴에 흠집많은 모양
착하기에 그대는 이 꼴이 되었너냐
참아 눈물없이 바라지못하는 슬픈 어머니로다

사슴과 豹범과 罪지은 배암이
無時로 달려와 숨을자리를 찾었고
노점病이 낫는다는 이가시린 藥물터와
나무꾼의 노래가 사철 구성지던
왼갖 莊嚴과 神秘를 모조리 빼앗기고도
변변찮은 百姓들이 사는 山이기에
슬프단 말한마디없이 고개숙이고 섰너냐

젊은것들 싸움터로 炭鑛으로 끌려가면
허리굽은 하라버지 한숨쉬려 왔고
船材供出통에 들어난 바윗등에
밤이면 亡命客이 痛哭하고 갔을 뿐……
山은 흔히 不吉한 消息을 傳했다
목숨 아서가는 飛行機를 막지못했고
소나무가지에 굶주린 屍體가 매달렸다

黃昏이 찾어들면
왼갖 秘語가 피여나
잔돌우에 시내 재잘거리고 落葉도 떨고
올뱀이 洞窟에서 神의呪術을 외이면
말라붙은 마을마을에 안윽이 밤을 덮어주던
山! 옛모습처럼 푸르진 못하련가

버섯 도라지 山나물 자라고

五色꿈을 잠재워주던 골자구니
處子 총각 끼리끼리 기여드는
숲길이 옛날처럼 고와지는날
病든 이땅도 살아야나리라

砲聲도 彈雨도 이젠 개이고
매사운 손톱을가진 도적도 물러갔건만
山에우 올라 내려보면 傷處많은 鄕土
錦繡江山 이라 거니
얼마나 못났기에 이꼴을 만드렀노!
山아 푸르러라 옷깃여며 비노니
드렁츰 숲에 바람소리 새소리 일어
百姓들 洪水없이 살고
늙은이 어린것들 떨지않고 지나거던
북바치는 가슴 우렁찬 목소리로
그대를 부르리라 이땅의 아들들이

―김상훈, 「산」[299]

이 시를 통해 김상훈은 상처가 아물고 죽은 것들이 다시 살아나는 이상적인 세계를 노래한다. 이 작품에는 김상훈의 거의 모든 시에 나타나고 있는 계급투쟁의식과 부패한 사회를 변혁을 하려는 의지가 잘 드러나지 않는다. 김상훈은 이 작품에서 다채로운 식물 이미지들을 제시하며 이상향의 복원을 꿈꾼다. 과거의 산을 온갖 생명이 넘치는 곳으로 그려내고, 미래의 산이 과거의 산과 같은 신비를 간직한 곳이 되기를 바라는 화자의 기원에는 김상훈 시에서는 잘 나타나지 않았던 범신론적 세계관이 나타나기도 한다.

전체 7연으로 구성된 이 작품은 내용상 두 부분으로 나누어지는데,

---

299) 김상훈, 같은 책, 1947, 50-52쪽.

첫 부분은 1연부터 4연까지로 볼 수 있다. 이 부분에서 화자는 산이나 민중이나 똑같이 헐벗고 떨고 있다고 이야기하고 있다. 과거의 산은 잣나무, 엄나무, 홰나무, 복숭나무, 목련나무 등이 있는 울창한 곳이었지만, 지금은 나무가 없기 때문에 소쩍새와 할미새도 날아 가버리고 없다. 화자는 황폐해진 산이 슬프다는 말도 못하고 고개를 숙이고 있다고 이야기하고 있는데, 이것은 가난한 사람들의 생활상과 겹쳐진다. 일본의 전쟁동원으로 벌거숭이가 된 산은 나무꾼의 노래가 사철 구성지던 과거의 온갖 장엄과 신비를 모조리 빼앗기고 만 것이다. 산은 허리 굽은 노인들만 한숨 쉬는 곳이며, 소나무 가지에 굶주린 시체가 매달리는 폐허의 공간이다.

5연부터 7연까지는 과거와 미래의 산의 모습을 형상화하고 있다. 화자는 과거 울창했던 산의 신비하고 장엄했던 모습을 떠올리며, 미래의 산이 과거와 같은 모습을 회복하기를 꿈꾸고 있다. 황혼이 오면 비어(秘語)가 피어나고, 잔돌 위에 시내가 재잘거리며 흘러가고 올빼미가 동굴에서 신의 주술과 같이 울던 과거처럼 산이 마을의 밤을 아늑히 덮어주기를 바란다. 화자는 병든 이 땅도 버섯, 도라지, 산나물이 자라고, 처녀 총각이 끼리끼리 기어드는 숲길이 옛날처럼 고와져야 살아날 것이라고 생각하고 있다. 그는 제2차 세계대전이 끝나 포성과 탄우도 개이고, 도적과 같은 일본도 물러갔으니, 산은 다시 푸르러질 것이고, 숲에는 바람소리, 새소리가 그치지 않는 날이 올 것이라고 생각한다. 산이 푸르러지면 무성한 나무는 홍수를 막아줄 뿐 아니라, 땔감이 되어 늙은이와 어린 것들을 떨지 않고 지내게 해줄 것이라고 믿는 것이다.

이상의 내용을 통해 알 수 있는 것은 화자의 의식이 과거와 미래를 동시에 지향하고 있다는 것이다. 시간적인 측면에서 볼 때 이상향은 현재와는 동떨어진 시간대에 위치하고 있는 경우가 많다. 현재가 불모의 시간이라면, 과거와 미래는 현재와 다른 풍요롭고 조화로운 시간인 것이다. 이 시가 수록된 『대열』 이후에 발간된 시집 『가족』300)에서도 김상훈은 이상적 사회에 대한 꿈꾸기를 멈추지 않는다.

김상훈은 1948년 반공법 위반으로 구속되었다가 석방된다. 이 무렵은 남로당계열의 조직이 와해되었고 김상훈도 이념 문제로 심리적 갈등을 겪게 된다. 1949년 『푸시킨 시집』을 번역 출간하고, 9월에 강재화와 혼인할 무렵에 김상훈은 전향을 결심한 듯하다. 특히 두 번째 수감생활과 남한의 정세변화는 그의 정치적 신념을 약화시키게 된 계기가 된 것으로 추측된다.301) 결혼을 앞두고 쓴 「국화」는 시인의 의식 변화가 이 시기에 어떻게 이루어지는지 보여준다. 1949년 11월에 남한 단독 정부수립 되자 김상훈은 '국민보도연맹'에 가입하여 전향한다. 그러나 1950년에 한국전쟁이 발발하자 강요에 의해 의용군에 입대하고, 종군작가 신분으로 전선에 투입되지만 10월에 유엔군에 쫓겨 월북하게 되고 휴전 후 북한에 잔류한다. 김상훈은 월북한 후에도 북한에서 작품 활동을 한다. 북쪽에서 창작된 그의 시들은 이상향에 대한 그의 꿈꾸기가 끝난 것이 아님을 보여준다.302)

---

300) 이 시집에 대한 논의는 많이 이루진 편이므로 본고에서는 다루지 않는다.

301) 좌익의 신념 유지와 전향에 대한 김상훈의 갈등은 정영진의 글에서 확인할 수 있다. 정영진, 같은 글, 26-29쪽.

302) 북한에서 그가 남긴 작품은 얼마 없고, 시풍도 변했지만, 변하지 않는 것은 이상향에 대한 지향이다. 김상훈의 시에 나타난 이와 같은 지향은 「4·19의 노래」와 「무등산의 봄」에 잘 나타나고 있다. 이 두 작품에 나타나는 공간은 북한이 아니라 남한이다. 1965년 작 「4·19의 노래」는 총 세 개의 부분으로 나누어져 있는데, 세 번째 부분이 특히 의미심장하다. 4·19 항쟁으로 죽은 사람들의 핏자국이 스며들어 있는 아스팔트와 광장 위에 적들이 활개 치며 다니고 매국노의 차바퀴와 혁명을 갈취한 악한들의 군화가 핏자국을 짓밟는다고 노래한다. 하지만 핏자국은 점점 더 살아나 처참한 역사의 상처자리를 뚜렷이 보여주고 있다. 시적 화자는 핏자국이 불길로 일어서 하늘 가득 개가를 울리는 날, 온 땅 위에 노래가

　　해방기에 등장한 좌파 신진시인들은 일제강점기의 선배시인들이 보여준 것보다 강한 정치의식으로 무장하고 있으며 프롤레타리아 국가 건설을 염원하는 유토피아적 의식을 보다 강하게 담아내고 있다. 해방기에 활동했던 김상민과 김상훈은 궁핍한 기층민중의 삶에 보다 더 가까이 다가가 있으며, 프롤레타리아 국가가 당대에 요구되는 가장 절실한 이상향이라는 것을 강조한다. 김상민과 김상훈은 무산계급의 입장에 서서 자본주의 체제의 문제점을 비판하고, 프롤레타리아 국가에 대한 전망을 제시했다. 그들은 식민지배와 파행적 시장경제 체제에 의해 양산된 사회적 모순과 그것을 극복하려는 의지를 보여주었던 선배시인들을 본받아 해방기의 억압적이고 부조리한 사회정치적 상황을 변혁하여 민중이 행복한 삶을 누릴 수 있는 국가를 건설하려는 강한 의지를 보여주었다.

　　그러나 단독정부 수립과 한국전쟁을 거치면서, 좌파 계열의 시인들은 대부분 월북을 선택하게 된다. 그리고 좌파 이데올로기를 용납하지 않는 정치사회적 환경에 의해, 한국시단에서 계급해방과 사회주의 유토피아 지향을 주제화하는 좌파계열의 시는 완전히 자취를 감추게 된다.

물결치고 햇빛 넘치는 4월에 핏방울들은 꽃잎이 되어 천만 송이로 만발할 것이라고 노래한다.
1982년 작인 「무등산의 봄」은 광주민주화운동을 형상화하고 있다. 무등산을 공간적 배경으로 하고 있는 이 시의 주인공은 밭이랑에서 씨를 뿌리는 할아버지와 할머니 부부다. 시에서 노부부가 뿌리는 씨앗은 민주화운동 때 도청에서 죽은 맏손자와 막내딸과 동일시된다. 노부부는 씨앗이 어머니 젖가슴 같은 땅에 묻혔으니 흙 속에서 뿌리가 엉켜, 크고 실한 싹들이 소리를 지르며 솟아오를 것이라고 생각한다. 그들은 비바람이 하늘을 덮고 어둠이 내려도 몸부림치며 솟아오르는 새싹을 어쩌지는 못한다고 믿는다. 죽은 맏손자와 막내딸을 땅에 묻을 때도 할아버지 할머니는 그렇게 생각했다. 조상 대대로 지켜온 땅, 만백성을 키워준 땅이니 아이들을 땅에 묻으면 씨앗처럼 살아 날 것이고 그들의 목소리와 눈망울도 살아날 것이라고 믿는 것이다. 할아버지와 할머니는 따사로운 봄빛 아래서 들판을 뒤덮을 생명의 씨앗을 묻으며 밝은 미래를 꿈꾼다.

VII

결 론

한국 근현대시는 급격한 변동기를 출발점으로 하고 있기 때문에, 시가 창작된 당대의 사회역사적 상황을 민감하게 반영하고 있다. 한국 근현대사는 열강의 침입과 동학운동, 조선왕조의 몰락과 국권상실, 해방 후 근대국가 건설을 둘러싼 좌우대립, 한국전쟁과 남북분단, 자유당과 군부·신군부의 독재와 같은 일련의 사건들로 요약할 수 있다. 이와 같은 역사적 사건을 겪으며 형성된 집단적 의식은 한국시에 나타나는 주제에 상당한 영향을 미치고 있다. 정치·경제·사회적 혼란을 겪으며 살았던 사람들은 평화롭고 풍요로우며 행복한 삶을 욕망하게 마련인데, 이와 같은 욕망은 시에도 반영된다.

한국현대시의 주제를 형성하는 바탕이 되는 사상과 철학, 종교에는 각각의 이상적 공간표상이 내재되어 있으며, 사상의 습합에 따라 이것들이 서로 뒤섞이기도 한다. 이에 따라 한 시인이 작품을 통해 표현하는 이상향도 그 유형이 다양할 수 있으며 시대·사회의 변화에 따라 시인이 꿈꾸는 이상향의 모습이 변하기도 한다. 그런데 이상적 공간이 나타나는 시에 대한 연구나 평가들은 그 공간의 다양함을 충분히 인식하지 못한 채 막연하게 낙원 또는 유토피아적 공간으로 이해하는 경우가 흔하다. 그런데 낙원이나 유토피아는 이상향의 한 유형일 뿐, 이상향 전체를 설명할 수 있는 개념으로 보기 어렵다. 요 컨대, 한국현대시에 나타나는 이상향은 그 유형이 다양함에도 불구하고, 그것을 설명할 수 있는 이론이 정립되지 못한 것이다. 본고는 이와 같은 문제에 주목하여 일제강점기와 해방기에 창작된 이상향 추구를 주제화하는 시의 사상적 배경과 공간적 양상을 검토하고 유형화하였다.

Ⅱ장에서는 이상향의 사상적 배경과 공간성을 검토하여 그 유형을 네 개로 나누었다. 한국현대시에 나타나는 이상향은 은일공간, 낙원과 마을이상향, 민족공동체 이상향, 사회주의공동체 이상향으로 나누어 볼 수 있다. 각 유형의 시에 나타난 이상향은 변별적 특성을 보여주는데, 이는 시를 창작한 시인들이 내면화한 행복한 삶의 지향점이 상이함을 보여주는 것이다. 은일사상, 낙원사상, 민족주의사상, 사회주의사상에서 각각 영향을 받은 시들은 이상향을 추구하는 공통점을 지니고 있지만, 그들이 꿈꾸는 이상향은 그들이 지닌 현실대응 태도와 이데올로기에 따라 차이가 남을 확인할 수 있다.

Ⅲ장에서는 은일공간과 자연친화적 삶을 형상화한 시를 살펴보았다. 신석정, 장만영, 김동명의 시는 1930년대에 창작된 목가적 전원시의 경향을 대표하는 것이다. 이 시들은 번잡하고 세속적인 삶의 공간에서 벗어나 개인적인 이상향을 구축하려는 지향을 드러낸다. 신석정과 장만영의 시에서는 서구 전원시의 영향이 나타나고 있으며, 김동명의 시는 고전시가에서 나타나는 은일의 삶을 그려낸다. 이 시들은 현실도피적이라는 평가를 받을 수도 있지만, 시의 화자가 지향하는 자연

친화적이고 평화로운 삶은 국권상실기를 살았던 많은 사람들이 공통
적으로 꿈꾸던 것이라고 할 수 있다. 탈속적 삶을 추구하는 정지용, 박
목월의 산수시는 현실 공간에서 멀리 떨어진 산을 이상향으로 형상화
하고 있다. 이와 같은 시는 일제 강점의 폭압적 상황에서 벗어나려고
했던 당대인의 의식을 반영하고 있다. 이와 달리 김동환의 「산가초」는
해방기의 현실 사회로부터 도피를 추구하는 것으로 보인다. 은일공간
과 자연적 삶을 지향하는 시들은 대부분 현실세계에서 이상향을 찾는
다. 그 공간은 화자가 위치한 공동체의 안에 위치하고 있기 때문에 마
음만 먹으면 갈 수 있는 곳이다. 따라서 이와 같은 시에 등장하는 화
자는 부조리한 현실과 치열하게 대결하려는 의식이 비교적 약한데 이
는 결국 시인의 현실대응 태도를 반영한다고 할 수 있다.

　Ⅳ장에서는 낙원과 마을공동체를 형상화한 시를 살펴보았다. 이 시
들은 Ⅲ장의 시들과 마찬가지로 자연적 삶의 방식을 바탕으로 하고
있지만, 대체로 과거 지향적이라는 점, 그리고 사적 공간인 아닌 공동
체를 형상화하고 있다는 점에서 Ⅲ장의 시들과는 변별성을 보인다. 원
초적 낙원을 형상화한 박두진의 초기시는 기독교적 상상력을 바탕으
로 하고 있으며 일제말의 암담한 현실을 극복하고자 하는 의식을 담
고 있다. 그가 그려내는 이상향의 공간 양상은 민족이나 국가의 범주
를 넘어 탈국가・탈민족적 공간으로 확대되는 경향을 보이기도 한다.
과거회귀 성향이 두드러지게 나타나는 백석, 노천명, 정지용의 시는
유년이나 고향의 삶을 주제화하며, 소규모 마을공동체를 이상향으로
형상화한다. 백석의 경우는 유년공간만을 고집하는 것이 아니라, 그
공간을 대신할 수 있는 공간에 대한 탐색을 시도하는데 이는 시인의
의식 변화를 보여주는 것이다. 백석의 시가 마을공동체의 삶을 충실히

복원해낸다면, 노천명과 정지용의 시는 마을공동체의 형상과 공동체 내에 위치한 가족과 개인의 삶의 방식에 보다 주목하고 있다.

Ⅴ장에서는 현실 부정의식을 바탕으로 하여 민족과 국가공동체 이상향에 대한 이데올로기적 지향을 드러내는 시를 살펴보았다. 이러한 시에는 반일저항의식이 깔려 있으며, 마땅히 있어야 할 민족공동체를 이상향으로 지향하고 있다. 한용운, 김해강, 이상화, 이육사의 시에는 현실부정의식과 민족주의적 성향, 일제 강점의 불합리한 사회현실에 대한 비판적 인식이 나타난다. 이들은 시는 민족의식이 드러난다는 공통점이 있지만 시에 나타나는 사상적 배경은 상당히 복잡하다. 한용운의 시에는 불교사상뿐만 아니라 낙원사상과 변혁사상이 나타나며, 김해강의 시는 도교적 상상력과 지배를 거부하는 아나키즘의 성향도 나타난다. 이상화의 시에는 성리학과 천년왕국사상 같은 상충되는 사상이 동시에 나타나고 있다. 이육사의 시는 성리학이 사상적 바탕을 이루지만 변혁사상도 나타난다. 이들의 시는 다양한 사상을 시의 자양분으로 삼고 있지만, 이 사상들은 작품 내에서 민족주의 사상으로 귀결되어 민족공동체 이상향이라는 이데올로기적 공간 지향을 나타낸다.

Ⅵ장에서는 일제강점기에 활동했던 좌파시인, 김형원, 유완희, 해방기에 활동했던 좌파시인 김상민, 김상훈의 작품을 살펴보았다. 김형원과 유완희의 시에는 민족문제도 나타나지만 사회주의공동체 이상향이라는 이데올로기적 지향이 보다 두드러진다. 김상민과 김상훈은 해방기 신진 좌파시인들의 의식을 대표하는 시인이다. 그들은 시에는 앞 세대의 좌파시인들의 시보다 사회주의국가 건설에 대한 의지가 강하게 드러난다. 이들이 꿈꾸는 이상향은 해방기의 민족국가

건설이라는 시대적 과제와 연결되면서 프롤레타리아 국가라는 이데올로기적 공간으로 나타난다. 국권상실기와 해방기에 창작된 좌파시인들의 작품은 민중을 억누르는 자본가 계급을 악으로 규정하고 있었으며 무계급공동체 건설에 대한 의지가 공통적으로 나타나고 있다.

본고는 이상의 내용을 바탕으로 이상향 추구를 주제화하는 한국현대시의 의의에 대해 논의하고자 한다. 그 의의는 다음의 세 가지 정도로 생각해 볼 수 있다.

첫째, 앞 시대의 시에 나타난 사상을 계승하여 고전시가와 현대시의 사상적 연속성을 입증하는 역할을 한다. 일제강점기에 창작된 시 가운데는 동양의 전통사상을 바탕으로 하고 있는 것들이 많다. 정지용은 도교사상과 성정론을 수용하여 사물인식의 폭을 넓히고 있다. 그의 산수시가 이러한 점을 입증해 준다. 이상화와 이육사의 시에는 성리학적 세계관이 나타난다. 이상화의 시에는 잠재(비가시)와 현동(가시)의 순환적 세계관이 나타나며 이육사의 성리학적 소양은 민족주의사상으로 심화된다. 1920년대에 민족주의 성향의 시를 창작한 김해강의 작품에는 고전시가에 나타나는 도교적 상상력이 나타난다. 해방기에 활동했던 김상훈의 시에는 『시경』의 영향이 나타난다. 그는 『시경』에 나타난 사회사상을 내면화하여 자신의 시에 나타난 계급적 세계관을 강화했다. 한편 김동명과 김동환 시에 나타나는 은일사상과 박목월의 시에 나타나는 무릉도원 모티브도 고전시가와 현대시의 사상적 연속성을 보여주고 있다.303)

---

303) 신동엽의 「금강」에는 대동사회를 꿈꾸는 유교적 발상과 무군사회를 꿈꾸는 도교적 변혁사상이 나타난다. 전윤호의 장시 「도원지리지」도 도선사상의 전통이 이어져 내려오고 있음을 보여준다.

둘째, 한 시대의 시에 공통적으로 나타나는 정신적 궤적을 아주 뚜렷하게 보여기 때문에 시의 흐름을 이해하고 변화를 가늠하는 지표가 될 수 있다.304) 이상향 추구를 주제화하는 시에는 당대인의 의식을 대표하는 것들이 많다. 국권상실기와 해방기에 창작된 시는 억압적인 현실 아래서 고통 받던 기층 민중의 의식을 대변하고 있다. 이러한 시 가운데는 한국시문학사에서 찾아보기 어려운 사상을 토대로 하고 있는 것들이 있어서 시사에서 나타나지 않았던 새로운 경향이나 사조의 출현을 알리는 역할을 한다. 마르크스의 사상을 바탕으로 한 좌파계열의 시가 대표적이다. 이 외에도 종말론과 천년왕국사상을 수용한 시, 민족주의 사상을 바탕으로 한 시도 새로운 경향을 담고 있어 한국시의 흐름과 변화를 알게 해준다. 한편 해방을 맞이한 우리 민족은 외세가 지배하는 억압적인 현실에서부터 벗어나게 되었다. 그렇기 때문에 해방 이후의 시에 나타나는 이상향은 국권상실기의 시가 추구했던 이상향과는 다른 양상을 보이게 된다. 국권상실기의 시들이 다소 막연한 민족공동체를 이상향으로 형상화했다면, 해방기의 시들은 민족국가라는 보다 뚜렷한 이상향을 지향했다. 해방기에 새로운 국가 건설을 목표로 시인들의 행보가 급박하게 전개되었던305) 점이 이러한 변화를 입증한다.

셋째, 바람직한 사회의 청사진을 제공하고, 오늘날 우리의 삶에서 요구되는 가치가 어떤 것인지를 보여주는 역할을 한다. 이상향을 형

---

304) 산업화와 독재가 진행되면서 이상향 추구를 주제화하는 시는 과거와 달리 궁핍, 민족, 국가의 문제보다는 반전과 평화, 반독재와 민주화, 환경과 생명, 인간 소외, 여성문제 등을 탐구하며 문명비판시, 생태환경시 같은 새로운 경향의 시를 만들어 낸다.

305) 1945년 12월 민족진영에서 발행한 『해방기념시집』, 1946년 4월 좌파시인들이 엮은 『햇불—해방기념시집』, 좌파 신진시인이 묶은 『전위시인집』은 해방의 감격과 국가건설의 의지를 드러낸 시들을 대거 수록하고 있다.

상화한 시는 아름다운 세계를 가시적으로 보여줌으로서 행복한 삶의 본보기를 제시하며 근대적 삶의 방식으로 인해 소외받는 사람들에게 희망과 꿈, 긍정적인 사고를 제공하여 어려운 현실을 견디게 해주는 정신적 토대를 마련해준다. 예를 들어 백석의 시에 나타나는 가족애와 유대감은 건강하고 행복한 공동체에 필요한 삶의 지표로 심화·확장된다. 한편 이상향 추구를 주제화하는 시는 사회비판적 기능을 지니고 있기 때문에 기층민을 억누르는 권력자, 정부조직, 기득권층들이 지닌 권위적이고 위선적 태도에 경종을 울리는 역할을 한다. 김형원, 유완희, 김상민, 김상훈 등 경향성을 띤 좌파시인들의 시가 이러한 특징을 잘 보여주고 있다. 하지만 전후 한국사회에 팽배한 반공 이데올로기로 인하여 분단 이후 발표된 시는 좌파시가 보여주었던 응전력과 비판적 기능을 상당 부분 상실하고 있다. 남북분단은 좌파 계열의 시를 사라지게 하였고 앞선 시기의 시에서 나타났던 이상향 추구의 주제의식을 축소시킨 것이다.

본고는 한국현대시에 나타난 이상향의 사상적 토대와 공간의 성격에 대한 본격적인 연구라는 점에서 일정한 의의를 지닌다고 할 수 있다. 그러나 본고의 연구대상은 일제강점기와 해방기에 집중되어 있어, 분단과 산업화 시대에 창작된 시에 나타난 이상향의 양상은 살피지 못했다. 본고는 분단 이후에 창작된 시에 나타난 이상향에 대한 연구를 다음의 과제로 남겨두려고 한다.

참고문헌

◎ 기본자료

김광현 외, 『前衛詩人集』, 노농사, 1946.

김동명, 『芭蕉』, 新聲閣, 1938.

김상훈, 『隊列』, 白羽書林, 1947.

김성윤 엮음, 『카프 시전집 Ⅰ, Ⅱ』, 시대평론, 1988.

김영식 엮음, 『파인김동환전집 1 詩』, 국학자료원, 1995.

김형원, 『金炯元 詩集』, 삼희사, 1979.

노천명, 『珊瑚林』, 한성도서, 1938.

노천명, 『窓邊』, 매일신보사, 1945.

노천명, 『노천명 전집 1, 2』, 솔, 1997.

박두진 외, 『청록집』, 을유문화사, 1946.

박두진, 『해』, 청밀금, 1949.

박목월, 『박목월시전집』, 서문당, 1993, 5판

박태일 엮음, 『김상훈 시 전집』, 세종출판사, 2003.

백석, 『사슴』, 선광인쇄주식회사, 1936.

상민, 『獄門이 열리든 날』, 新學社, 1948.

신석정, 『촛불』, 대지사, 1952.

신석정, 『슬픈 목가』, 삼중당, 1976.

오현주 엮음, 『해방기의 시문학』, 열사람, 1988.

이동순 엮음, 『백석시전집』, 창작과비평사, 1987.

이상화, 「이상화시전집」, 정진규 편, 『이상화』, 문학세계사, 1993.

이육사, 『陸史詩集』, 서울출판사, 1946.

장만영, 『羊』, 한성도서주식회사, 1937.

장만영, 『이정표』, 신흥출판사, 1958.

정지용, 『정지용 시집』, 시문학사, 1935.

정지용, 『白鹿潭』, 1941, 문장사.

◎ 국내 논저

1. 단행본

강만길, 『한국현대사』, 창작과비평사, 1985, 5판.

권영민, 『한국현대문학사』, 민음사, 1993.

김경복, 『한국 아나키즘시와 생태학적 유토피아』, 다운샘, 1999.

김동일 엮음, 『이데올로기』, 청람, 1985.

김석하, 『韓國文學의 樂園思想研究』, 日新社, 1973.

김성식 외, 『한국현대사 5』, 신구문화사, 1971.

김영식, 『아버지 파인 김동환;그의 생애와 문학』, 국학자료원, 1994.

김열규·신동욱 엮음, 『한용운연구』, 새문사, 1991.

김영한, 『르네상스의 유토피아 사상』, 탐구당, 1989.

김영한, 『르네상스의 휴머니즘과 유토피아니즘』, 탐구당, 1989.

김용, 『잃어버린 낙원과 유토피아』, 한신문화사, 1996.

김용직, 『한국현대시사 1, 2』, 한국문연, 1996.

김용직, 『한국근대시사 상, 하』, 학연사, 1996.

김용직, 『해방기 한국 시문학사』, 민음사, 1989.

김용직 외, 『한국현대시 연구』, 민음사, 1989.,

김윤식 외, 『해방공간의 문학운동과 문학의 현실인식』, 한울, 1989.

김재홍, 『카프시인비평』, 서울대학교출판부, 1995.

김종회, 『한국소설의 낙원의식 연구』, 문학아카데미, 1990.

김학동, 『정지용연구』, 민음사, 1987.

문예미학회 엮음, 『유토피아』, 문예미학사, 2000.

박두진, 『시인의 고향』, 범조사, 1959.

박두진, 『문학적 자화상』, 한글, 1994.

박종원 외, 『조선문학사 19세기 말~1925』, 평양과학백과사전출판사, 1980.

박주택, 『낙원회복의 꿈과 민족정서의 복원』, 시와시학사, 1999.

박태일, 『한국 근대시의 공간과 장소』, 소명출판, 1999.

박현수, 『현대시와 전통주의의 수사학』, 서울대학교출판부, 2004.

박호강, 『유토피아와 사회진보』, 양서각, 2002.

박홍규, 『아나키즘 이야기』, 이학사, 2004.

백철, 『신문학사조사』, 신구문화사, 1982.

서병훈, 『자유의 본질과 유토피아』, 사회비평사, 1995.

서정주 외, 『현대시인론』, 형설출판사, 1985, 재판.

손철성, 『유토피아, 희망의 원리』, 철학과 현실사, 2003.

신동욱 엮음, 『한용운』, 문학세계사, 1993.

신복룡, 『동학사상과 한국 민족주의』, 평민사, 1979.

신석정, 『난초잎에 어둠이 내리면』, 지식산업사, 1974.

신승엽 엮음, 『항쟁의 노래』, 친구, 1989.
역사문제연구소 문학사연구모임 엮음, 『카프문학운동연구』, 역사비평사, 1989.
영일군사편찬위원회, 『영일군사』, 영일군사편찬위원회, 1990.
오세영, 『한국낭만주의시연구』, 일지사, 1990, 6쇄.
유종호·최동호 엮음, 『시를 어떻게 만날 것인가』, 민음사, 2005.
윤여탁·오성호, 『한국현대 리얼리즘 시인론』, 태학사, 1990.
윤영천, 『한국의 유민시』, 실천문학사, 1987.
이건청, 『한국전원시 연구』, 문학세계사, 1986.
이동순, 『민족시의 정신사』, 창작과비평사, 1996.
이동순, 『시와 시인 이야기』, 월인, 2001.
이상은, 『퇴계의 생애와 학문』, 서문당, 1973.
이상화, 『20세기 영국유토피아 소설연구』, 중앙대학교출판부, 1996.
이승훈 엮음, 『문학상징사전』, 고려원, 1995.
이운룡 엮음, 『太陽의 詩, 鶴의 詩人 金海剛』, 대흥출판사, 1992.
이재선 엮음, 『문학주제학이란 무엇인가』, 민음사, 1996.
이정석, 『전후소설 담론의 이데올로기와 유토피아』, 새미, 2005.
이종록 외, 『21세기 사회와 종교 그리고 유토피아』, 생각의나무, 2002.
임철규, 『왜 유토피아인가』, 민음사, 1997.
장양수, 『한국낙원소설연구』, 문예출판사, 1996.
정한모, 『한국현대시의 현장』, 박영사, 1983.
하상일, 『한국문학과 역사의 그늘』, 소명출판, 2008.
한국민중사연구회 엮음, 『한국민중사 Ⅱ』, 풀빛, 1986.
한정호 엮음, 『김상훈 시 연구』, 세종출판사, 2003.
홍희표, 『한국현대詩 이해와 감상』, 한림출판사, 1989, 3판.
황선명 외, 『한국근대 민중종교사상』, 학민사, 1983.

2. 논문·평론

강동엽, 「허균과 유토피아」, 『한국어문학연구』 41집, 한국어문학연구학회, 2003.
강외석, 「한국현대시의 낙원지향성 연구」, 경상대 박사논문, 1999.
강진옥, 「한국설화에 나타난 낙원과 낙원상실」, 『문학과비평』, 1991, 봄호.
고형진, 「<꽃>의 시인」, 『현대시학』, 2006, 6월.
김갑기, 「고시가의 낙원상실 모티프」, 『문학과비평』, 1991, 봄호.
김경복, 「서정과 유토피아 사상의 관련성」, 『국어국문학』34집, 1997.
김경복, 「한국 아나키즘 시문학 연구」, 부산대 박사논문, 1998.

김경복, 「한국 프로시에 나타난 유토피아 의식」, 『문예연구』, 1999, 가을호.
김경복, 「고산 윤선도 시에 나타난 유토피아의식 연구」, 『문창어문논집』37집, 2000.
김경복, 「신석정 시의 유토피아 의식 연구」, 『한국문학논총』28집, 한국문학회, 2001.
김경복, 「이육사 시의 사회주의 의식 연구」, 『한국시학연구』12호, 2005.
김경복, 「권환시에 나타난 유토피아 의식 연구」, 『한국문학논총』46집, 2007.
김기진, 「朝鮮文學의 現在와 水準」, 『신동아』, 1933, 1월.
김동리, 「三家詩와 자연의 발견」, 『예술조선』, 1948, 4월.
김명영, 「석정시의 노장사상과 역사의식」, 부산대 석사논문, 1991.
김미영, 「김해강 시 연구」, 서강대 석사논문, 1991.
김병호, 「한국 근대시 연구-주제의식을 중심으로」, 중앙대 박사논문, 2002.
김상홍, 「다산 시의 유토피아 세계」, 『한문학논집』20호, 근역한문학회, 2002.
김석송, 「民主文藝小論」, 『生長』, 1925, 5월.
김선아, 「李朝文學에 나타난 유토피아 思想」, 숙명여대 석사논문, 1973.
김신정, 「김상훈 시의 시적 주체와 시인의 주관성에 관한 연구」, 『1930년대 문
          학연구』, 평민사, 1993.
김안서, 「詩壇의 一年」, 『開闢』, 1923, 12월.
김영대, 「한국 근현대시의 동학사상 연구」, 청주대 박사논문, 2001.
김영옥, 「신석정 시에 나타난 이상향」, 『어문논집』30호, 2002.
김월정, 「나의 아버지 초호 김동명」, 『문예운동』, 2005, 여름.
김윤정, 「정지용 시의 공간 지향성 연구」, 『한민족어문학』47집, 2005.
김은정, 「신동엽 시연구-역사의식과 유토피아적 상상력」, 세종대 석사논문, 2003.
김인섭, 「한국현대시에 나타난 낙원 이미지」, 『崇實語文』13호, 숭실어문학회, 1977.
김종태, 「정지용 『백록담』의 공간 의식」, 『한국문예비평연구』10호, 2002.
김참, 「신동엽의 <금강>에 나타난 이상적 사회상」, 『신어어문학』1집, 2004.
김희보, 「박두진 시와 유토피아 정신」, 『기독교사상』, 1979, 4월호.
박정호, 「유토피아로서의 마르크스주의」, 『시대와 철학』, 한국철학사상연구회, 2002.
박팔양, 「요람시대의 추억」, 『중앙』32호, 1936, 7월.
박팔양, 「시인 유완희에 대한 회상」, 『청년문학』, 1958, 4월.
박호영, 「이육사의 「광야」에 대한 실증적 접근」, 『한국시학연구』5호, 2001.
백철, 「신춘문예평」, 『신동아』, 1933, 3월.
소재영, 「한국문학에 나타난 이상향연구」, 『동양학』23집, 단국대동양학연구소, 1993.
손진은, 「열린 체계로서의 미학」, 『시와반시』, 1993, 가을호.
손진은, 「청록집 수록 박두진 시연구」, 『어문학』, 98호, 2007.
손철성, 「비판적 사회이론에서 유토피아의 문제」, 서울대 박사논문, 2002.

송기한, 「산정체험과 시집『백록담』의 의미」, 『한국문학이론과 비평』19집, 2003.
서경수, 「만해의 불교유신론」, 『한용운사상연구』, 만해사상연구회, 1981.
서준섭, 「잃어버린 고향에로의 회귀와 그 환기의 형식으로서의 시」, 백석, 『흰 바람벽이 있어』, 고려원, 1989.
신석초, 「이육사의 인물」, 『이육사시문집』, 서문당, 1981.
양윤재, 「한국인의 이상향과 서구의 이상도시」, 『터전』1권, 서울대 환경계획연구소, 1988.
양희철, 「고시가의 낙원상실 모티프」, 『문학과비평』, 1991, 봄호.
엄국현, 「시에 있어서의 사물인식」, 부산대 박사논문, 1990.
염무웅, 「한용운론」, 박철희・김시태 엮음, 『작가・작품론』, 문학과비평사, 1990.
오세영, 「국권상실과 신화적 상상력」, 『문학과비평』, 1991, 봄호.
오장환, 「백석론」, 『풍림』, 1937, 11월.
오하근, 「신석정의『촛불』에 대한 오해-목가와 현실도피적 은둔사상에 대하여」, 『한국언어문학』50호, 2003.
옥경호, 「미륵사상과 삼국의 사회적 이상 형성에 관한 연구」, 서울대 석사논문, 1995.
유경환, 「동학가사에 나타난 낙원사상의 수용양상」, 『어문연구』69호, 1991.
이건청, 「박목월 시의 전원공간에 관한 연구」, 『한국언어문화』, 2000.
이승하, 「박두진 시인이 노래했던 <자연>」, 『현대시학』, 2006, 6월.
이은실, 「김춘수 시에 나타난 유토피아 지향성 연구」, 부경대 석사논문, 2003.
이종희, 「불교 緣起說과 輪廻說에 관한 소고」, 『한국종교사연구』13호, 2005.
이해웅, 「청마의 낙원상실과 동일성의 회복」, 『어문학교육』4집, 1981.
이헌홍, 「낙원상실 모티프의 고소설적 양상과 의미」, 『문학과비평』, 1991, 봄호.
이혜원, 「근원의 지향과 모국어의 복원」, 『현대시학』, 2006, 6월.
이훈, 「낙원의 상실과 건설」, 『문학과비평』, 1991, 봄호.
임수현, 「파인 김동환 시연구」, 『시학과 언어학』14호, 시학과언어학회, 2007.
임희종, 「한국 고소설의 낙원 연구」, 전남대 석사논문, 1991.
전태국, 「칼 만하임의 유토피아 개념」, 『외국문학』, 1987, 가을호.
정우택, 「적구 유완희의 생애와 시세계」, 『반교어문연구』3호, 1991.
정지아, 「천년왕국 운동의 사회적 기능에 관한 연구」, 이화여대 석사논문, 1985.
정창선, 「김현승 시에 나타난 낙원 이미지」, 명지대 석사논문, 2002.
제해만, 「시의 낙원회복」, 『문예운동』38호, 1998.
조용란, 「신석정론」, 서정주 외, 『현대시인론』, 형설출판사, 1985, 재판.
최동호, 「정지용의 산수시와 성정의 시학」, 『시와시학』, 2006, 여름호.

최승범, 「신석정의 생애와 시」, 신석정, 『슬픈 牧歌』, 삼중당, 1976.
최승호, 「조지훈론-서정적 유토피아와 은유에의 의지」, 『우리말글』17호, 1999.
한영옥, 「장만영 시 연구」, 『한국문예비평연구』18호, 한국현대문예비평학회, 2005.
한용운, 「내가 믿는 佛敎」, 『開闢』45호, 1924, 3월,
홍사원, 「유토피아 사회주의」, 『사회학연구』8호, 이화여대 사회학회, 1970.
홍신선, 「낙원의 회복과 속죄양 의식」, 『한국 현대작가·작품론』, 이우출판, 1982.

◎ 해외논저
老子(김구용 옮김), 『老子』, 정음사, 1979.
三石善吉(최진규 옮김), 『중국의 천년왕국』, 고려원, 1993.
玉川信明(이은순 옮김), 『아나키즘』, 오월, 1991.
莊子(이원섭 옮김), 『莊子 (上)』, 삼중당, 1978, 중판.
陳正炎·林其錟(이성규 옮김), 『중국의 유토피아 사상』, 지식산업사, 1993.
Antony Easthope(박인기 옮김), 『시와 담론』, 지식산업사, 1994.
Benedict Anderson(윤형숙 옮김), 『상상의 공동체』, 나남출판, 2002.
Ernst Bloch(박설호 옮김), 『희망의 원리-자유와 질서』, 솔, 1993.
Ernst Bloch(박설호 옮김), 『희망의 원리-더 나은 삶에 관한 꿈』, 솔, 1995.
Francis Bacon(김종갑 옮김), 『새로운 아틀란티스』, 에코리브르, 2002.
Francois Jullien(유병태 옮김), 『운행과 창조』, 도서출판 케이시, 2003.
G. Bachelard(곽광수 옮김), 『공간의 시학』, 민음사, 1993.
Hans Kohn(차기벽 옮김), 『민족주의』, 삼성문화재단, 1974.
Immanuel Wallerstein(백영경 옮김), 『유토피스틱스』, 창작과비평사, 1999.
John Plamenatz(진덕규 옮김), 『이데올로기란 무엇인가』, 까치, 1987, 8판.
Jean-Jacques Rousseau(이태일 옮김), 『사회계약론』, 범우사, 1975.
Karl Marx·Friedrich Engels(김재기 옮김), 『마르크스·엥겔스 저작선』, 거름, 1988.
Karl Mannheim(임석진 옮김), 『이데올로기와 유토피아』, 청아출판사, 1991.
Karl Popper, *The Open Socity and Its Enemies*, Ⅰ, London, 1966.
Kropotkin(하기락 옮김), 『근대과학과 아나키즘』, 도서출판 신명, 1993.
Lewis Mumford(김진욱 옮김), 『개성과 역사』, 종로서적, 1983.
Martin Buber(남정길 옮김), 『유토피아 사회주의』, 현대사상사, 1993.
Martin Heidegger(소광희 옮김), 『시와 철학』, 박영사, 1975.
Michael Bell(김성곤 옮김), 『원시주의』, 서울대학교 출판부, 1985.
N. Fray(임철규 옮김), 『비평의 해부』, 한길사, 1989.
Norman Cohn(김승환 옮김), 『천년왕국운동사』, 한국신학연구소, 1993.

Paul Ricoeur, *Lectures on Ideology and Utopia*, Colombia University Press, 1986.
Robert Nozick(남경희 옮김), 『아나키에서 유토피아로』, 문학과지성사, 1997, 재판.
Thomas More(원창엽 옮김), 『유토피아』, 홍신문화사, 1996, 2판.
Vladimir Ilich Ulyanov(김영철 옮김), 『국가와 혁명』, 논장, 1988.
Yolènde Dilas-Rocherieux(김휘석 옮김), 『미래의 기억 유토피아』, 서해문집, 2007.

김 참

인제대학교 대학원 국어국문학과 졸업(문학박사)
1995년 「문학사상」으로 등단
현대시동인상 수상
김달진문학제 젊은시인상 수상
인제대학교, 동의대학교 출강

시집 『시간이 멈추자 나는 날았다』
　　『미로여행』
　　『그림자들』 출간

현대시와 이상향

초판인쇄 | 2012년 3월 2일
초판발행 | 2012년 3월 2일

지 은 이 | 김 참
펴 낸 이 | 채종준
펴 낸 곳 | 한국학술정보㈜
주　　소 | 경기도 파주시 문발동 파주출판문화정보산업단지 513-5
전　　화 | 031) 908-3181(대표)
팩　　스 | 031) 908-3189
홈페이지 | http://ebook.kstudy.com
E-mail | 출판사업부　publish@kstudy.com
등　　록 | 제일산-115호(2000. 6. 19)

ISBN　　978-89-268-3128-1 93810 (Paper Book)
　　　　978-89-268-3129-8 98810 (e-Book)